LE SERMENT

DE LADY ADELAÏDE

852. — PARIS, IMPRIMERIE LALOUX Fils et GUILLOT

7, rue des Canettes, 7

Mrs HENRY WOOD

LE SERMENT

DE

LADY ADELAÏDE

ROMAN TRADUIT DE L'ANGLAIS

AVEC L'AUTORISATION DE L'AUTEUR

PAR

LÉON BOCHET

TOME PREMIER

PARIS

LIBRAIRIE HACHETTE ET Cie

79, BOULEVARD SAINT-GERMAIN, 79

1878

Droits de reproduction réservés

LE SERMENT

DE LADY ADELAÏDE

CHAPITRE PREMIER

HARRY DANE

Sur l'une des parties les plus sauvages des côtes de l'Angleterre, à un ou deux cents milles de la métropole, se trouve une petite ville ou plutôt un village appelé Danesheld. De chaque côté de ce village, le terrain se dresse escarpé, plus élevé en de certains endroits que dans d'autres, mais dominant toujours la mer.

Çà et là, les rochers sont entièrement à pic ; mais de distance en distance, les falaises descendent en pentes douces jusqu'à la mer, et l'on peut sans danger s'y aventurer. Là, le temps semble avoir eu raison de la dureté des rochers ; les versants de la montagne sont couverts de gazon ; il y pousse même des fleurs sauvages.

De temps immémorial, les Dane sont seigneurs de ce pays, auquel ils ont donné leur nom.

A la droite du village, en face de la mer, les terres sont arides, incultes et complétement abandonnées.

A gauche, dans la direction de l'est, sont disséminées quelques maisons d'une certaine importance, dont deux ou trois charmantes demeures, et par derrière s'étend une véritable colonie de pauvres cottages et de huttes de pêcheurs, plus anciennement bâtis que les maisons, plus anciens même que le village.

Toutes ces maisons regardent la mer, et quelques-unes bordent la grande route, que des plaines verdoyantes et des collines boisées séparent des rochers.

Encore plus à l'est, à un mille environ de distance du village, s'élèvent les superbes tours du château des Dane. Le château, bâti plus en longueur qu'en hauteur, en pierres rouges noircies par le temps, est flanqué à chacune de ses extrémités d'une tour élevée, et au milieu, la grande porte d'entrée est surmontée d'une tourelle carrée où flotte toujours un drapeau quand le chef de la famille, lord Dane, séjourne dans ses domaines.

Comme toutes les habitations du village, le château fait face à la mer. Il n'est séparé de la grande route que par une étroite pelouse, sans haie ni mur de clôture.

Au delà de la route, de beaux pâturages s'étendent jusqu'aux falaises, sur un espace d'environ un quart de mille. En face de l'une des extrémités du château et tout près du sommet des rochers, se trouvent les ruines d'une vieille construction qui, dans les temps reculés, servait de chapelle aux moines. Les murs encore debout, les fenêtres béantes, démantelées, sans vitres, sont recouverts d'un lierre épais qui s'enchevêtre dans les arceaux et les baies. On voit encore à l'intérieur les traces de l'autel et des pierres sépulcrâlés avec leurs anciennes inscriptions. Tout cela est à ciel ouvert : le toit n'existe plus. Rien de plus pittoresque que ces ruines, surtout à la clarté de la lune. Les rochers sont en cet endroit tout à fait perpendiculaires, quoique peu élevés ; à une certaine distance ils s'abaissent sensiblement, et des marches grossièrement taillées dans le roc conduisent à la plage. Les jeunes Dane, les deux fils du lord actuel, se servaient souvent, dans leur enfance, de cet escalier pour aller à leur bateau, à l'ancre au pied des falaises.

Derrière le château est un jardin — si ce nom n'est pas trop ambitieux, car les fruits et les fleurs ne semblent pas y pousser à profusion — et derrière ce jardin un terrain cultivé descendant jusqu'au village, pâturages et terres labourées, maison de fermier entourée de meules et de granges. Tout cela, ou presque tout, appartient à lord Dane : village, maisons, terres. Tous les habitants lui payent redevance.

C'était par une belle journée de printemps. Sur une barrière, près d'un champ de luzerne, pouvant apercevoir de là les fenêtres du château du côté de Danesheld, aussi bien que la grande route et les plaines au delà, était assis un gentleman, occupé à raccommoder sa ligne de pêche.

Il paraissait âgé de vingt-huit ans environ. Grand, mince, avec des yeux noirs, de bonne tournure, quoiqu'un peu maigre et émacié. Il avait rejeté derrière ses épaules sa veste de chasse, car la chaleur était réellement accablante, et il sifflait doucement en arrangeant sa ligne. Il leva les yeux en entendant un bruit de pas et vit s'avancer vers lui, venant du village, un homme entre deux âges, un étranger, qu'à son costume il reconnut pour un officier de marine.

Au moment où l'étranger passait devant la barrière, il souleva sa casquette vernie. Était-ce par politesse ou simplement pour s'essuyer le front de son mouchoir ? Le geste n'était pas assez significatif pour qu'on ne pût s'y tromper.

« Est-ce là le château de Dane ? demanda l'étranger.

— Oui.

— C'est bien ce que je pensais, se dit à demi-voix le marin. La famille est-elle au château en ce moment ? »

Le jeune homme montra du bout de sa ligne le drapeau.

« En voilà la preuve : quand Sa Seigneurie lord Dane est au château, le drapeau flotte à la tour. Pendant son absence, on le fait disparaître.

— Pourquoi ? »

Le jeune homme haussa les épaules. Sa manière de parler était dolente ; il y avait dans son ton comme une sorte d'indifférence et de moquerie ; non pas de moquerie à l'égard de l'étranger, mais des Dane dont il parlait.

« Parce que c'est l'ancienne coutume de ces châtelains, voilà tout. Ils en ont quelques-unes qui ne manquent pas d'une certaine gaieté. Ces rouleaux de papier et ces croix que vous voyez sur le drapeau sont les armes des Dane.

— Les deux fils sont-ils au château ?... Pardonnez-moi ces questions ; je me suis lié avec l'un d'eux à l'étranger, il y a quelques années.

— Le plus jeune est ici, — l'ex-capitaine, — répondit le jeune homme du même ton tranquille, comme si répondre aux questions sur la famille Dane n'avait pas plus d'importance pour lui que de raccommoder sa gne de pêche. Le fils aîné — l'héritier — est à Paris. C'est un viveur, et la vie de Paris lui convient.

— Est-ce que les deux frères sont encore brouillés ?

— Oui, et ils le seront toujours.

— Des questions d'intérêt, n'est-ce pas? des discussions?

— Mauvais caractères. Aucune discussion. Il y aurait discussion, si cela pouvait changer l'état des choses. Mais comme elles doivent rester comme elles sont, à quoi bon disputer? Non pas que les torts soient du côté du capitaine; oh! je lui rends justice en cela. Toute la faute est au fils aîné.

— N'y a-t-il pas une jeune femme au château? reprit l'étranger après un moment de silence. J'oublie son nom...

— Adélaïde Errol, » répondit l'autre avec la même froideur de ton et de manières, quoique cependant il eût levé les yeux sur son interlocuteur et l'examinât attentivement.

« Une farouche fille d'Écosse! C'est ainsi que vous auriez pu l'entendre nommer, car c'est le titre que lui donne Danesheld.

— Je l'ai entendu appeler un ange, répliqua le marin, rien de moins.

— Alors, répondit l'autre en fixant des yeux ardents sur l'étranger, comme s'il eût voulu lire au plus profond de son âme, si vous avez entendu dire cela, ce ne peut être que par Harry Dane, j'en parierais ma tête.

— Par William Dane.

— William, Harry, c'est le même. Nous l'appelons Harry ici. Le vieux pair d'Angleterre préfère ce nom-là; Milady aussi, et ils l'ont rarement appelé autrement.

— Le fils aîné se nomme Geoffry, je m'en souviens. Il...

— Jamais l'héritier des Dane ne s'est appelé d'un autre nom. Encore une de leurs superstitions.

— Vraiment? William Dane ne doit-il pas épouser Adélaïde Errol?

— On le dit. Le capitaine, en vrai galant fils de Mars qu'il est, — ou qu'il était, — a déployé ses ailes pour atteindre le ciel pur de ses fascinations. Il...

— Si vous parliez d'une façon plus compréhensible, monsieur, s'écria l'étranger, un peu brusquement. »

Le jeune homme le regarda longtemps sans répondre. Il dit enfin :

« Vous ne me comprenez pas? Je ne parle pas allemand, cependant.

— Vous faites de la poésie, et c'est un langage que je n'ai jamais pu comprendre. Le capitaine Dane doit-il ou ne doit-il pas épouser cette jeune fille?

— Quel homme difficile à contenter vous me paraissez être, reprit l'autre en souriant. Ne vous ai-je pas dit que le bruit de son prochain mariage était généralement répandu? Le capitaine Harry adore la terre même qu'elle foule de ses pieds mignons. Vous allez me dire encore que c'est de la poésie, mais c'est surtout un fait.

— Et elle? »

Le jeune homme eut un mouvement de lèvres qui indiquait suffisamment que ce n'étaient pas là ses affaires.

« Comment le saurais-je? est-ce qu'on peut répondre des femmes. Celle-là l'aime peut-être; peut-être aussi ne l'aime-t-elle pas. Milady Dane fait tous ses efforts pour la persuader que l'honorable William Henry, quoique destiné à une vie modeste, n'est pas un mauvais parti pour une fille sans fortune.

— Mais William Dane est riche, fit l'étranger.

— Je me contenterais de la dixième partie de sa fortune. Il existe dans la famille Dane des arrangements par lesquels les cadets entrent en possession de leurs biens aussitôt leur majorité; et Harry, qui réunit en sa personne tous les cadets, — puisqu'il est seul,

— jouit de sa fortune, cinquante mille livres sterling. Il a de plus une autre somme de cinquante mille livres... davantage même, car elle s'est accumulée pendant quelques années — que lui a laissée son oncle William-Henry Verner. Ce brave capitaine n'a pas ici l'occasion de dépenser la moitié de ses revenus. En ce moment, en visite au château, il passe son temps à ne rien faire.

— Pense-t-il rester longtemps au château?

— Adressez-vous pour la réponse à Adélaïde Errol. Quand il est arrivé, il a prétendu ne devoir y demeurer qu'une semaine ou deux.

— Vous voulez dire quand il est revenu des États-Unis?

— Oui. Et qui diable a pu le retenir si longtemps en Amérique? Ç'a toujours été un mystère pour moi. On dirait qu'il a passé dans la peau d'un Yankee! A son arrivée au château, il a déclaré ne devoir y rester qu'une semaine ou deux... et il y a de cela six mois; et il y est encore, enchaîné par sa passion insensée pour elle... Mais ce ne sont pas mes affaires. — Un jour, il a parlé d'acheter de nouveau un grade dans l'armée; pour ma part, je ne m'explique pas pourquoi il a vendu celui qu'il possédait.

— Pourquoi appelez-vous son amour pour cette jeune fille une passion insensée? »

Le jeune homme tira son canif de sa poche et se mit à gratter nonchalamment une tache sur sa ligne.

« Des expressions inconsidérées nous échappent quelquefois, vous savez, sans que nous y attachions d'importance.

— Je vous demande pardon. N'est-ce pas la famille Dane qui vient de ce côté?»

Le jeune homme tourna la tête. Quelques personnes étaient apparues sur la pelouse, près des ruines de la chapelle, escortant une petite voiture de malade, où était étendu un beau vieillard à cheveux blancs. La voiture était poussée par un domestique à la livrée des Dane : gilet et culottes courtes en velours pourpre, habit blanc galonné d'argent. Une vieille lady, grande, de tournure élégante, l'accompagnait. Derrière, venait un homme d'une quarantaine d'années, d'une taille au-dessus de la moyenne, svelte, aux traits nobles et réguliers. Une charmante jeune fille de dix-neuf ans marchait à côté de lui, — gambadait, pour mieux dire, car elle était tantôt devant et tantôt derrière lui, — babillant, coquettant, déployant, suivant sa louable habitude, toutes ses agaceries et tous ses charmes. Elle avait un teint admirable, des yeux bleus et une profusion de cheveux blonds. — Charmante créature, en vérité, quoique ses traits ne fussent pas irréprochables, et que ses yeux rôdassent trop de côté et d'autre pour être le reflet d'un cœur pur.

Un autre domestique, dans la même livrée, fermait la marche.

« Vous ne vous trompez pas, c'est la famille Dane. On fait faire à mylord sa promenade du matin. Les deux domestiques se relayent pour pousser la petite voiture.

— Est-ce que lord Dane est infirme?

— Infirme! J'espère pour vous et pour moi que nous ne serons jamais dans une position semblable. Lord Dane a fait une terrible chute de cheval l'automne dernier, en chassant, et il est paralysé des jambes depuis cette époque. Il ne guérira jamais, à ce qu'affirment les médecins. Son état ne peut qu'empirer. Et maintenant, monsieur le marin, permettez-moi de vous souhaiter le bonjour.

— Je vous remercie de votre politesse à répondre à toutes mes questions, dit le marin.

— Monsieur, répliqua le jeune homme d'un ton circonspect et en se retournant pour parler, je ne vous ai rien dit que n'eût pu vous dire tout homme, femme ou enfant vivant sur les domaines de lord Dane. Les habitudes et la politique de la famille sont connues de tous. »

Il sauta à terre d'un air nonchalant et s'éloigna. Le marin suivait des yeux le groupe dans l'éloignement. Il ne lui fut pas difficile de deviner que la grande vieille lady était lady Dane; la jeune et charmante demoiselle, Adélaïde Errol. Quant au capitaine Dane, il le connaissait.

A ce moment, une autre personne s'approchait, venant du village, et remontant la grande route.

C'était un homme brun, petit et trapu, tout habillé de noir comme un intendant. Le marin fit quelques pas au-devant de lui sur la route et l'accosta.

« Pouvez-vous me dire qui est ce gentleman ? demanda-t-il en indiquant l'individu à la ligne.

— C'est monsieur Herbert Dane.

— Pas le fils de lord Dane ? s'écria l'autre, assez embarrassé.

— Ah ! grands dieux, non ! C'est seulement un de ses parents. Voilà le fils de lord Dane, l'honorable capitaine Dane, » continua-t-il en indiquant du doigt le groupe éloigné.

Il allait continuer son chemin quand le marin l'arrêta.

« Ravensbird, je crois, sur ma parole, que vous ne vous souvenez plus de moi ? »

L'homme se retourna, regarda fixement, et porta avec respect la main à son chapeau.

« Le colonel Moneton ! En vérité, sir, je vous fais mes excuses. Je n'avais pas fait attention à vous. Je regardais la famille là-bas. Nous avons si souvent, dans ces parages, des marins étrangers, que je vous avais pris pour l'un d'eux.

— Voulez-vous dire à votre maître que je suis ici, Ravensbird?... Attendez... ne me nommez pas devant eux tous. Je n'ai pas le temps de faire visite au château. Dites seulement au capitaine qu'un gentleman étranger désire lui parler. »

Le domestique salua de nouveau et s'empressa de rejoindre ses maîtres. Herbert Dane était déjà avec eux. Ils entraient en ce moment dans le château. Ravensbird dit un mot au capitaine Dane, dont il était le valet de chambre.

« Un gentleman me demande? Quel gentleman, Ravensbird? où est-il?

— En bas de la route, sir. Il désire vous voir en particulier. »

Le capitaine Dane parut ennuyé et revint sur ses pas avec impatience. Cette charmante fille qui marchait à ses côtés était plus pour lui que tous les gentlemen du monde. Elle le regarda s'éloigner, puis s'adressant au domestique :

« Qui est-ce, Ravensbird?

— Un étranger, milady.

— Et un Yankee, ajouta Herbert Dane. Il n'y a pas à s'y tromper. L'accent y est. »

Ils étaient en ce moment sous la voûte de la grande porte du château; la jeune femme prit le bras de M. Herbert Dane et continua son chemin, pendant que les serviteurs s'occupaient à faire descendre lord Dane de sa voiture. Herbert raconta à Adélaïde les questions et la curiosité de l'étranger, et tous deux se mirent à rire.

Les détails donnés par Herbert Dane sur sa famille étaient parfaitement corrects, et connus du monde entier, ainsi qu'il en avait fait l'observation, c'est-à-dire du monde entier à Danesheld. Lord et lady Dane n'avaient que deux fils, pas d'autres enfants, et ces deux fils n'avaient, ni l'un ni l'autre, été pour eux une grande consolation. L'héritier, Geoffry, était un prodigue, presque toujours en voyage, et qui, lorsqu'il fixait par hasard sa résidence au château, se rendait insupportable par son caractère. Il était cependant le Benjamin de son père et de sa mère, qui lui pardonnaient tous ses excès.

Portant envie à son jeune frère à cause de sa popularité, de sa bonne tournure, et par-dessus tout de sa grande fortune, — beaucoup plus considérable que la sienne, car lord Dane avait de grosses charges et ne pouvait lui assurer qu'un revenu insuffisant et peu en rapport avec ses goûts de dépense, — son cœur s'était petit à petit rempli d'une sourde haine. La guerre avait enfin éclaté entre les deux frères, et elle ne semblait pas devoir cesser de sitôt. Le premier assaillant fut sans doute Geoffry, qui insulta Harry et le traita avec le dernier mépris. Harry n'était pas d'un caractère à ne pas ressentir vivement l'injure, et il répondit sur le même ton. Du reste, au fond du cœur, il souffrait de l'amour et des préférences qu'on prodiguait à son frère.

Quand le capitaine Dane eut vingt-trois ans, il accompagna son régiment au Canada. Après plusieurs années de séjour en Amérique, il revint dans sa famille, blessé et impotent, et vendit sa commission dans l'armée. Après être resté un an à peu près au château, sa santé rétablie, il repartit pour l'Amérique, et, depuis cette époque, vécut presque toujours dans le nouveau monde, ne faisant que de rares apparitions en Angleterre. En ce moment, son séjour dans sa famille paraissait devoir se prolonger. Il était devenu amoureux de lady Adélaïde Errol. Il lui parlait déjà de mariage, et manifestait follement son intention de l'emmener, après la cérémonie, en Amérique, pour la présenter à ses amis, puis de revenir s'établir définitivement en Angleterre. Herbert Dane n'exagérait rien en disant que le capitaine adorait la terre même qu'elle foulait des pieds. Le seul plaisir de sa vie semblait être maintenant de se trouver avec celle qu'il aimait. Il l'avait prise pour confidente des douleurs de sa vie passée, et il mettait en elle l'espoir de son bonheur futur.

Et la lady Adélaïde? — Lady Adélaïde était l'une des plus franches et des plus hardies coquettes qui aient jamais fait perdre la tête à un homme; sans mauvaises pensées, après tout, mais absolument sans cœur. En la jugeant sur les apparences, on pouvait la croire douce et charmante. On se trompait du tout au tout. Peu de filles étaient aussi foncièrement égoïstes, quoique peut-être elle n'eût pas conscience de cet égoïsme. Elle était arrivée au château de Dane deux ans auparavant. Fille du comte de Irkdale, un pair écossais très-pauvre, Adélaïde Errol, après la mort de sa mère, sœur de lady Dane, s'était trouvée sans asile. La maison de son frère, le jeune comte, extravagant et dissolu, était une retraite peu convenable pour une jeune fille, et lady Dane avait fait venir sa nièce à Danesheld, où elle arriva accompagnée de sa femme de chambre française, et où, depuis lors, elle n'avait pas cessé de faire tourner la tête à tous les châtelains des environs.

Le capitaine Dane marcha vivement à la rencontre de l'étranger. Le colonel Moneton était un Américain avec lequel Harry avait été intimement lié. Ils étaient en correspondance, et les lettres du capitaine Dane avaient parlé longuement au colonel d'Adélaïde Errol. Rien ne saurait peindre l'étonnement d'Harry

Dane, en apercevant son ami, qu'il croyait à New-York.

« D'où diable sortez-vous? s'écria-t-il. Venez-vous de faire un tour dans les entrailles de la terre, et avez-vous atterri dans nos parages? »

Le colonel Moneton se mit à rire.

« J'ai cédé à la tentation d'acheter un yacht, et j'ai éprouvé le besoin de l'essayer, comme fait un enfant d'un joujou nouveau. Le vent était propice et nous a poussés jusqu'en Angleterre. Nous avons abordé à Plymouth, et là...

— Et de là, vous vous êtes mis en route pour Danesheld, comme un brave garçon que vous êtes. On m'a dit, il y a une heure, qu'un grand bâtiment construit en yacht venait d'entrer dans la baie, sous pavillon américain mais le diable m'emporte si je pensais à vous. Je me préparais à aller jusqu'à la falaise pour le voir. J'ai toujours la passion de la navigation, vous savez...

— Je voulais vous dire, quand vous m'avez interrompu, continua gravement l'Américain, qu'en arrivant à Plymouth, j'ai trouvé des lettres apportées par la dernière malle. Dane, ce sont des lettres de rappel : ma femme est tombée subitement malade, et nous retournons là-bas avec toute la vitesse possible.

— Mais vous resterez un peu de temps avec moi... un jour ou deux, au moins.

— Impossible, parole d'honneur. Pardonnez-moi ce semblant d'impolitesse, Dane. Le yacht ayant passé devant chez vous, je n'ai pas voulu continuer la route sans chercher à vous serrer la main, mais...

— Alors, vous n'êtes pas venu exprès? s'écria le capitaine d'un ton de reproche.

— Le commandant du yacht n'a pu faire autrement. Nous eûmes hier soir une espèce d'abordage avec un

imbécile de bateau, et il en est résulté quelques ava-
ries... oh! rien de grave... Tout sera réparé dans quelques heures. Venez voir le yacht avec moi.

— Venez d'abord au château, que je vous présente
à ma famille.

— Cette après-midi, bien volontiers, répondit l'Américain en prenant son ami par le bras et en l'entraînant vers le village derrière lequel était située la baie.
Vous avez toujours Ravensbird avec vous, à ce que
j'ai vu.

— Oh oui! c'est un des meubles de la maison. On
ne l'aime pas au château; il est trop indépendant :
mais il me convient. Je suis habitué à lui... et puis
il a toute ma confiance.

— Quelle est cette charmante personne qui vous
accompagnait tout à l'heure? »

Le capitaine rougit comme une jeune fille.

« Adélaïde Errol.

— Je m'en doutais. Et à quand le mariage?

— C'est ce qu'il est impossible de savoir avec certitude, dit le capitaine en souriant : c'est une petite
beauté capricieuse... aussi capricieuse que votre yacht,
Moneton, et elle me mène absolument à la baguette.
Ce sera pour un jour quelconque de cette année.

— Et vous ne reviendrez jamais en Amérique?

— Une fois encore; elle m'accompagnera, je l'espère. Il me faut prendre des arrangements, vous savez, pour avoir mon... »

A ce moment, M. Herbert Dane les rejoignit, tenant
toujours sa ligne de pêche à la main. Il marcha à côté
d'eux en leur adressant quelques paroles insignifiantes. Mais le capitaine Dane ne parut pas disposé à
lui donner la réplique, et ne le présenta même pas à
son ami, de sorte qu'Herbert Dane quitta la partie et
continua seul son chemin.

« Ce gentleman est un de vos parents, je crois, observa le colonel Moneton.

— Un cousin. Son père était l'honorable Herbert Dane, frère de lord Dane ; mais l'honorable Herbert gaspilla sa fortune et laissa son fils et sa fille presque aussi pauvres que Job. Si miss Dane n'avait pas un petit revenu inaliénable, ils n'auraient pas certainement de quoi vivre. Je ne pense pas, du reste, que ce soit de grande conséquence pour Herbert, car il a les mêmes goûts dissipateurs que son père, et il se serait inévitablement ruiné lui-même si son père n'avait pas pris les devants. Une mine d'or, quelle qu'en soit la profondeur, serait bientôt épuisée si on lui en laissait la disposition.

— Est-ce qu'il demeure au château?

— Certainement non. Je vous montrerai tout à l'heure où il gîte. Le pire, c'est que son père ne l'a pas mis en état de suivre une profession quelconque. L'église, le barreau, les services civils, sont autant de carrières ouvertes pour un fils de famille pauvre; l'armée est d'un accès plus difficile, j'en conviens, car on ne peut s'y maintenir qu'avec une certaine fortune personnelle. Je plains Herbert, après tout, quoique je ne l'aime pas. »

Le capitaine avait, tout en parlant, tourné à droite dans une ruelle qui aboutissait à trois ou quatre maisons. Il s'arrêta devant l'une d'elles, petite, basse, couverte de lierre. C'était une jolie habitation, un peu plus qu'un cottage, ornée devant sa façade d'une petite pelouse verdoyante et de quelques corbeilles de fleurs sans prétentions.

« Voilà sa maison. C'est là que végète Herbert, ne faisant pas autre chose sur cette terre que de pêcher de temps à autre et de chasser de loin en loin. La maison lui appartient, et il vit avec sa sœur... une fille ridicule et frivole, qui se croit une perfection. Elle possède un revenu de trois cents livres; Herbert, de son côté, en a à peu près cent, de sorte que... »

La suite des révélations du capitaine Dane se trouva tout à coup interrompue. Une jeune femme, aux joues cramoisies, coiffée d'une profusion de petites boucles de cheveux, sortit du jardinet, ouvrit avec fracas la grille et saisit le bras de son cousin. Elle était vêtue d'une robe légère et avait tout à fait les manières d'une enfant.

« Oh! Harry! je suis si contente de vous voir! Je pars cette après-midi, vous savez, pour une semaine ou deux. Vous m'aviez promis de venir hier soir pour me dire adieu.

— Cela m'a été impossible, Cecilia. — Colonel Moneton, miss Dane. »

Miss Dane fit la révérence, sourit niaisement, rougit et porta ses mains à ses boucles. Elle avait l'air tout honteux en présence de cet étranger. Le capitaine Dane n'avait pas de temps à perdre ce jour-là dans sa société. Il lui souhaita bon voyage et s'éloigna rapidement, accompagné du colonel.

— Pauvre Cecilia, dit-il en riant. C'est un brave petit cœur, mais elle n'a pas précisément beaucoup de cervelle. »

Ils traversèrent la ville et arrivèrent à la petite baie — si peu profonde que les grands bâtiments ne pouvaient y aborder — où le yacht était à l'ancre.

Pendant ce temps, M. Ravensbird était entré au château et s'était empressé de se mettre à la recherche de celle qui régnait sur son cœur, de la femme de chambre française de lady Adélaïde, Mlle Sophie Collot. Ravensbird était un homme très-brun, au teint blême, à l'air sévère, fort laid à première vue, mais néanmoins d'une expression de visage si honnête et si bonne, avec des yeux noirs si doux et si pénétrants qu'on s'habituait à sa laideur. Le château ne comprenait rien à l'attraction que Richard Ravensbird exerçait sur la charmante Sophie; mais souvent les hommes laids sont les plus aimés des femmes, personne ne l'ignore. Ravensbird revenait du village, où Sophie l'avait envoyé en commission, ce dont elle usait et abusait à son égard.

« Voilà votre commission faite, mademoiselle Sophie, dit-il en posant sur la table un petit paquet. J'espère que vous en serez satisfaite. »

Sophie déplia le paquet et en examina le contenu : trois ou quatre mètres de rubans. Sophie était une jeune personne proprette, tirée à quatre épingles, très-élégante dans ses vêtements simples, les traits provoquants, les yeux gris foncé; sa tête et ses cheveux auraient fait fortune à l'étalage d'un coiffeur.

Elle frappa du pied avec impatience en voyant les rubans.

« Si j'ai jamais rien vu de pareil! s'écria-t-elle. — Elle parlait anglais avec une grande facilité, quoique avec un fort accent étranger. — Je vous prie de m'acheter quatre mètres de rubans bleus et vous me les apportez rouges. Je vous l'ai déjà dit cinquante et cinquante fois, vous n'avez pas le sentiment des couleurs. »

Ravensbird se mit à rire. Les reproches de Mlle Sophie lui étaient plus doux à entendre que les éloges de qui que ce fût; Mlle Sophie ne l'ignorait pas, et agissait en conséquence.

« J'ai fait de mon mieux, Sophie. Ça ne peut-il pas convenir?

— Convenir! Il le faut bien. Si je vous envoyais en chercher d'autres, vous en rapporteriez de gris. Mais c'est bien la dernière fois que je vous charge de

m'acheter des rubans. Vous pouvez en être sûr, par
exemple !

— Vous m'aviez chargé, Sophie...

— Et après ? est-ce que je pouvais m'attendre à
vous voir plus stupide qu'une oie ? Allons, passez-moi
ma boîte à ouvrage, monsieur. Elle est sur la table.
Qui était cet officier de marine avec qui vous causiez,
près de la barrière ?

— Comment savez-vous que j'ai causé avec quelqu'un, Sophie ? dit Ravensbird en donnant la boîte.

— J'étais à la fenêtre de la tourelle, dans la chambre
de mylady Adélaïde. J'attendais mes rubans. Ah ! il
prend ses aises, me suis-je dit. Il s'arrête là à causer,
sans se préoccuper de moi. Qui était-ce ?

— Un ami du capitaine. Un gentleman que nous
avons connu en Amérique.

— De quoi vous parlait-il ? demanda Sophie avec
l'insatiable curiosité de sa nation et de son sexe.

— Il ne m'a pas dit grand'chose, Sophie, répondit
Ravensbird, qui généralement prenait autant de plaisir à répondre à toutes ses questions qu'on en prend
à répondre à celles d'un gentil et aimable enfant. Il
m'a demandé principalement si Herbert Dane était le
fils de mylord.

— Ah ! — S'il était le fils de mylord, les choses
iraient un peu plus agréablement.

— Quelles choses ?

— Quelles choses ! répéta Sophie ironiquement.
Il y a longtemps que je me le dis à part moi : vous et
votre maître, vous êtes les seuls à ne rien voir, au
château, excepté, peut-être, lord Dane. Vous vous
imaginez que ma maîtresse est amoureuse de votre
maître ; il le croit, lui aussi. Bast !

— Qu'est-ce qui se passe donc maintenant ? s'écria
Ravensbird, après un moment d'étonnement.

— Rien de plus que ce qui s'est toujours passé, répondit Sophie d'un ton tranquille. Vous auriez pu vous en apercevoir si vous aviez regardé. Ma jeune maîtresse est une coquette ; de plus elle est orgueilleuse. Elle aime être admirée, quel que soit l'admirateur... que ce soit le capitaine Dane ou M. Dane ; mais dans un coin de son cœur, l'un des deux lui est plus cher que l'autre. Il en est ainsi depuis longtemps déjà ; avant même que votre maître rentrât au château et mît tout sens dessus dessous, en se posant en prétendant.

— Qu'est-ce que vous voulez dire ? s'écria Ravensbird.

— Je veux dire qu'ils s'aiment, voilà tout, monsieur Ravensbird... Qu'est-ce que vous avez à me regarder de cet air effaré ?

— Faites-vous allusion à Herbert Dane ? »

Sophie fit un signe de tête, en coupant de ses dents un fil de coton.

« Il s'aiment tous les deux à la folie.

— Alors, s'il en est ainsi, comment ose-t-elle tromper mon maître par tous ses faux sourires ? s'écria Ravensbird, pâle d'indignation.

— Elle le fait exprès. Vers l'époque de l'arrivée de votre maître, mylady Dane commença à se douter de cet amour-là et eut une explication avec lady Adélaïde, qui fut saisie d'une telle peur d'être éloignée du château ou séparée de toute autre façon de son amoureux, que lorsque le capitaine Dane se présenta avec ses offres brillantes, elle fit semblant de les accepter, pour donner le change à lady Dane. Elle a l'air de bien accueillir son amour ; mais c'est seulement dans le but de cacher la vérité. Quant à se marier au capitaine, c'est une autre affaire. M'est avis que nous attendrons longtemps ce jour-là. »

Richard Ravensbird, appuyé contre la table, avait
l'air d'un homme auquel on vient de révéler quelque
hideux complot, quelque horrible conspiration. Si la
machine infernale de Fieschi eût été pointée sur sa
tête, il ne se serait pas cru en plus grand danger qu'en
ce moment. Tout en regardant Sophie avec des yeux
égarés, une foule de petits faits jusque alors inexpli-
cables pour lui lui apparaissaient maintenant, clairs
comme la lumière du jour.

Que de fois n'avait-il pas vu lady Adélaïde se promener avec Herbert Dane? que de fois n'avait-il pas
été témoin de ses prétextes et de ses ruses pour éviter
son maître? Il s'en souvenait maintenant. Et dire
qu'il avait mis tout cela sur le compte de la coquette-
rie inhérente à la nature des femmes !

« Est-ce qu'ils se rencontrent en secret? demanda-t-il.

— Quant ils peuvent et où ils peuvent. De temps en
temps, quand la soirée est belle, elle sort sous prétexte
d'une petite promenade et le rejoint. Mylady s'endort
régulièrement après dîner dans le salon. Mylord garde
auprès de lui le capitaine Dane à table; alors elle
s'enveloppe de son grand châle gris, met son capuchon sur sa tête et file sans bruit. M. Herbert est aux
aguets; ils vont ensemble faire un tour de promenade
jusque sur les hauteurs, aux ruines de la chapelle, et re-
viennent. Elle n'ose pas rester trop longtemps hors du
château, de peur qu'on ne s'aperçoive de son absence.

— Quelle perfidie !... ah ! le serpent ! murmura Ravensbird au comble de l'étonnement et de l'indignation.
Ah ! Sophie, c'est... c'est... c'est une infamie, cette con-
duite-là. Ce n'est pas digne d'une femme comme il
faut; ce n'est pas respectable !

— Ce n'est pas... quoi ? s'écria Sophie, ce n'est pas
quoi?

— Non, ce ne l'est pas, persista Ravensbird. C'est indigne d'une lady comme elle. Elle est fiancée à mon maître, le capitaine Dane, et elle va, un capuchon sur la tête, à des rendez-vous avec un autre ! En tous cas, ce n'est pas convenable.

— C'est vous qui devriez vous cacher la tête dans un capuchon, s'écria Sophie. Qu'est-ce que vous me chantez là ? M. Herbert Dane n'est-il pas le neveu de mylord, et court-elle aucun danger avec lui ! Ne doit-il pas inspirer confiance ? Et puis, est-ce qu'elle n'a pas aussi confiance en elle-même ? Personne moins qu'elle ne s'exposera jamais à rien de sérieux, soyez tranquille. Elle est écervelée et inconséquente pour les bagatelles, mais pour les choses sérieuses, elle est aussi prudente que vous-même, *mon ami.* Que craignez-vous pour elle ? que la mer envahisse les falaises et l'engloutisse ? Si elle se promenait avec le capitaine Dane ou avec M. Lester, ou avec mylord lui-même, diriez-vous que ce n'est pas « respectable ? » Allons donc !

— Mais pensez donc quelle trahison ! s'écria Ravensbird. Mon maître est honorable, sans défiance, franc et sincère. Je dois l'avertir de ce qui se passe. C'est une indigne trahison, je vous le répète, Sophie. Si personne n'ouvre les yeux du capitaine, je le ferai, moi.

— Mon ami, interrompit sentencieusement Sophie, écoutez mon conseil, et suivez-le, car il est bon. Ne vous mêlez pas des affaires des autres. Les diseurs de vérités désagréables ne reçoivent jamais de remercîments. Laissez les choses suivre leur cours. Quand le capitaine deviendra pressant pour la fixation du mariage, — et ça ne tardera pas, — il faudra bien qu'elle s'explique, et ce sera le mieux. Peut-être, après tout, l'épousera-t-elle. — Je le ferais, si j'étais à sa

place. En tous cas, elle aura à choisir entre ses deux
amoureux. Quant à vous, tenez-vous tranquille, et
n'allez pas vous briser la tête contre un mur. »

Métaphoriquement parlant, M. Richard Ravensbird
ne faisait pas autre chose en ce moment. De sa vie, il
n'avait été aussi agité et aussi indigné.

« Herbert Dane ! répétait-il avec tout le mépris
dont il était capable, Herbert Dane ! Si j'avais dû la
supposer traîtresse à mon maître, j'aurais mille fois
plutôt supposé qu'elle aimait Squire Lester. »

Mlle Sophie Collot leva les yeux sur lui d'un air de
pitié. « Ça prouve votre innocence en pareille matière, dit-elle. M. Lester a le double de son âge. Que
diable voulez-vous qu'elle fasse de M. Lester ? C'est
l'homme le plus charmant de Danesheld, et elle écoute
ses galanteries et ses fadaises, et il ne lui déplaît pas
d'en faire son esclave. Si vous, Ravensbird, vous étiez
un gentleman, elle écarterait les coudes pour vous
tenir à distance, parce que vous êtes trop laid. »

— Elle serait la bien venue.

Richard Ravensbird ressentait trop vivement la
duplicité dont son maître était victime pour prêter
attention aux sarcasmes dont Sophie le gratifiait. Profondément attaché au capitaine Dane, son unique pensée en ce moment était de choisir le meilleur moyen
de traiter lady Adélaïde suivant ses mérites. Son irri-
tation devenait de plus en plus profonde : chose rare
chez le flegmatique Richard Ravensbird ; mais sa nature était susceptible, à l'occasion, d'accès de colère
féroce, et en cela il ressemblait tout à fait à son
maître, le capitaine Dane.

CHAPITRE II

A COUPS DE PIED EN BAS DE L'ESCALIER !

La porte à main gauche, sous la voûte d'entrée du château de Dane, s'ouvrait sur ce qu'on appelait le Hall, pièce immense et luxueuse, l'orgueil de la province. Les murs étaient ornés d'admirables peintures, une riche mosaïque recouvrait le sol. Les meubles étaient plutôt massifs qu'élégants.

Dans les anciens jours, quand lord Dane était bien portant et que de grands dîners avaient lieu au château, ce Hall servait de salle de réception et de salon. Il communiquait par de grandes portes à deux battants avec la salle à manger, également fort belle, sans qu'elle eût cependant d'aussi vastes proportions. Chacune de ces deux pièces était en façade et avait vue sur la mer. Le Hall s'étendait sur toute la profondeur du château, à l'exception d'un large passage de pierre qui régnait dans toute la longueur et sur lequel il s'ouvrait aussi. La salle à manger donnait également accès à une pièce plus petite servant aujourd'hui de chambre à coucher à lord Dane. Au premier étage se trouvaient d'autres salons et les grandes chambres à coucher.

De l'autre côté de la voûte d'entrée, les appartements étaient moins vastes, et ceux ayant vue sur la mer restaient généralement inhabités. Les cuisines et les chambres d'attente pour les domestiques étaient en retour du château. Le passage de pierre mentionné plus haut régnait presque sur toute la longueur de la maison, — passage obscur, après tout, et d'un usage peu agréable. A chacune de ses extrémités, un escalier montait à l'étage supérieur, — l'un servant spécialement aux membres de la famille, l'autre surtout aux domestiques. Deux ou trois chambres inhabitées y prenaient accès, sur les derrières du château. L'une d'elles était remarquable : on l'appelait la chambre *de la mort*.

D'autres passages, corridors et étranges réduits, coins sans communication entre eux, abondaient dans le château, quelques-uns convergeant vers la porte d'entrée latérale, qui, par ordre de lord Dane, restait toujours fermée à clef. M. Bruff, l'intendant, avait la garde des clefs, de sorte que personne n'entrait ni ne sortait jamais que par la grande porte cochère.

Le soir du jour où s'étaient passés les événements relatés dans le chapitre précédent, la famille Dane était assemblée, avant le dîner, dans le grand salon : lady Dane, Adélaïde et un invité, M. Lester. M. Lester — généralement appelé Squire Lester — pouvait avoir trente-huit ou trente-neuf ans, mais il ne les paraissait pas. C'était un homme gai, charmant, entraînant, de taille moyenne, à cheveux noirs, l'œil d'un bleu violet. On commençait à dire à Danesheld que ses visites au château avaient lady Adélaïde pour objet, et qu'il espérait se consoler de la perte de sa première femme en l'épousant, malgré les intentions avouées d'Harry Dane à son égard.

Lady Adélaïde, debout près de la fenêtre, causait tout bas avec lui, qui, la tête penchée vers elle, en l'écoutant, la dévorait du regard. Lady Adélaïde ne faisait pas la moindre opposition à se laisser ainsi dévorer ; elle savait ne courir aucun danger, et elle se complaisait dans toutes ces flatteries et dans ces adulations, sans lesquelles elle n'aurait pu vivre.

Elle portait une robe blanche sans aucun ornement,

à l'exception d'un nœud de ruban rose sur son corsage, un collier de perles et des bracelets de perles posés juste au-dessus de ses gants. M. Lester, à l'entrée d'Harry Dane au salon, fit quelques pas en arrière.

« Je vous croyais parti, s'écria lady Adélaïde.

— J'arrive plus tard que je ne devrais, répondit-il; j'ai cherché différents papiers que je désire remettre à Moneton.

— J'avais cru comprendre que votre ami devait venir nous voir aujourd'hui, Harry, observa lady Dane.

— Il ne viendra que demain. Le patron du yacht ne juge pas prudent de repartir avant demain soir. Cela permet à Moneton de rester ici un jour de plus. Au revoir, Adélaïde.

— Je vous souhaite une soirée agréable, » dit-elle, en lui permettant de garder quelques instants sa main dans les siennes.

A ce moment la porte s'ouvrit, et le sommelier annonça le dîner. Le capitaine Dane offrit son bras à Adélaïde.

« Ce retard dans mon départ me vaut au moins une récompense, fit-il tout bas en traversant le salon avec elle.

— Une jolie récompense, dit-elle en renversant légèrement sa tête et en souriant.

— Une récompense bien douce, murmura-t-il; Adélaïde, ajouta-t-il d'un ton passionné, vous avoir à mon bras, comme en ce moment, ne fût-ce qu'une minute, suffit à me remplir le cœur de joie pour toute la soirée. »

Ils descendirent l'escalier, traversèrent le grand salon et entrèrent dans la salle à manger. Là, il quitta son bras, s'inclina devant elle avec une politesse chevaleresque et baisa sa main, qu'il tenait encore dans la sienne. Le capitaine dînait ce soir-là à bord du yacht, avec le colonel Moneton.

Lord Dane, assis au haut bout de la table, attendait l'entrée des convives. Il en était toujours ainsi depuis son accident. Lord Dane était encore un hôte charmant, faisant les honneurs de sa table en grand seigneur et en homme d'esprit. — Il avait toujours eu une grande réputation pour ses saillies et ses réparties, et personne, en le voyant ainsi, assis à cette table, gai et spirituel, n'aurait pu le supposer infirme, privé de l'usage de ses membres inférieurs et soutenu par des ressorts mécaniques.

Lady Dane prit place en face de lui, M. Lester et lady Adélaïde des deux côtés, et le dîner commença, servi par Bruff et deux domestiques.

La soirée était délicieuse; il faisait presque aussi clair qu'en plein jour, et Richard Ravensbird, assis devant la grande porte du château, rêvait au clair de la lune et aux étoiles. Devant lui s'étendaient la pelouse du château et les beaux pâturages jusqu'aux falaises; plus loin la mer, que de l'endroit où il était en ce moment il ne pouvait apercevoir qu'au large, et dont les falaises lui cachaient les vagues près des côtes; à droite, les villas disséminées çà et là, et plus loin, le village et ses lumières; presque en face de lui, les ruines de la vieille chapelle, ses fenêtres béantes et ses murs couverts de lierre, à moitié effondrés, auxquels la lueur blafarde de la lune donnait un aspect étrange et sinistre.

M. Richard Ravensbird se leva enfin, se promena quelque temps sur la grande route, puis, traversant la plaine en droite ligne, entra dans les ruines. A chaque extrémité de la vieille chapelle se trouvait une ouverture dont le temps ou la main des hommes — on ne savait — avait fait un véritable passage, tout à fait praticable. Par endroits, le sol était couvert de gazon et de mousse; des pierres sépulcrales, noircies par la pluie et le temps, des dalles de marbre, des niches, des réduits, des restes d'autels, apparaissaient çà et là entre le lierre et les décombres.

Ravensbird ne fit que traverser les ruines et se dirigea vers l'extrémité des falaises; à cet endroit, les rochers n'étaient pas très-élevés et n'avaient rien d'effrayant.

Ravensbird jeta les yeux sur la petite langue de terre, au-dessous, qui formait la berge, très-étroite, très-resserrée, et que la mer recouvrait entièrement, pendant deux heures, au moment de la marée haute. A marée basse, des douaniers s'y promenaient incessamment de long en large; c'était un de leurs postes.

Les douaniers avaient chacun une certaine étendue de côtes à surveiller, un mille environ, plutôt moins que plus; l'allure de leur marche devait être mesurée de façon à ce qu'ils se rencontrassent à un certain moment à la limite indiquée. Là, ils échangeaient le signal: « tout va bien, » et retournaient sur leurs pas, pour recommencer toujours jusqu'à la fin de leur faction. Les mauvaises langues prétendaient qu'ils flânaient quelquefois à ces points de rencontre; qu'on les avait vus allumer leurs pipes, tirer de certaines cachettes, au milieu des rochers, des bouteilles suspectes, et prendre tout à fait leurs aises, sans se préoccuper des contrebandiers. L'inspecteur des douanes avait eu vent de ces rumeurs et menacé de faire un exemple. Un triste événement avait eu lieu quelques jours auparavant, à cet endroit même de la plage. L'homme chargé de la surveillance de cette partie de la côte s'était assis, on le supposait du moins, et s'était endormi; la marée montante l'avait saisi et emporté en pleine mer. Son corps avait été rejeté le lendemain sur la plage, et une souscription dont la liste portait en tête les noms de lord Dane et d'Harry, avait été ouverte dans le village, en faveur de sa femme et de ses enfants.

Au moment où Ravensbird arrivait au bord de la falaise, le douanier en faction cette nuit-là descendait lentement vers la plage, venant d'un point un peu plus élevé où le roc en saillie cachait entièrement la vue. Ravensbird attendit qu'il eût tourné l'angle du rocher, et quand il fut sur la petite berge, il l'appela :

« Est-ce vous, Michel ? »

L'homme leva les yeux, sans distinguer au premier abord qui lui parlait.

« Vous ne me reconnaissez pas, Michel ? La nuit est assez claire, cependant. Prenez garde de ne pas vous endormir, comme ce pauvre Biggs.

— Oh ! c'est vous, monsieur Ravensbird, Non, monsieur, n'ayez pas peur, j'y prendrai garde. Nous croyons que c'est justement en cet endroit qu'il s'est assis et s'est endormi, si réellement les choses se sont passées ainsi. Nous ne sommes pas gênés pour dire librement notre pensée. C'est véritablement idiot de nous forcer à arpenter cette partie de la plage. Voyons ! en bonne conscience, monsieur Ravensbird, est-ce agréable en de certains endroits, — ici, par exemple ? — il n'y a pas seulement la place pour mettre un pied devant l'autre ! Biggs, plus que probablement, aura glissé. Voilà comment il s'est noyé ; il ne s'est pas du tout endormi.

— Si vous pouvez persuader aux officiers de la couronne que votre surveillance est inutile, et les décider à vous dispenser de vos factions, les contrebandiers vous en auront une certaine reconnaissance.

— Ce n'est pas ça que je dis. Qu'on nous fasse marcher sur les hauteurs, voilà tout, et nous ne courrons

plus de danger. Et puis il y a si peu de contrebandiers aujourd'hui.

— Faut-il que vous soyez poltrons de vous imaginer
que vous courez des dangers là où vous êtes. Un enfant lui-même y marcherait.

— Oui, peut-être, avec une attention de tous les
instants. Mais, que voulez-vous? on ne peut cependant pas être toujours ses gardes. »

Ravensbird se mit à rire. — « Grâce à ce que vous
prenez soin de vous réchauffer de temps en temps d'un
bon verre de gin, n'est-ce pas, Michel?

— En vérité, non, monsieur, vous vous trompez
grandement. Nous ne prenons jamais rien. Nous n'o-
sons pas. Ça serait nous exposer à être destitués. —
Eh! monsieur Ravensbird, ne vous penchez pas tant:
vous pourriez être pris de vertige.

— Non, pas moi; j'ai les jarrets solides. Et puis,
j'aime à regarder du haut des falaises.

— Je n'en dirai pas autant pour moi. Ce serait une
terrible chute. On s'y briserait certainement les jambes, et ça pourrait coûter la vie. Bonsoir, monsienr
Ravensbird.

— Je ne souhaite pas d'en faire l'expérience. Bonne
nuit, si vous continuez votre faction. La mer sera
bientôt haute, j'imagine. »

Le douanier s'éloigna lentement, et Richard Ravensbird revint sur ses pas, en se dirigeant de nouveau
vers les ruines. Il y était à peine entré qu'il vit quelqu'un s'approcher, venant de Danesheld, et reconnut
Herbert Dane.

« Allons! Sophie avait raison, » se dit-il en lui-même.

Jusqu'à ce moment, il n'avait cru que fort peu aux
histoires de Mlle Sophie.

M. Dane s'avançait en sifflant. Quand il fut arrivé
à la chapelle, il s'appuya contre le rebord d'une des

fenêtres couvertes de lierre et regarda dans la direction du château. Dans cette position, et se confondant pour ainsi dire avec les ruines, il ne courait aucun risque d'être aperçu par qui que ce fût.

Adélaïde parut quelques instants après, enveloppée d'un grand châle. Elle marchait très-vite. Herbert Dane s'empressa d'aller à sa rencontre, et Ravensbird, caché dans un recoin des ruines, put impunément laisser tomber de ses lèvres une parole qui n'était certes pas un souhait de bienvenue. Herbert Dane offrit le bras à la jeune fille, et ils traversèrent vivement la chapelle, ou, pour mieux dire, coururent — car milady semblait impatiente — jusqu'à un terrain un peu au delà et à ciel ouvert; Ravensbird s'était, au moment où ils passaient devant lui, blotti dans sa cachette. Quand il n'entendit plus le bruit de leurs pas, il s'avança avec précaution et, presque entièrement caché par le lierre d'une des fenêtres, il jeta au dehors des regards furtifs et écouta attentivement.

Herbert et Adélaïde se promenaient de long en large entre la chapelle et les falaises, la main dans la main.

« Le galant capitaine est-il au château ce soir ?

— Non, il est à bord du yacht américain. Squire Lester a dîné avec nous, Oh ! Herbert, fit-elle en riant gaiement, avec tous ces admirateurs-là, je finirai par perdre la tête. Le Squire devient bien démonstratif.

— Squire Lester est un être quelconque, Adélaïde. Le seul à craindre, c'est le capitaine.

— Ne vous tourmentez pas, répondit-elle vivement. Je le hais ! Je le méprise ! Il se peut qu'il soit digne de l'admiration des hommes et des femmes ; mais il est venu jeter son malencontreux amour entre vous et moi, et cela me suffit. Je le hais !

— C'est l'honorable Harry Dane, et sa fortune est grande, dit Herbert d'un ton amer. Ce n'est pas un rival à dédaigner.

— Si vous allez recommencer vos reproches, je retourne au château, répondit-elle en affectant un air de bouderie enfantine. Vous le savez bien, il ne m'est de rien, et jamais je ne l'épouserai, quoique je sois forcée de le lui laisser croire. Pourquoi a-t-il ?... Mais je ne dois pas parler de cela, j'ai donné ma parole. En vérité, Herbert, craignez-vous que je l'épouse, quand je... quand vous seul remplissez ma pensée ?

— Qu'est-ce que vous ne devez pas dire ? demanda Herbert Dane.

— Oh ! rien ; c'est quelque chose qu'il m'a confié répondit-elle négligemment. Cela ne concerne ni vous ni moi... Vous paraissez fâché, Herbert ; vous pensez que je n'aurais pas dû lui donner d'espérance. Mais pouvais-je donc faire autrement ? Si ma tante soupçonnait mon amour pour vous, ou seulement que vous m'aimez, elle m'enverrait aux antipodes.

— Adélaïde, cette feinte ne peut pas durer toujours, Il faudra bien en venir à une explication.

— Je le suppose... oui, un jour ou l'autre.

— Et alors ?

— Oh ! je vous en prie, Herbert, ne me cassez pas la tête avec vos inquiétudes sur l'avenir : quand ce moment-là arrivera, je trouverai une solution, je l'espère. Savez-vous quelle pensée me vient à l'esprit quelquefois ? Je suis tentée d'avouer toute la vérité à Harry, de lui dire combien nous nous aimons, et de me confier à sa générosité, en lui demandant de nous garder le secret.

— Ne faites pas cela, Adélaïde.

— Pourquoi êtes-vous si maussade, ce soir ?

— Je ne suis pas maussade; je suis triste, voilà tout. Ma vie me paraît être comme un rêve pénible, maintenant. Il y a des moments où je crois vraiment que vous ne m'aimez pas. »

L'accusation était injuste, et Adélaïde Errol leva sur son amant, d'un air de reproche, des yeux remplis de larmes, des yeux si beaux, si irrésistibles, qu'Herbert murmura un mot de repentir et, se penchant amoureusement, lui imprima un long baiser sur les lèvres.

Pendant quelques minutes, Ravensbird n'entendit plus rien. Les deux amants étaient debout côte à côte sur le bord des falaises et semblaient regarder la mer au loin. Tout à coup, Adélaïde se retourna vivement.

« Non, non, ne m'écrivez pas, disait-elle, quand Ravensbird put entendre de nouveau, nous ne devons pas courir ce danger-là. Il ne serait peut-être pas prudent de confier des lettres à Sophie : elle et ce hideux domestique d'Harry sont grands amis. C'est une indignité que vous ne puissiez plus venir au château quand il vous plaît, comme vous en aviez l'habitude. Ce que vous dites est vrai : tout le monde vous accueille froidement... Il me faut partir, Herbert. Si ma tante se réveillait et venait à apprendre que je suis ici ! Quelle scène ! quels cris ?

— Quel mal faites-vous ? répondit violemment Herbert. Vous êtes aussi en sûreté avec moi, j'espère, que dans le château avec elle.

— Mais vous êtes précisément celui avec qui elle ne veut pas me voir; vous devez me comprendre, répondit la jeune fille en riant. Elle s'imaginerait qu'il y a entre nous quelque complot contre le bonheur d'Harry... Cecilia est-elle partie ?

— Oui, cette après-midi. Vous êtes bien pressée de me quitter ! fit-il d'un ton douloureusement affecté. Vous ne venez pas trop souvent, cependant, Dieu le sait; et je vous ai dit qu'il me serait peut-être impossible d'être ici demain soir.

— Les belles soirées sont rares; puis-je donc sortir du château par les nuits noires ou pluvieuses? Vous n'êtes pas raisonnable, Herbert... Non, non, pas à travers la chapelle, ajouta-t-elle; je crains toujours, en passant dans ces ruines, d'y voir des fantômes. Il faut que vous ayez une véritable passion pour les ruines, vous y passez votre existence. »

Il se mit à rire; et Ravensbird les vit s'éloigner à pas lents.

Herbert Dane s'arrêta bientôt. Il craignait sans doute d'être vu dans ces parages. Après s'être serré la main, ils se séparèrent. Elle se mit à courir très-vite sur la pelouse; lui, revint sur ses pas, et reprenant son ancienne place contre le mur de la chapelle, il la suivit des yeux jusqu'à ce qu'elle fut rentrée au château. Alors il se dirigea à pas précipités vers Danesheld, et Richard Ravensbird, sortant de sa cachette, se dégourdit les jambes et calma son indignation par une longue promenade sur les falaises, avant de rentrer au château.

Le lendemain, la journée était aussi pure qu'avait été la nuit; pas tout à fait aussi calme cependant, car une légère brise ne tarda pas à s'élever.

« Tant mieux pour le yacht de Moneton, observa le capitaine Harry Dane, en s'asseyant pour déjeuner avec sa mère et lady Adélaïde. Le vent est favorable; ils marcheront rapidement.

— Quand partent-ils? demanda lady Dane.

— Cette nuit.

— Vous êtes resté tard à bord, hier soir, n'est-ce pas, Harry?

— Oui. Il était, je crois, minuit quand j'ai quitté le yacht. Moneton et moi, nous avons parlé de notre ancien temps. Il jouit d'avance du plaisir de vous recevoir chez lui, Adélaïde. Il a une charmante résidence à Washington. »

Lady Adélaïde rejeta sa tête en arrière, et dit d'un ton légèrement moqueur :

« Il pourrait bien ne pas avoir le plaisir qu'il se promet ; Washington est loin d'ici, capitaine Dane.

— Capitaine Dane ! répéta-t-il, piqué.

— Harry, alors, reprit-elle avec bonne humeur, en voyant lady Dane lui lancer un regard désapprobateur, si vous avez honte de l'autre nom.

— Je n'en ai nullement honte, Adélaïde, fit-il doucement ; seulement, j'en aime mieux un autre, de votre bouche.

— Oh ! mon Dieu ! soupira Adélaïde, en se renversant brusquement sur sa chaise, que d'ennuis dans la vie !

— Quels ennuis ? demanda lady Dane.

— Bien des choses, ma tante. Sophie était ce matin d'une humeur massacrante, et ce magnifique oiseau que m'a donné M. Lester ne bat plus que d'une aile. Je le crois presque mort. »

Quand le capitaine Dane quitta la salle à manger après le déjeuner, il rencontra son domestique, Ravensbird, qui sollicita de lui quelques minutes d'entretien. Ils montèrent tous deux à un petit appartement, dans une des tours, dont le capitaine avait fait son salon, et s'enfermèrent.

Lady Dane, après avoir fait enlever les restes du déjeuner, ouvrit son livre de prières et lut les psaumes du jour. C'était une femme d'une grande piété. Dans les premiers temps de l'arrivée d'Adélaïde Errol au château, sa tante lui avait imposé de dire les prières avec elle, mais en présence de la mauvaise volonté de la jeune fille à lui obéir et de ses impatiences, elle avait fini par lui dire doucement qu'elle ferait mieux d'attendre que son cœur fût enfin touché de la grâce. La pauvre Adélaïde, dont l'éducation avait été fort négligée sous le rapport de l'enseignement religieux, considérait les prières comme un devoir ennuyeux et une perte de temps, et lady Dane avait eu le bon sens de se souvenir qu'en matière de religion il ne faut forcer personne.

Elle s'assit dans son grand fauteuil, auprès du feu, et Adélaïde resta debout près de la fenêtre.

La salle à manger était contiguë au salon, à l'extrémité du château. Une de ses fenêtres faisait face à la mer, et l'autre à Danesheld. La matinée était splendide : le ciel bleu, parsemé çà et là de nuages ; les haies commençaient à bourgeonner, les fleurs à s'ouvrir ; vrai jour de printemps ! Ce n'était pas toutes ces charmantes choses que regardait lady Adélaïde.

Le soleil resplendissant, le ciel azuré, les haies verdoyantes, les fleurs naissantes, n'étaient rien pour elle ; elle ne donnait même pas un regard à l'admirable étendue de mer qui se déroulait devant elle, et aux vaisseaux, majestueux passant au loin, avec leurs grandes voiles blanches qui se découpaient sur le ciel à l'horizon ; elle ne voyait ni les charmantes villas près du village, ni les laboureurs au travail dans les champs ; non, son attention paraissait absorbée par toute autre chose.

Herbert Dane était assis à califourchon sur cette même barrière où nous l'avons déjà vu la veille. Il affectionnait cette place et y venait souvent, car de là, il pouvait apercevoir une des fenêtres de la salle à manger du château et le jeune et charmant visage qui ne manquait jamais d'y apparaître. Aujourd'hui, ce n'était plus sa ligne de pêche qu'il tenait à la main, mais un fouet de chasse à pomme d'argent, dont il frappait alternativement ses bottes et les barreaux de la porte avec sa nonchalance habituelle. Il se découvrit pour saluer lady Adélaïde aussitôt qu'elle parut à la fenêtre ; et un étranger n'aurait rien vu dans ses manières et dans son geste que la politesse cérémonieuse d'un gentleman. Elle, probablement, y voyait beaucoup plus.

« Ma tante ! » s'écria-t-elle, rompant tout à coup le silence. Il lui semblait (dans son impatience, qu'une demi-heure au moins avait dû s'écouler depuis le commencement des prières de lady Dane (quoiqu'en réalité il y eût à peine dix minutes), ma tante, n'est-il pas temps, croyez-vous, de nous préparer à accompagner mon oncle ?

— Pas encore, Adélaïde. Il est seulement... Eh bien, qu'y a-t-il ? »

Un grand tumulte, des éclats de voix violents, irrités comme dans une dispute, venaient des étages supérieurs. Lady Dane, alarmée, se leva brusquement de son fauteuil ; Adélaïde courut à la porte, qu'elle ouvrit toute grande.

Le capitaine Dane et son valet de chambre, Ravensbird, étaient dans l'escalier. Le capitaine avait saisi le pauvre garçon par le collet, et le poussait devant lui avec une violence extrême. Tous deux semblaient dans un état de surexcitation excessive. Ils arrivèrent ainsi, luttant, se bousculant, se colletant, jusqu'au palier du premier étage. Là, le capitaine Dane, d'un coup de poing et d'un coup de pied, fit perdre l'équilibre à l'infortuné Ravensbird, qui, tournant sur lui-même, alla rouler jusqu'au bas de l'escalier.

Lady Dane, au comble de l'épouvante, regardait anxieusement Ravensbird par-dessus la balustrade. Le domestique se remit sur ses pieds, leva la tête, et, du poing, menaça son maître. Il ne semblait apercevoir ni lady Dane, ni Adélaïde.

« Je vous conseille d'être sur vos gardes, maintenant, capitaine Dane, dit-il d'une voix sourde. Je n'oublierai jamais l'insulte que je viens de recevoir et, je vous le jure, je vous la rembourserai avec usure!

— Grands dieux, Harry! s'écria lady Dane, pendant que Ravensbird disparaissait au milieu du groupe des domestiques accourus au bruit, qu'est-ce que tout cela signifie? Qu'a fait Ravensbird?

— Qu'importe, ma mère? Il ne troublera plus le repos de la maison. C'est là le principal. Je l'ai congédié.

— Congédié Ravensbird?

— Le misérable chien! s'écria le capitaine, incapable de dominer sa fureur.

— Mais qu'a-t-il fait? répéta lady Dane.

— Il a essayé de me faire croire à des mensonges ridicules, et quand je l'eus contraint de me donner les preuves de ces infamies, il... Mais non, j'aime mieux ne pas en parler; je sens que je le tuerais! »

Et tournant les talons, le capitaine remonta lentement à son appartement, sans se préoccuper davantage de lady Dane et d'Adélaïde.

Richard Ravensbird ne donna pas plus d'explications que son maître. Marchant à grands pas, au milieu des domestiques étonnés, il traversa le petit Hall servant d'office, — qu'il ne faut pas confondre avec le grand Hall, dont nous avons déjà parlé, — puis le passage en pierre, sans prononcer une seule parole. Son visage était livide, ses traits contractés. Comme il allait sortir par la grande porte du château, il se retourna, et demanda seulement à un des valets de pied de faire un paquet de ses effets et de l'envoyer à l'auberge du *Rendez-vous des Marins*. A ce mo-

ment, Sophie accourut, demandant une explication ;
mais Ravensbird la repoussa de la main. Avec l'opi-
niâtreté naturelle à son sexe, Sophie s'attacha à lui,
insista, supplia, et alors Ravensbird lui promit de lui
donner de ses nouvelles dans le courant de la journée.
Ce fut là tout ce qu'elle put obtenir de lui, quoiqu'elle
l'eût suivi au delà des grandes grilles du château.

Herbert était toujours à califourchon sur sa barrière, probablement fort ennuyé d'attendre, et las de
se frapper les bottes et les jambes du bout de son
fouet. L'arrivée de Ravensbird, les traits bouleversés
et dans un état d'agitation extraordinaire, était une
vraie bonne fortune pour lui.

« Eh bien ! Ravensbird, que se passe-t-il donc ? »

L'homme s'arrêta, regarda en face le questionneur,
et répondit en appuyant sur chacune de ses paroles :

« J'ai été jeté à coups de pied hors du château,
monsieur.

— A coups de pied hors du château ! répéta Herbert
Dane profondément surpris; par qui? pas par mylord?
ajouta-t-il en essayant de plaisanter.

— J'ai eté ignominieusement jeté à la porte, sans
égard pour mes longs et loyaux services ; poussé à
coups de pied jusqu'en bas de l'escalier, en présence
de lady Dane et des domestiques, continua Ravensbird.
Oui, mon maître m'a ainsi traité. Mais qu'il prenne
garde à lui, car, je le jure, je me vengerai. Il y a de
ces insultes, monsieur, que la vengeance seule peut
laver. Celle-ci en est une.

— Et quelle est la cause? Aviez-vous offensé votre
maître?

— Je n'ai voulu que lui rendre service. Il s'est mépris sur mes intentions... honnêtes et amicales cependant. Je le répète, qu'il prenne garde à lui. »

Ravensbird continua son chemin, sans plus d'explications. Herbert Dane le suivit longtemps des yeux, ébahi, abasourdi. Il était tellement étonné qu'il laissait en repos son fouet de chasse à pomme d'argent.

« Il ne ferait pas bon de l'agacer en ce moment! dit-il entre ses dents. Mazette! quelle colère et quelle face blême! M'est avis qu'Harry sera prudent en se tenant sur ses gardes. »

Pendant ce temps, lord Dane qui, de sa chambre, avait entendu le tumulte et les cris, faisait venir son fils et lui demandait la cause de cette scène scandaleuse; mais le capitaine Dane refusa absolument de donner aucun détail. « Ravensbird s'est comporté comme un misérable, et je l'ai traité comme il le méritait, se contenta-t-il de dire. » Ce fut tout ce que Sa Seigneurie put tirer de lui.

Le colonnel Moneton fit une visite au château dans l'après-midi, et fut retenu pour le lunch. Le yacht avait terminé ses réparations, et n'attendait plus pour mettre à la voile que la marée du soir. Lord Dane s'enquit de l'heure du départ, et le colonel répondit que ce serait, croyait-il, vers neuf heures. Il demanda au capitaine Dane de dîner avec lui à bord, à sept heures précises; le capitaine accepta.

Les deux amis sortirent ensemble après le lunch, traversèrent le parc, firent un tour jusqu'aux ruines de la chapelle, descendirent par l'escalier dans les rochers jusqu'à la petite plage, et arrivèrent en suivant l'étroite langue de terre — effroi du douanier Michel — jusqu'à la baie où le yacht était à l'ancre. Là ils se séparèrent, le capitaine Dane donnant pour excuse un rendez-vous dans l'après-midi auquel il ne pouvait manquer.

Lord Dane, sa femme et Adélaïde venaient de s'asseoir pour dîner, quand, à leur grande surprise, — car ils avaient entendu la promesse faite au colonel Moneton, — ils virent entrer Harry.

« Comment, c'est vous, Harry! s'écria lord Dane. Je croyais que vous deviez dîner à bord du yacht. ?

— J'ai changé d'avis, sir, j'ai envoyé un mot au colonel. Peut-être irai-je lui dire adieu au moment de son départ. »

Harry avait prononcé ces mots d'un ton bref et quelque peu étrange. Lord Dane vit que son fils souffrait.

« Cette affaire avec Ravensbird vous tourmente, n'est-ce pas, Harry? dit-il en le regardant attentivement.

— Elle m'a, en effet, beaucoup contrarié, sir ; plus que je ne saurais dire.

— Harry, il faut vous méfier de cet homme, dit lady Adélaïde ; je sais qu'il médite quelque vengeance contre vous. »

Harry Dane, pour toute réponse, se contenta de hausser les épaules, en signe de mépris pour M. Ravensbird et ses projets de vengeance, mais lord Dane demanda à Adélaïde comment et par qui elle avait appris les projets de Ravensbird·

« J'ai rencontré par hasard M. Herbert Dane en me promenant cette après-midi, » répondit-elle. En l'entendant parler et en voyant l'expression calme de son visage, on aurait pu croire que M. Herbert Dane n'était pour elle que quelque vieux parent éloigné dont elle n'aurait jamais supposé devoir même prononcer le nom, ou qu'elle connaissait seulement de vue. « Il m'a dit avoir rencontré Ravensbird ce matin, au moment où il sortait du château, et l'avoir entendu prononcer des menaces de vengeance. Il pense qu'il vaudrait mieux pour Harry avoir un tel homme pour ami que pour ennemi. »

Un sourire ironique, mêlé d'nne expression d'implacable colère, contracta le visage du capitaine Dane.

« Je fais mon affaire de Ravensbird, » fut sa seule réponse, et pendant tout le cours du dîner, il ne parla que par monosyllabes. Lord Dane remarqua qu'il mangeait à peine.

CHAPITRE III

LA CHUTE DU HAUT DES FALAISES

« Irai-je, ou n'irai-je pas? se demandait avec anxiété lady Adélaïde, tout en regardant, à travers les rideaux de mousseline d'une des fenêtres du salon, la nuit étoilée. Herbert m'a dit qu'il ne pourrait pas venir ce soir. Quel ennui! Ah! les insupportables gens! Une si belle nuit!... Tant pis, je me décide. J'y vais, ajouta-t-elle après un moment de réflexion. Après tout, pourquoi ne serais-je pas libre de me promener seule? Je suis indépendante, j'imagine. Auraient-ils donc la prétention de me traiter en enfant?... Comme la lune est belle se reflétant dans la mer!... Cinq minutes seulement, et je reviens. Il me semble que j'étouffe et que mes poumons ont besoin d'air frais, après la chaleur et le gaz de la salle à manger. »

Elle se retourna et jeta un coup d'œil rapide sur lady Dane. Non; il n'y avait aucun danger de ce côté; la vieille dame s'était profondément endormie dans son fauteuil.

La nuit était, en vérité, admirable; la mer était

calme, et la lune, si brillante qu'on se serait cru
en plein jour. Le vent frais de la matinée n'était plus
qu'une douce brise, à peine suffisante pour pousser au
large le petit yacht du colonel Moneton. Adélaïde
Errol quitta le salon sur la pointe des pieds, s'enveloppa de son châle gris, se couvrit la tête de son
capuchon, et sortit vivement par la grande porte-du
château.

Lady Dane dormait d'un sommeil profond. Les événements de la journée l'avaient ennuyée et fatiguée.
Cette querelle de son fils avec Ravensbird l'agitait
encore en ce moment, et elle rêvait que la lutte re-
commençait, qu'Harry avait saisi Ravensbird et le
frappait au visage, et que le malheureux poussait des
cris perçants. La scène était si vive dans sa mémoire
que lady Dane s'éveilla.

Elle s'éveilla et entendit les mêmes cris. Elle se
leva, n'en croyant pas ses oreilles, et se demandant
ce qui pouvait se passer. Elle s'étonna d'être seule.
Mais ces cris n'étaient pas poussés par Ravensbird.
C'étaient les cris perçants d'une femme, et ils partaient
de la pelouse, en dehors du château! Lady Dane se
précipita vers la fenêtre, l'ouvrit et regarda.

Une forme grisâtre courait éperdument sur la pelouse, dans la direction du château. Lady Dane ne la
reconnut pas au premier coup d'œil, quoique le capuchon flottât en arrière de la tête, et que les cheveux
fussent parfaitement visibles au clair de lune.

Elle aperçut en ce moment Bruff, suivi des autres
domestiques, se précipitant sur la route, et une jeune
fille se jetant dans leurs bras en poussant toujours les
mêmes cris aigus. Lady Dane, au comble de l'étonne-
nement et de la frayeur, recula épouvantée : c'était sa
nièce, lady Adélaïde!

Elle descendit aussi vite que son âge le lui permettait, au rez-de-chaussée, dans le grand Hall, et y rencontra Bruff ramenant lady Adélaïde. Tremblante, haletante, gémissante, incapable de se soutenir, la jeune fille était évidemment sous le coup de quelque horrible terreur, de quelque épouvantable cauchemar. Il était inutile de chercher à l'interroger; elle n'était pas en état de répondre. Elle se laissa tomber sur une chaise, en proie à une violente attaque de nerfs. On aurait pu entendre ses cris à moitié chemin de Danesheld. Les domestiques, consternés, après l'avoir débarrassée de son châle, coururent chercher des sels et de l'eau fraîche; lady Dane lui réchauffait les mains. Tout à coup on entendit la voix de lord Dane appelant Bruff; l'intendant s'empressa de courir à la salle à manger, et lord Dane, encore assis au haut bout de la table, le cordon de la sonnette attaché à sa chaise par un ruban de soie, lui demanda avec colère ce que ce bruit inconvenant signifiait.

« Mylord, c'est lady Adélaïde. Elle semble malade.

— Elle *semble* malade! que voulez-vous dire?

— Elle était dehors, à ce qu'il paraît, mylord. Elle venait du côté des hauteurs vers le château, en courant et en criant, quand nous sommes sortis. Il faut que quelque chose l'ait effrayée.

— Comment! c'est lady Adélaïde qui pousse de tels cris! lady Adélaïde sortant du château pour aller aux falaises à cette heure de la soirée, s'écria lord Dane d'un air irrité et incrédule. Ce n'est pas vraisemblable, Bruff!

— Mais, mylord, c'est la vérité, cependant. C'est bien lady Adélaïde qui pousse ces cris perçants que vous entendez en ce moment, mylord. Elle est dans le Hall. Mylady est près d'elle.

— Défaites cela, dit lord Dane, en indiquant le ruban attaché à sa chaise. »

Le sommelier obéit, et lord Dane, touchant un ressort, fit avancer doucement sa chaise sur le tapis. C'était une de ces chaises construites spécialement pour les infirmes et qui leur permettent d'aller d'une chambre à une autre sans le secours de personne. Bruff ouvrit à deux battants la porte du Hall, et lord Dane poussa sa chaise de manière à ce qu'elle fît face à Adélaïde. Les attaques de nerfs ne sont pas « ce qu'un vain peuple pense, » et celle-ci, à l'arrivée de lord Dane, se calma tout à coup. Lady Adélaïde, cependant, tremblait de tous ses membres comme si elle eût eu une fièvre ardente. Elle était d'une pâleur livide.

« Que signifie tout cela, Adélaïde? demanda lord Dane. Avez-vous été effrayée?... Que s'est-il passé? ajouta-t-il presque aigrement, en se tournant vers sa femme, car Adélaïde venait de se cacher la tête entre les mains, comme si elle refusait de répondre. Bruff me dit qu'elle était sur les falaises et qu'elle est revenue au château en criant. Je ne comprends pas.

— Je n'y comprends rien non plus, répondit lady Dane. Il est parfaitement vrai qu'elle était sortie, car je l'ai vue et entendue. Il faut que quelque chose l'ait effrayée.

— Mais pourquoi était-elle dehors aussi tard? Pourquoi sur les falaises?

— C'est justement ce que je voudrais savoir. Quand je me suis endormie après le dîner, elle était avec moi dans le salon et lisait. Il n'y avait certainement pas plus de cinq minutes que je dormais quand j'ai été réveillée par ses cris perçants — vous les avez entendus comme moi, n'est-ce pas? — et l'ai vue revenant des falaises. Je lui ai déjà demandé dix fois pourquoi elle était sortie; elle ne m'a pas répondu. »

Lord Dane, aussi irascible et aussi violent que pouvait l'être son second fils, et peu habitué à la résistance, poussa sa chaise encore plus près d'Adélaïde, sur l'épaule de laquelle il posa sa main. Quelques-uns des domestiques étaient encore autour d'elle, mais il n'y prit pas garde.

« Maintenant, faites bien attention, Adélaïde, les choses ne peuvent continuer ainsi. Je *veux* savoir ce qui s'est passé, et je le saurai. Pourquoi étiez-vous sortie ?

— Je ne sais pas, répondit-elle en frissonnant.

— Mais il faut que vous le sachiez. Vous n'êtes pas somnambule. Adélaïde, comprenez-moi bien. Je vous demande la vérité, et je *veux* que vous la disiez. Étiez-vous allée rejoindre quelqu'un? continua-t-il, un soupçon lui traversant tout à coup l'esprit.

— Oh! non, non. En vérité, non, je vous jure, lord Dane. Ce n'était pas pour cela! s'écria-t-elle avec une véhémence quelque peu étrange.

— Je pensais que peut-être vous étiez sortie dans l'espérance de rencontrer Harry, ou que vous l'aviez accompagné. Une bien grande folie à tous deux, s'il en était ainsi, puisque vous avez la liberté de vous promener ensemble aussi souvent qu'il vous plaît dans la journée. Mais Harry était parti déjà pour se rendre au yacht. Je le crois, du moins. J'attends vos explications, Adélaïde.

— Je dirai la vérité, fit-elle d'un ton plus calme, quoiqu'elle ne cessât pas de pleurer. J'étais devant la fenêtre, après que ma tante se fut endormie, et j'admirais la beauté de la nuit. Jamais je n'avais vu de soirée plus admirable, et l'idée me vint d'aller jusque sur les falaises faire une promenade de cinq minutes. Je mis mon grand châle et je partis. Je ne pensais pas mal faire.

— C'était là une bien jolie expédition! observa lady Dane. Les jeunes femmes ne vont pas courir seules:

la nuit, dans ce pays, Adélaïde, quelque brillant que soit le clair de lune. »

Adélaïde fut peu sensible au reproche. Elle se souciait médiocrement de l'opinion de sa tante. Ce qui l'effrayait, c'était le regard pénétrant de lord Dane fixé sur elle.

« Vous ne nous avez pas dit ce qui vous a effrayée, reprit tranquillement mylord.

— Eh ! je ne le sais pas moi-même... Vraiment, mon oncle, je ne le sais pas. J'ai été assez folle pour m'imaginer que je pourrais faire la fanfaronne et traverser les ruines de la chapelle ; mais je n'y étais pas plutôt entrée, qu'une horrible frayeur me saisit, et je me précipitai vers le château en criant. Je n'aurais pu m'empêcher de crier, quand bien même le silence eût été pour moi une question de vie ou de mort.

— Pauvre petite! dit lady Dane émue.

— C'est à peine si j'ose regarder ces ruines en plein jour, continua lady Adélaïde avec un tremblement nerveux, et la nuit, elles me paraissent pleines de fantômes. Oh ! ma tante, je vous jure que je n'y remettrai plus les pieds. »

Lord Dane n'avait nullement l'air convaincu. Quant aux fantômes, il avait toujours cru, jusqu'à ce moment, que s'il existait sur la terre une personne peu susceptible de se laisser dominer par de tels enfantillages, c'était bien lady Adélaïde.

« Adélaïde, dit-il gravement, rien d'autre ne vous a-t-il effrayée? Personne ne vous a-t-il accostée sur les falaises?

— Personne au monde, répondit-elle vivement. Personne ne m'a vue ou ne s'est aperçu de ma présence. Il n'y a jamais personne sur les falaises, la nuit, mon oncle, vous le savez bien.

— Un taureau furieux a-t-il franchi les clôtures et

s'est-il égaré sur les falaises ? s'écria lord Dane de plus en plus irrité ; sur mon honneur, je ne vois pas d'autre explication à une terreur aussi ridicule !

— Pauvre enfant ! murmura de nouveau la compatissante lady Dane, qui croyait au récit de sa nièce du premier mot au dernier ; elle vous a dit toute la vérité, j'en suis sûre, Geoffry, Ne vous rappelez-vous pas que moi-même, dans ma jeunesse, j'avais peur des fantômes, et que si j'étais forcée de passer par hasard dans la chambre « de la mort, » je me cachais le visage de mes mains ; vous rappelez-vous comme vous vous moquiez de moi ?

— Allons, c'est bien. Essuyez vos larmes, dit lord Dane, acceptant l'explication, quoiqu'il y eût encore quelque doute dans son esprit ; vous feriez bien d'aller dans la salle à manger et de boire quelque chose. Croyez-moi, Adélaïde, ne vous aventurez plus à sortir seule la nuit, de peur de rencontrer de vrais « *fantômes,* » plus dangereux que ceux de votre imagination. »

Lord Dane toucha le ressort de sa chaise, et quitta lentement le salon, accompagné de lady Dane.

Adélaïde, passivement obéissante, se levait pour se rendre dans la salle à manger, quand son regard rencontra par hasard celui de sa femme de chambre, fixé sur elle avec une si étrange expression que la malheureuse fille fut de nouveau saisie de terreur.

« Qu'y a-t-il, Sophie ? bégaya-t-elle.

— Rien, milady. Je n'ai pas peur des revenants, quant à moi, et je ne croyais pas Votre Seigneurie si crédule ? »

Elle dit ces mots d'un ton étrangement effronté, presque insolent. Lady Adélaïde, cependant, au lieu de lui imposer silence, comme elle le méritait, semblait plutôt portée à se jeter à ses pieds et à la supplier de ne pas en dire davantage.

Presque à la même heure — plutôt un peu avant — Michel, le garde-côtes, en faisant son quart, atteignait le point des falaises, près du château de Dane, où, la nuit précedente, Richard Ravensbird lui avait parlé. Il s'avançait avec précaution ; — les rochers à cet endroit formaient une telle saillie sur la plage que le sentier praticable n'avait pas plus d'un pied de largeur ; — son pas monotone et régulier pouvait être cependant un peu plus pressé qu'à l'ordinaire, car c'était son dernier tour de faction avant que la marée fût tout à fait haute, et Michel, d'une santé délicate, aspirait toujours à l'heure du repos.

Il n'avait pas encore dépassé l'étroite langue de terre au-dessous des rochers, quand il entendit un bruit de voix furieuses qui semblait venir du sommet des falaises, dans la direction des ruines de la chapelle, de l'endroit même où Ravensbird s'était penché la veille au soir pour lui parler.

Michel, tout naturellement, leva les yeux. Il ne put rien distinguer. Les rochers s'élevaient trop perpendiculairement au-dessus de lui ; mais une minute après, deux hommes — à ce qu'il lui sembla, du moins, par le clair de lune — apparurent tout à fait au bord des falaises, engagés dans une lutte corps à corps. Le bruit des voix avait cessé en ce moment ; les deux hommes, acharnés l'un après l'autre, semblaient comprendre qu'il y allait de la vie. Le combat était terrible, et, Michel, saisi d'horreur en pensant au danger d'une telle lutte au bord de ce gouffre, restait cloué à sa place, incapable de faire un mouvement, et comme hébété.

Tout à coup, un des deux hommes, soit qu'il eût fait un faux pas, soit que son adversaire l'eût poussé en avant, fut précipité du haut de la falaise.

Immédiatement après cette chute, Michel entendit

dans le lointain des cris de terreur, cris perçants, quoique affaiblis par la distance, et n'appartenant évidemment pas à une voix d'homme.

Michel, au comble de l'épouvante, tremblait de tous ses membres. Le cœur, comme on dit, lui sautait aux lèvres.

Ainsi qu'on a pu s'en apercevoir par sa conversation de la veille avec Ravensbird, il ne brillait pas précisément par le courage. Il en est souvent ainsi des hommes d'un tempérament délicat et toujours maladifs; et Michel, quoiqu'il eût assez d'énergie pour résister à sa langueur habituelle et faire son métier, était toujours souffrant; dans son enfance, il avait même été sujet aux attaques d'épilepsie.

Il lui fallut réellement faire de grands efforts sur lui-même pour réussir à mettre un pied devant l'autre.

Il craignait autant la vue d'un homme mort que les petites-filles les revenants, et il ne pouvait douter que la malheureuse victime gisant à ses pieds ne fût morte... broyée par cette horrible chute. Haletant, frissonnant, il fit enfin quelques pas en avant, et se traîna le long de la plage jusqu'à l'endroit où l'homme était étendu sans mouvement.

Mort! — Il paraissait l'être, du moins. Le visage était contracté, les yeux fermés, la bouche légèrement entr'ouverte; la peau avait, au clair de lune, une teinte bleuâtre et sépulcrale.

Michel recula d'horreur en reconnaissant les traits de ce visage; c'étaient ceux de l'honnorable William Harry Dane!

La première pensée qui vint à l'esprit du garde-côtes, c'est que l'autre homme devait être Ravensbird.

Qu'y avait-il à faire? Dans sa consternation, dans

sa terreur, Michel ne savait à quel parti s'arrêter. Il
ne savait même pas s'il pouvait en prendre un.

Il leva machinalement la tête et appela à haute voix,
espérant qu'on l'entendrait peut-être des hauteurs ou
de la plage. Personne ne répondit. Il était peu probable que l'autre combattant vînt au secours de sa victime, et très-vraisemblablement personne d'autre ne
se trouvait sur les falaises à cette heure de la
soirée.

Les cris qu'il avait entendus quelques instants auparavant avaient cessé, et Michel commença presque
à douter d'en avoir réellement entendus. Il ôta sa vareuse, la plia et la plaça sous la tête du capitaine
Dane. Il chercha à ranimer son corps, lui frictionna
la poitrine, lui frotta les mains, lui aspergea le visage
d'eau de mer.

Tout fut inutile. Le capitaine ne fit pas un mouvement et ne donna pas le plus léger signe de vie.

Si un vaisseau eût été en vue à ce moment, le pauvre Michel, dans son désespoir, l'eût hélé de toute la
force de ses poumons ! De nouveau il éleva la voix,
une bien faible et bien pauvre voix, hélas ! — et se
mit à crier dans la direction des falaises; mais les
échos répétèrent ses cris dans le silence de la nuit,
sans que personne les entendît.

Tout à coup le malheureux homme fut saisi d'une
espèce de terreur panique. Ce n'était plus seulement
l'idée de se trouver seul, sans secours, en présence
d'un mort. La pensée le frappa tout à coup que la
marée montait, et que le corps d'Harry Dane allait
être submergé et entraîné en pleine mer.

Michel était un de ces hommes auxquels tout événement inattendu fait perdre la tête. Il était aussi
incapable qu'un enfant de prendre une résolution

Le moyen le plus simple pour s'éloigner rapide-

ment de la plage était de retourner sur ses pas par
la route qu'il venait de suivre tout à l'heure, jusqu'à
l'escalier pratiqué dans les rochers, — ce même escalier qu'avaient descendu dans la journée le pauvre
capitaine Dane et son ami l'Américain ; — par cet
escalier, il serait parvenu en quelques minutes au
sommet des falaises ; il aurait pu ainsi arriver très-
vite au château et y réclamer assistance. C'était là
pour Michel la seule route à suivre. Malheureusement, il se dit qu'en courant le long de la plage du
côté opposé, vers Danesheld, il rencontrerait presque immédiatement le garde-côtes, son camarade de
la station voisine, — le point de rencontre du par-
cours qui leur était assigné à tous deux étant très-
rapproché. Deux idées préoccupaient l'esprit de Michel et le décidèrent à prendre ce dernier parti :
c'était d'abord la terreur de monter seul cet escalier au
milieu des rochers, et de rencontrer sur son chemin
l'adversaire du capitaine Dane ; puis l'espérance, presque la certitude, de ramener avec lui son camarade le
douanier et, avec son aide, de pouvoir enlever le corps
de ce pauvre jeune homme avant que la marée l'eût
englouti.

Il était cependant encore indécis. La tête en feu,
dans une espèce d'égarement, Michel s'agenouilla de
nouveau près du cadavre. Il remarqua que le visage
n'avait pas été contusionné dans la chute. Il écarta
les cheveux qui recouvraient le front déjà froid, prit
une des mains pour s'assurer si le pouls battait encore ; mais il tremblait tellement qu'il la laissa échapper. Elle retomba inerte et lourde comme celle d'un
mort. La terreur de Michel redoubla, et le pauvre
garçon, sans avoir conscience de ce qu'il faisait, se mit
à courir devant lui à toutes jambes, son cœur battan
à lui briser la poitrine.

Il n'est pas besoin de demander quelle route il suivit. Dans de tels moments d'épouvante irréfléchie, on
n'écoute pas la raison, on se laisse entraîner par le
premier mouvement, et Michel prit le chemin de Danesheld, n'ayant qu'une seule pensée : y rencontrer
son camarade.

Il ne devait pas le rencontrer cependant. Soit que
l'homme, désireux d'abréger sa faction (c'était plus
que probable), eût marché trop vite, soit qu'il se fût
blotti (comme il le déclara par la suite) dans une cachette pratiquée au milieu des rochers, surveillant ce
qu'il appelait un « petit bâtiment suspect » en panne
à quelque distance de la côte (le fait ne fut jamais
éclairci), toujours est-il que les deux douaniers ne se
rencontrèrent pas, et que Michel courut vers Danesheld avec des battements de cœur de plus en plus violents.

Il ne s'arrêta qu'à la station de la douane, petit
bâtiment très-bas, sur la plage. Du dehors, on aurait
dit une grange ; à l'intérieur, il consistait en deux
pièces et un cabinet avec des lits de camp. La porte,
sur la plage, s'ouvrait sur une chambre assez vaste,
où quatre hommes, assis autour d'un bon feu, cau-
saient tranquillement : l'inspecteur des douanes Cotton, deux amis qui l'avaient accompagné ce soir-là,
et un douanier. Les quatre hommes, n'ayant proba-
ment rien de mieux à faire pour le moment, s'entretenaient du scandale du jour ; — on n'avait pas
parlé d'autre chose à Danesheld pendant toute l'après-
midi, et il y avait longtemps que le village ne s'était
régalé d'un tel plat de nouvelles : — l'aventure de
M. Ravensbird, chassé du château à coups de botte
dans le... dos.

Quel ne fut pas l'étonnement des quatre causeurs
de voir la porte s'ouvrir brusquement, et un homme

entrer comme une flèche, en poussant des cris aigus.

Il reconnurent Michel : Michel, les cheveux hérissés de frayeur, les yeux semblant lui sortir de la tête, le visage décomposé.

« Que diable se passe-t-il, et à qui en avez-vous ? s'écria avec colère l'inspecteur Cotton, convaincu que Michel était ivre. »

Mais le pauvre garçon était incapable de prononcer une parole, malgré ses efforts pour reprendre haleine et s'expliquer ; son cœur battait à l'étouffer. Il s'appuya chancelant contre le mur, les lèvres blanches, de larges gouttes de sueur coulant de son front. M. Cotton commençait à se demander s'il ne venait pas de porter un jugement téméraire.

« Pourquoi avez-vous quitté votre station ? qui vous amène ici dans un pareil état ?... où est votre vareuse ? »

M. Cotton fit ces questions coup sur coup, de plus en plus étonné et irrité du silence persistant du garde-côtes.

« Il est mort, il est mort ! bégaya, à la fin, Michel. Il faut du secours. Si... »

Il ne put en dire davantage. La voix lui manqua. M. Cotton le regarda avec étonnement. Ses deux amis et le douanier ouvraient des yeux démesurés.

« Qui est mort ?... de qui parlez-vous ? s'écria l'inspecteur. »

Michel ouvrit la bouche pour répondre, mais aucune parole ne put en sortir ; puis tout à coup il chancela. Si M. Cotton, par un mouvement rapide, ne l'avait pas soutenu, il serait tombé à la renverse.

« Qu'est-ce qui lui prend ? s'écria-t-il. On dirait qu'il va avoir une attaque d'épilepsie. Couchons-le là. Sims, courez chercher un médecin. »

Michel avait, en effet, une attaque. La frayeur dont il avait été saisi, les efforts violents et prolongés de sa course sur la plage, avaient déterminé une de ces syncopes auxquelles il était sujet dans son enfance.

CHAPITRE IV

ARRESTATION DE RAVENSBIRD

Ils étaient tous réunis à la station de la douane, entourant le pauvre Michel étendu sans mouvement. Le médecin venait d'arriver à l'instant. Monsieur l'inspecteur Cotton avait pris une lumière et la tenait au-dessus du visage du malade.

Sims, le douanier, envoyé à la recherche du médecin, ne l'avait pas trouvé immédiatement. Il le rencontra enfin, dans le village, se promenant avec M. Apperly, le sollicitor de lord Dane. Sims l'informa en quelques mots de ce qui venait de se passer, et ces deux messieurs se hâtèrent vers la station. Quand ils y arrivèrent, Michel était encore sans connaissance, la bouche couverte d'écume.

« Faites-moi le plaisir de vous retirer, voulez-vous? Allons, débarrassez la chambre de votre présence, dit le médecin aux assistants qui se pressaient autour de lui. Savez-vous ce qui a pu causer cette attaque, monsieur Cotton? J'imagine que ce pauvre garçon a dû être excessivement surexcité.

— Il est arrivé ici comme un fou, en manches de chemise, hors d'haleine, incapable d'articuler une syl-

labe. Je n'ai jamais vu un homme aussi bouleversé.
J'ai cru qu'il était ivre. »

Le docteur, — il se nommait Wild, — un homme
maigre, vif, actif, à cheveux noirs bouclés, ne fit pas
d'observation. Il examinait attentivement Michel.
L'inspecteur reprit :

« En faisant un effort, Michel parvint à prononcer
quelques mots auxquels je n'ai pas compris grand'
chose. Il réclamait, je crois, du secours pour quelqu'un qui était mort. Quant à moi, monsieur Wild,
je crois qu'il avait l'esprit dérangé.

— Ce ne peut pas être ça, monsieur, dit Sims en
s'adressant à son chef; je pense qu'il a dû être saisi
d'une grande frayeur. Michel est un homme tranquille, de vie régulière, ne buvant jamais, ne faisant
d'excès d'aucune sorte, mais c'est un poltron nu-
méro un. »

Le seul moyen d'arriver à la solution du problème
était d'attendre que Michel reprît connaissance et
voulût bien s'expliquer. M. Wild resta auprès du
malade, qui peu à peu revint à lui, mais fut presque une heure avant de pouvoir parler. On le plaça
alors sur une chaise devant le feu, et on lui fit boire
un verre de vin.

« Maintenant, Michel, commença le docteur, ra-
contez-nous ce qui s'est passé. Que vous est-il arrivé ? »

Michel ne répondit pas. Il cherchait probablement
à rassembler ses souvenirs confus.

« Quelle heure est-il ? » demanda-t-il tout à coup en
essayant de se lever, comme pour regarder la pendule
derrière lui.

« Près de dix heures. Vous feriez mieux de rester
assis, Michel. »

Mais au lieu de rester assis, Michel fit quelques pas
dans la chambre, en chancelant, puis vint retom-

ber accablé sur sa chaise. Il était encore très-faible.

« Ah ! il est trop tard, s'écria-t-il avec agitation ; le corps a dû être emporté par la marée. »

Il raconta alors, de son mieux, les événements de la soirée. Ses paroles étaient entrecoupées, quelquefois, incompréhensibles. Ce qu'on put en saisir, cependant, était suffisant pour exciter l'étonnement et l'épouvante : il y avait eu une lutte sur le bord de la falaise entre deux hommes, et l'un deux était tombé ou avait été précipité du haut des rochers. C'était le capitaine Dane.

A ce nom, M. Apperly avait tout à coup levé sa tête d'homme de loi, d'un air soupçonneux.

« Vous dites que quelqu'un luttait corps à corps avec le capitaine Dane, et l'a précipité du haut de la falaise, Michel ?

— A ce qu'il m'a semblé, monsieur. Qu'ils se soient querellés et battus, j'en suis sûr ; et il n'est pas probable que le capitaine Dane se soit jeté de lui-même d'une hauteur pareille.

— Alors, j'ai bien peur que son adversaire n'ait été Ravensbird, dit M. Apperly d'un ton grave. On l'a entendu prononcer des menaces de vengeance contre son maître aujourd'hui.

— C'était lui, monsieur, il n'y a pas le moindre doute, s'écria Michel, auquel la même pensée était déjà venue au moment de l'accident. Je ne l'aurais jamais cru capable d'une pareille action, cependant... Mais qu'y a-t-il à faire, maintenant ? ajouta-t-il en s'agitant ; la marée, c'est certain, doit avoir entraîné le corps en pleine mer.

— Êtes-vous *sûr* qu'il fût mort, Michel ? demanda le médecin.

— Complétement mort, monsieur. C'est ça qui m'a tant effrayé. »

Qu'y avait-il à faire ? Ah ! en vérité, il etait bien temps de le demander ! Sans plus attendre, tous, à l'exception de Michel et d'un homme qui resta pour prendre soin de lui, ils partirent, en suivant la route des falaises, pour l'endroit où l'accident avait eu lieu. La plage, ils le savaient, était impraticable, car la mer battait son plein et la recouvrait entièrement. Arrivés sur les hauteurs, près des ruines de la chapelle, ils regardèrent au-dessous d'eux. La marée avait presque atteint son apogée. Aucune trace, ni sur la plage, ni sur les falaises, n'existait de la lutte décrite par Michel, et le corps du capitaine Dane avait, selon toutes les probabilités, été entraîné au large, Après avoir satisfait leur curiosité en interrogeant la mer dans toutes les directions, en examinant chaque angle et chaque rebord des rochers, en cherchant à découvrir sur la route le moindre indice qui pût les mettre sur la trace de la vérité, ils tinrent conseil sur la première mesure à prendre. Il fallait d'abord, de toute nécessité, aller annoncer la nouvelle à lord Dane. C'était évidemment aux deux gentlemen, le médecin et l'homme de loi, que devait incomber cette tâche.

« C'est une commission désagréable et qui ne me plaît que médiocrement, s'écria à brûle-pourpoint le docteur, quand il aperçut les lumières du château, en traversant la pelouse. Harry Dane, je le sais, n'était pas le fils préféré ; mais... en définitive, un fils est un fils !

— La commission ne me plaît pas plus qu'à vous, je vous prie de le croire, répliqua M. Apperly. Mais il me vient une idée : ce n'est pas à nous, en bonne conscience, d'annoncer une pareille nouvelle. Je crois que ce serait plutôt à Herbert Dane. »

Rien ne pouvait être mieux accueilli qu'une pareille suggestion, et le docteur la saisit avec joie.

Les deux amis renoncèrent donc, pour le moment, à se rendre au château, et se dirigèrent vers la demeure d'Herbert Dane. La domesticité de ce modeste gentleman et de sa sœur consistait seulement en deux serviteurs, un homme et une femme. Cette dernière vint ouvrir la porte et dit que son maître était à la maison.

M. Herbert Dane était en train de prendre ses aises, étendu sur un canapé devant le feu, un cigare à la bouche et quelques bouteilles à la portée de sa main. Il tournait le dos à la porte quand le docteur et l'avocat entrèrent.

« Voilà ce que vous appelez neuf heures, Harry! s'écria-t-il en entendant le bruit de leurs pas. C'est aimable de me faire attendre aussi longtemps! Je suppose qu'il y avait bal sur le yacht.

— Monsieur Herbert... »

Herbert Dane se retourna en entendant la voix du docteur, et se leva précipitamment.

« Oh! je vous demande bien pardon, dit-il avec un sourire. Je croyais que c'était le capitaine Dane. »

Ils ne prirent pas les fauteuils qu'il leur présenta, et attendirent que la servante eût fermé la porte. Alors ils regardèrent d'un air grave le jeune homme, dans l'espérance de le préparer peu à peu, par la solennité de leur contenance, à une nouvelle aussi inattendue. Ce fut de nouveau le docteur qui prit la parole :

« Monsieur Herbert, nous avons une tâche bien pénible à remplir, et nous venons à vous pour que vous nous y aidiez. Nous nous rendons au château avec de mauvaises nouvelles pour lord Dane. Un accident est arrivé à son fils. »

Herbert Dane était trop préoccupé de remplir convenablement son rôle de maître de maison, pour préter beaucoup d'attention à ces paroles. Il allait et venait, plaçant des liqueurs sur la table, sonnant la domestique pour qu'elle apportât des verres. Un bec de gaz seulement était allumé, et la chambre aurait été presque obscure si le feu de la cheminée n'avait pas été si petillant. Herbert poussa de côté le canapé et étendit la main pour donner plus de lumière, mais au lieu de tourner la clef à gauche, il la tourna à droite, et le gaz s'éteignit.

« La peste soit de ma maladresse ! Je ne sais jamais de quel côté faire tourner ces maudites clefs ! Messieurs...

— Monsieur Herbert, vous ne m'avez pas compris, je pense, interrompit le médecin. Qu'importe le gaz ! un horrible accident est arrivé au capitaine Dane, et nous venons vous prier d'en aller annoncer la nouvelle à son père.

— Au capitaine Dane ! Que s'est-il passé ?

— Il est tombé ou a été poussé du haut des falaises, près des ruines de la chapelle. Il est plus que probable qu'il est mort sur le coup. »

Herbert Dane avait tortillé un petit bout de papier, et était sur le point de l'introduire entre les barreaux du grillage de la cheminée, dans l'intention de rallumer le gaz ; il le laissa échapper de sa main, et tourna vers le médecin son visage consterné, auquel la lueur du foyer donnait un aspect étrange.

« Tombé du haut de la falaise ? Quand ? Comment ? Qu'a-t-il pu se passer ? Je l'attends ici depuis neuf heures. »

Ils lui dirent ce qu'ils savaient, et le prièrent de se charger d'annoncer la nouvelle à lord Dane. Herbert parut tout déconcerté ; la demande le prenait à l'improviste. « J'aimerais mieux aller au bout du monde, dit-il ; je ne suis pas vu d'un bon œil au château

depuis quelque temps, et la nouvelle sera certainement plus pénible pour mon oncle, annoncée par moi
que par toute autre personne. Je veux bien vous accompagner, mais à condition de ne pas porter la
parole... C'est vraiment une horrible fatalité que le
corps ait été entraîné en pleine mer. Harry n'était
peut-être pas mort. Il faut que le douanier, ajouta-t-il
en s'animant, ait été bien idiot! Il aurait dû monter
de suite au haut de la falaise par le petit escalier; il
aurait trouvé du secours au château. Qui était-ce?

« Michel. C'est aussi l'observation que je lui ai
faite, répondit M. Wild. Ah! c'est vraiment déplorable que ce fût justement le tour de faction de Michel.
Tout autre douanier n'aurait pas ainsi perdu la tête.
Quand on pense que l'imbécile a été tellement effrayé
qu'il en a eu une attaque d'épilepsie, et n'a pu parler
que lorsqu'il était trop tard pour sauver ce malheureux jeune homme. »

Herbert Dane, le coude posé sur le marbre de la
cheminée, le front appuyé sur sa main, semblait réfléchir.

« Michel dit-il n'avoir pu distinguer qui était
l'autre... l'adversaire d'Harry, — du capitaine Dane?
demanda-t-il.

— Oh! il l'a parfaitement vu, s'écria l'avocat avant
que son ami eût pu répondre. Qui ça pourrait-il être,
sinon le domestique chassé, Ravensbird?

— Ah! fit Herbert Dane, son pâle visage rougissant tout à coup. J'avais dit justement à Harry, en le
rencontrant cette après-midi, de se méfier de cet
homme! non pas que je craignisse quelque chose de
sérieux; je plaisantais plutôt, ajouta-t-il d'un ton
rêveur.

— Nous perdons notre temps, monsieur Herbert,
observa le médecin. Si nous ne voyons pas de suite

lord Dane, il peut apprendre la nouvelle de quelque brusque façon, et ce serait déplorable. De plus, la soirée est déjà fort avancée.

— Vous ne voulez rien prendre avant de partir?

— Non. Merci mille fois. »

Ils sortirent du salon. Au moment où Herbert prenait son chapeau dans l'antichambre, le domestique lui dit :

« Dois-je prier le capitaine Dane d'attendre, Monsieur, quand il arrivera?

— Le capitaine Dane? répéta machinalement Herbert en regardant le domestique d'un air presque égaré. Non ! »

La première personne qu'ils rencontrèrent au château fut le sommelier Bruff, Lord Dane était encore dans la salle à manger, avec lady Dane; Bruff croyait qu'ils attendaient d'un instant à l'autre le capitaine.

« Ces messieurs peuvent entrer, » dit-il.

Le médecin et l'avocat traversèrent le Hall précédés par Bruff. Herbert Dane les suivait. Mais arrivé à mi-chemin de l'immense salle, il revint sur ses pas, et quand Bruff ressortit, il le trouva appuyé contre le mur, sous la porte cochère.

« Je déclare n'avoir pas le courage d'affronter leur présence, Bruff ! s'écria-t-il. Annoncer de mauvaises nouvelles a toujours été pour moi un supplice. Je me mets à trembler comme un enfant. Ce va être une terrible secousse, surtout pour lady Dane.

— Qu'est-il donc arrivé, monsieur Herbert? Je les ai entendus murmurer quelque chose à propos du capitaine, comme ils traversaient le Hall. Il était très-bien portant quand il est parti, après le dîner.

— Je ne peux réellement pas vous expliquer ce qui s'est passé; je n'y comprends rien. Ils sont venus me trouver, il n'y a qu'un instant, en prétendant qu'il était tombé des falaises, là-bas, près des ruines, et en me priant de les accompagner et de les aider à annoncer la nouvelle à lord Dane. — Allons sur les hauteurs, Bruff, et voyons s'il n'y a rien à faire. Tout cela est si étrange ! »

Bruff prit son chapeau et suivit M. Herbert Dane. Quoique abasourdi d'étonnement et absolument consterné, il n'avait cependant accueilli cette nouvelle qu'avec une certaine incrédulité, et quand il en entendit les détails, il se demanda à haute voix si Michel n'était pas « idiot de naissance » pour s'être conduit aussi bêtement.

Pendant ce temps, le médecin et l'avocat annonçaient le fatal événement à lord et à lady Dane avec tous les ménagements qu'ils jugeaient nécessaires. M. Apperly se hâta d'ajouter que l'inspecteur des douanes, Cotton, ne croyait pas un mot du récit de Michel, qu'il attribuait à l'hallucination d'un cerveau malade ; que si lord et lady Dane ne devaient pas se rassurer trop complétement, ils pouvaient au moins conserver de l'espoir. M. Wild, de son côté, insista sur ce point que le douanier, l'esprit surexcité par les détails de la querelle du capitaine Dane et de Ravensbird dans la journée, avait parfaitement pu s'imaginer entendre la même scène sur les falaises, et que, par conséquent, toute l'histoire racontée par lui n'était qu'une chimère.

Mais lord Dane n'était pas homme à se bercer d'un vain espoir et à attendre tranquillement. Il n'avait pas l'usage de ses jambes et ne pouvait rien faire par lui-même ; mais il ne perdit pas une minute pour mettre tout le monde en mouvement. Il envoya chercher Michel par un domestique ; il fit immédiatement prévenir la police ; il dépêcha les uns sur les falaises, les autres à la baie pour s'assurer si le yacht avait levé l'ancre.

Herbert Dane, qui revenait de sa visite aux rochers avec Bruff au moment où son oncle donnait tous ces ordres, déclara que toute cette histoire était absolument invraisemblable.

« Je l'ai attendu toute la soirée, dit-il. Je l'avais rencontré cette après-midi, et il m'avait promis de venir me voir à neuf heures, après le départ du yacht, et de fumer un cigare avec moi. Il m'avait déjà fait la même promesse la semaine dernière, mais m'avait manqué de parole.

— Il est impossible que Ravensbird ait osé l'attaquer comme aurait fait un voleur de grands chemins ! s'écria lord Dane, son fier visage se couvrant d'une vive rougeur.

— Mylord, dit Bruff, une lettre a été apportée au château pour le capitaine, il y a une heure, par Mills, le fabricant de voiles. Il avait travaillé à bord du yacht, m'a-t-il dit, et le gentleman américain lui a remis la lettre juste au moment où on levait l'ancre.

— Alors le yacht est parti ! Apportez-moi cette lettre, Bruff. »

Lord Dane l'ouvrit immédiatement. C'était un homme habitué à agir avec promptitude et résolution, et il considérait que les circonstances justifiaient son indiscrétion. La lettre était adressée à l'honorable William Dane, et contenait les quelques lignes suivantes :

A bord de *la Perle*, 8 h. 1/2 du soir.

Cher Willliam,

Qu'êtes-vous devenu? J'ai reçu votre mot, vous excusant de ne pouvoir venir pour le dîner; mais je vous attendais après. Ce n'est pas aimable de votre part. J'imagine cependant que quelque affaire imprévue vous aura retenu. Nous partons dans cinq minutes. Je vous attendrai jusqu'au dernier moment.

Toujours à vous,

G. MONETON.

« Cependant, quand Harry nous quitta, après le dîner, il dit qu'il se rendait au yacht, s'écria lord Dane, en tendant la lettre à M. Apperly.

— Quelle heure était-il, milord ?

— Quelle heure, Bruff ?

— Je pense qu'il devait être huit heures et demie, mylord, ou à peu près.

— Je le crois aussi. Il est resté à table, dans une sombre méditation, ne disant rien et ne buvant pas. Il me dit seulement qu'il croyait le départ du yacht fixé à neuf heures ou neuf heures et demie. »

A ce moment, l'officier de police, se rendant à l'appel de lord Dane, arriva au château. Quant au douanier Michel, il était trop malade pour y être amené. Le fabricant de voiles, Mills, que lord Dane avait envoyé chercher, certifia que le capitaine Dane n'était pas venu au yacht. « Le colonel Moneton, dit-il, l'a attendu jusqu'au dernier moment, mais le capitaine n'a pas paru. A la dernière minute, quand le bateau levait l'ancre, le colonel m'a remis la lettre en me priant de la porter au château. »

Vers le milieu de la nuit, l'enquête préliminaire était terminée, et le château rentrait dans le calme. L'officier de police avait reçu l'ordre de lord Dane de procéder à l'arrestation de Ravensbird. Le reste de la nuit se passa dans une attente fiévreuse pour lord et lady Dane, qui conservaient de moins en moins d'espoir à mesure que le temps s'écoulait. La marée, en se retirant de la petite langue de terre sur la plage, n'avait laissé aucune trace d'Harry. La vareuse de Michel avait même été entraînée au loin.

A l'entrée de Danesheld, dans un coin obscur de la route, à moitié chemin de la première maison du village et de la mer, se trouvait une petite auberge nommée le *Rendez-vous des marins*, et dont le patron, Hawthorne, avait été jadis garde-forestier de lord Dane. C'était une auberge de bonne réputation, d'un ordre plus élevé que ne le sont généralement ces sortes d'établissements, avec chambres à coucher très-convenables et salons pour les voyageurs, mais possédant néanmoins, comme c'est l'habitude dans les cabarets, son comptoir pour les buveurs, avec petit salon au rez-de-chaussée, à leur usage.

Les domestiques du château aimaient à s'y réunir, et s'y attardaient souvent en buvant leur verre d'ale avec l'hôtelier. C'était là précisément que Ravensbird avait décidé de fixer sa résidence, après avoir été chassé par son maître.

Le lendemain du jour de la mort d'Harry Dane (le bruit de cet événement ne s'était pas encore répandu dans le village), maître Hawthorne était seul — ou, pour mieux dire, se croyait seul — à son comptoir, fort occupé à polir les robinets et gobelets d'étain et à mettre tout en ordre, suivant sa coutume, avant le déjeuner, quand un des douaniers, passant devant la porte en se rendant à la plage, entra dans la salle basse.

« Une demi-mesure de rhum, hôtelier; l'air du matin est glacé.

— La journée sera encore belle, répondit Hawthorne en lui tendant le verre demandé.

— C'est à espérer, car le travail sera rude aujourd'hui. Nous allons jeter les filets, à ce qu'on dit, le long des côtes pour tâcher de recueillir le cadavre. Je suppose que tout Danesheld viendra voir ça.

— Les filets ? pour quel cadavre ? est-ce qu'il y a quelqu'un de noyé ? »

L'homme était au moment de porter à ses lèvres son verre de rhum. Il s'arrêta en regardant avec étonnement l'hôtelier.

« Ah ! ça, est-ce que vous n'avez pas entendu parler du malheur qui est arrivé au château ? Le capitaine Dane a été assassiné.

— Le capitaine Dane assassiné ! répéta l'hôtelier, croyant avoir mal entendu.

— Il a été attaqué sur les falaises la nuit dernière, juste en face du château, et précipité du haut des rochers. Michel était de faction au-dessous et a tout vu. Quand il accourut près de celui qui était tombé, il a reconnu le capitaine Dane, tué sur le coup. »

M. Hawthorne fit un soubresaut au milieu de ses robinets.

« Et Michel courut à la maison de garde, du train d'une locomotive, pour donner l'alarme. Le pauvre garçon s'en est brisé le cœur, ou quelque organe dans ces environs-là. Il a été pris d'une attaque d'épilepsie et n'a pu prononcer un mot pendant une heure et plus. Ça a eu pour conséquence que personne n'a connu la chose quand il aurait fallu, et la marée montante a emporté le cadavre. Les êtres maladifs comme Michel ne sont jamais bons à grand'chose.

— Mais qui l'a attaqué ?... qui l'a jeté de là-haut ? demanda l'hôtelier, quand il eut enfin retrouvé l'usage de sa langue.

— On n'a pas besoin de se faire cette question-là deux fois. C'est son domestique, Ravensbird. »

L'hôtelier fit un nouveau soubresaut en arrière, et une cuiller de fer, qu'il tenait à la main, alla rouler sur le parquet.

« Ravensbird !... *Ravensbird*, dites-vous ? Mais il demeure ici depuis hier ! Je n'aurais certainement pas dormi sous le même toit que lui, la nuit dernière, si j'avais su ça.

— C'était Ravensbird, et personne d'autre. Ah ! il n'a pas été long à mettre ses menaces de vengeance à

exécution. Ce qu'il y a de plus curieux, c'est la manière dont il s'est arrangé pour surprendre le capitaine Dane sur les hauteurs, tout au bord de la falaise.
On dit... »

A ce moment le douanier s'arrêta net. Au-dessus
d'un des bancs de bois qui régnaient dans toute la
longueur de la salle basse, et dont la double rangée
faisait face à la cheminée, venait d'apparaître la tête
de Ravensbird, qui avait assisté, tranquillement assis
et caché par le haut dossier de son banc, à toute la
conversation.

« Vous vous nommez Dubber, je crois, » dit-il en
regardant fixement et d'un air indigné le douanier.

Dubber, se trouvant pincé, comme on dit fami-
lièrement, resta silencieux; il se sentait trop confus et trop déconcerté pour trouver un mot de réponse.

« Comment osez-vous me diffamer ainsi? de quel
droit m'accusez-vous d'un assassinat? continua Ravensbird.

— Ah bien! monsieur Ravensbird, écoutez donc.
Si ce n'est pas vrai et si vous êtes innocent, bien sûr
que je vous en demande pardon, dit l'homme, en se
remettant de son émotion et en se tirant de son
mieux de ce mauvais pas. Quant à ce que j'ai raconté
à Hawthorne... s'il ne l'avait pas su par moi, il l'aurait appris du premier passant. L'étonnant, c'est qu'il
n'ait rien entendu dire la nuit dernière. Si vous n'é-
tiez pas la partie en cause, vous auriez été le premier
à en parler. Ce n'est pas par méchanceté, ce que j'en
ai fait.

— Dois-je comprendre, d'après ce que vous avez
dit, que Michel affirme m'avoir vu pousser le capitaine Dane du haut des rochers?... Il dit qu'il
m'a vu?

— Oui.

— Il vous l'a dit... à vous?

— Pas à moi. Je ne me suis pas trouvé avec lui depuis l'événement. Sims me l'a répété. Il était à la station quand Michel y est arrivé.

— Est-il vrai que le capitaine Dane soit mort? continua Ravensbird, après un instant de silence.

— Ah! pour ça, rien n'est plus vrai, et la marée a emporté son corps. Nous allons jeter les filets tout à l'heure. Lord Dane a eu toute la police au château pendant la moitié de la nuit, à ce qu'on m'a raconté. Mais il faut que je file, à moins que je ne veuille me faire mettre sur le « rapport. » C'est mon tour de garde. »

Il se retourna brusquement sur ces derniers mots, et s'empressa de sortir de l'auberge, heureux de n'avoir plus devant les yeux le visage blême et le regard fixe de Ravensbird.

Ravensbird descendit du banc sur lequel il était monté, et en fit le tour pour s'approcher de l'hôtelier.

« Qu'est-ce que vous savez de cette affaire, Hawthorne?

— Puisque vous étiez là tout à l'heure, monsieur Ravensbird, vous en savez aussi long que moi, répondit l'aubergiste, qui ne se sentait nullement rassuré et commençait à craindre que Ravensbird ne l'attaquât, lui aussi. Je n'avais pas entendu dire un traître mot de cette affaire avant l'arrivée de Dubber. Vous m'avez effrayé en paraissant tout à coup de cette manière-là. Je vous croyais encore couché.

— J'étais là depuis une demi-heure. Qu'est-ce que vous pensez de cette histoire?

— Je ne sais que penser. Qui pouvait en vouloir au capitaine Dane? Il n'avait pas d'ennemis. C'était un ami pour nous tous. Je ne m'explique pas sa querelle avec vous. C'était si peu dans son caractère !

— Il était en effet ordinairement très-doux de sa nature. Mais que voulez-vous ? il rageait... et moi aussi. — Où est donc mon chapeau ? Je l'ai laissé là-haut, je pense. Il faut que je sorte pour m'assurer de ce qu'il en est réellement de toute cette histoire. »

Il quitta la salle basse pour monter à sa chambre. Presque au même moment, l'officier de police entra. Il jeta un rapide coup d'œil dans la salle, puis salua l'hôtelier.

« Bonjour, Hawthorne. Vous logez ici maître Ravensbird, je crois. Est-il déjà levé ?

— Il était dans cette chambre même, il n'y a qu'une minute. Il vient de monter au premier pour prendre son chapeau, désirant, m'a-t-il dit, aller aux nouvelles et connaître les détails de cette malheureuse aventure du capitaine Dane. Dubber nous les a racontés en gros tout à l'heure. Un enfant m'aurait renversé d'une chiquenaude, tant j'étais abasourdi. »

L'agent de police fit un pas dans le passage donnant sur la porte de sortie de l'escalier, et s'appuya contre le mur. De là il pouvait apercevoir aussi bien la porte par laquelle on sortait derrière la maison que celle située sur le devant.

Ravensbird, quelques instants après, descendit l'escalier.

« Une belle journée, monsieur Ravensbird, dit l'agent.

— Superbe. Je vais en profiter pour faire un tour de promenade.

— Un instant, je vous prie. J'aurais quelques mots à vous dire.

— Pas maintenant, fit Ravensbird d'un ton d'impatience.

— Il n'y a rien de tel que le moment présent, répondit l'homme en lui posant la main sur l'épaule. Ne soyez pas entêté ; je vous arrête. »

Ravensbird regarda fixement l'agent. Ses yeux lançaient des éclairs. « De quel droit ? que voulez-vous dire ?

— Allons, Ravensbird, soyez raisonnable. Prenez les choses tranquillement. Vous êtes mon prisonnier, et toute la résistance que vous pourrez faire ne servira à rien. »

Pour toute réponse, Ravensbird se mit à résister. Après une courte lutte, il se sentit tout à coup les poignets emprisonnés dans une paire de menottes.

« La chose la plus insensée qu'un homme puisse faire, c'est de tenter de résister à un officier dans l'exécution de son devoir, » observa le policeman d'un air aimable et convaincu, comme s'il donnait un argument sur un point en litige, dans une discussion avec quelques amis. « Lord Dane m'a ordonné, la nuit dernière, de procéder à votre arrestation. J'aurais pu réveiller la maison avant le lever du jour, et je vous aurais pris alors au saut du lit. J'ai cru convenable de faire les choses poliment et d'attendre jusqu'à ce matin. Deux hommes sont là, dehors, gardant les deux côtés de la maison ; ainsi, pas moyen de fuir.

— Comment lord Dane ose-t-il ordonner de me faire conduire en prison ? Il n'en a pas le droit. Il n'est pas magistrat. »

L'officier se permit de sourire.

« Un magistrat à appointements, non ; vous êtes dans le vrai. Mais il est lord-lieutenant du comté. Ne mettez pas en question *les droits* de lord Dane, croyez-moi, mon brave homme. »

Ravensbird s'adoucit. « Comprenez-moi bien, dit-il... Vous vous nommez Bent, je crois...

— Bent, oui.

— Comprenez-moi bien, monsieur Bent. Je n'ai pas l'intention de résister à l'autorité de la loi, et quand bien même en ce moment je serais libre comme l'air, j'irais me présenter pour répondre à l'accusation portée contre moi. Ce qui m'irrite surtout, c'est que j'allais sortir pour me renseigner sur l'attaque dont le capitaine a été victime, et pour tâcher de découvrir le plus d'indices que j'aurais pu ; car, par tous les moyens possibles, avouables ou non, je veux — je l'ai mis dans ma tête — éclaircir ce mystère. J'ai un motif pour agir ainsi... un motif que vous ne connaissez pas, et j'aurais donné volontiers cinq cents francs de ma poche pour ne pas être empêché de mettre mon projet à exécution. »

Le policeman toussa... d'une petite toux sèche qui ne dénotait rien moins qu'une grande confiance dans l'explication donnée par le prisonnier. Et, de fait, il n'existait pas dans son esprit l'ombre d'un doute (il ne croyait même pas possible que cette opinion ne fût pas partagée par tous), le véritable assaillant du capitaine Dane était là devant lui, en chair et en os.

« Je suis vraiment peiné de ne pouvoir vous accorder cette faveur. Ce désir immodéré de connaître les moindres détails de l'affaire est tout à fait plausible, Ravensbird, et se comprend de reste. Mais vous avez affaire à un vieux malin, et, croyez-moi, il est inutile de chercher à en faire accroire à *papa*. »

Ravensbird regardait l'officier de police d'un œil ferme et tranquille. Il répondit sans se troubler :

« Il est possible que vous soyez un *vieux malin*, comme vous dites. Vous avez assez d'expérience pour l'être, en effet. Mais, en ce qui me concerne, en m'ar-

rêtant aujourd'hui, vous faites fausse route. Jusqu'au
moment où Dubber est entré ici, j'ignorais qu'aucun
accident,. aucun malheur fût arrivé au capitaine Dane.
Je le croyais vivant et bien portant. Voilà ce que je
puis jurer.

— Faites attention, Ravensbird. Ne dites rien, ne
jurez rien qui puisse se retourner contre vous par la
suite, répliqua vivement le policeman. Ce n'est pas
mon habitude de faire que le mal devienne pire pour
ceux dont j'ai la garde ; mais quand ils sont assez fous
pour laisser échapper toutes sortes de suppositions et
d'aveux, je suis bien obligé cependant d'en prendre
note. Le meilleur parti à prendre pour vous est de
coudre vos lèvres jusqu'à ce que vous soyez en présence de lord Dane. C'est là un conseil d'ami ; pen-
sez-y. »

Très-probablement Ravensbird comprit la sagesse
de ce conseil, car s'il ne le suivit pas à la lettre, s'il
ne cousut point ses lèvres, il garda au moins le silence.

CHAPITRE V

LE SERMENT

Au milieu des incertitudes, des doutes et des soupçons qui agitaient tous les esprits au château, deux
convictions s'étaient peu à peu dégagées des ténèbres
dont était entourée toute cette affaire, et prenaient
d'instant en instant plus de consistance.

D'abord, et avant tout, Richard Ravensbird était

certainement le coupable. Ensuite, la conduite si
étrange et si extraordinaire de lady Adélaïde Errol,
la veille au soir, devait avoir eu pour cause le terrible
événement dont elle avait été, sans doute, témoin
involontaire.

Le premier soin de lord Dane, dans la matinée, fut
de faire comparaître sa nièce devant lui.

« Vous avez assisté à la lutte, n'est-ce pas, et c'est
là la cause de votre terreur hier soir? » lui dit-il à
brûle-pourpoint.

Lady Adélaïde protesta en pleurant. Elle semblait
être en proie à une épouvante aussi grande que la
veille. Tout son corps tremblait et son visage avait
une pâleur de spectre. Elle persista cependant à nier
de la manière la plus absolue. Lord Dane n'en con-
serva pas moins tous ses soupçons.

Vers dix heures, Ravensbird fut amené au château. Lord Dane, assis dans son fauteuil d'apparat,
dans la grande salle, avait auprès de lui M. Apperly.
L'avocat — quoiqu'il ne fut pas en ce moment dans
l'exercice de ses fonctions professionnelles, — car ce
n'était pas là une enquête officielle, mais simplement
ce que lord Dane appelait « un examen intime » —
avait posé sur la table, devant lui, une plume et de
l'encre, avec l'intention de prendre note, pour sa satisfaction personnelle, de tous les détails dont l'importance le frapperait. Le chevalier Lester était aussi
présent et se tenait auprès de lord Dane, non pas
comme magistrat, mais comme ami. L'inspecteur
Cotton n'avait pas cru pouvoir se dispenser d'assister
à la séance et était arrivé un des premiers.

On n'avait plus aucun doute sur le sort du malheureux Harry. La marée du matin avait rejeté son chapeau sur la plage, et un bateau-pêcheur avait repêché
en mer la vareuse de Michel. On commençait à croire

que la chute n'était pas le résultat d'un accident ou
d'un coup porté dans l'ardeur de la lutte, mais bien
d'un crime commis avec préméditation. Jamais la
culpabilité d'un prisonnier ne parut plus évidente que
celle de Ravensbird. Non-seulement lord Dane et ses
amis, mais encore les hommes de la police n'en faisaient aucun doute. L'officier, M. Bent, avait soumis
les domestiques du château à une véritable enquête,
et son opinion était concluante.

L'entrée de Ravensbird, les mains libres, — on
l'avait débarrassé des menottes, mais il était gardé à
vue, comme un prisonnier, par l'officier de police lui-
même, — excita une grande sensation.

« Ah! c'est vous!... malheureux! misérable! s'écria
lord Dane en laissant éclater son indignation et oubliant, dans sa douleur de père, la dignité de sa position de magistrat. Ainsi, pour satisfaire votre vengeance, il vous a fallu assassiner mon pauvre enfant!

— Je ne l'ai pas assassiné, mylord, répondit respectueusement Ravensbird.

— Il ne s'agit pas ici de jouer sur les mots; c'est
parfaitement inutile, interrompit l'avocat Apperly,
avant que lord Dane eût pu parler; si vous ne l'avez
pas tué de propos délibéré, avec un couteau, un gour-
din, un pistolet ou toute arme de ce genre, vous l'avez
attaqué et précipité du haut des falaises. Si ce n'est
pas là un assassinat, qu'est-ce donc, je vous prie, et
de quel nom appellerez-vous cet acte ?

— Je n'ai pas été un seul instant sur les falaises, la
nuit dernière, et je n'ai pas vu le capitaine Dane depuis le moment où, le matin, il m'a chassé du château,
dit Ravensbird d'une voix calme. Qui m'accuse ?

— Oh! je vous en avertis, mon brave homme, toutes
ces équivoques absurdes ne vous serviront de rien;
vous dépensez mal à propos vos paroles, et vous faites

perdre le temps de mylord, voilà tout, s'écria impé-
tueusement M. Apperly, qui était d'un tempérament
irritable et porté à se mettre facilement en colère ;
vous avez déjà suffisamment causé de douleur à Sa
Seigneurie, sans chercher encore à prolonger cette
scène pénible.

— Je vous ai demandé, monsieur Apperly, qui était
mon accusateur, et j'ai le droit d'exiger une réponse, »
dit d'un ton brusque le prisonnier en s'apercevant
que sa culpabilité était d'ores et déjà tenue pour
prouvée par tous les assistants.

« Les faits et vos propres actions vous accusent,
et Michel, le garde-côtes, a été témoin de votre crime.

— Où est Michel ? interrompit fiévreusement lord
Dane. Pourquoi n'est-il pas encore ici ? »

L'inspecteur Cotton, qui ne s'expliquait pas le retard que son subordonné mettait à exécuter ses ordres,
s'empressa de sortir de la grande salle pour s'assurer
par lui-même des causes de cette absence.

— « Est-ce que Michel dit m'avoir vu, mylord, aux
prises avec le capitaine Dane ?... Dit-il m'avoir vu ?
répéta Ravensbird.

— Certainement, il le dit, interrompit l'avocat
avant que lord Dane eût pu répondre. Espériez-vous
donc qu'il se tairait ?

— Alors il fait un mensonge indigne... et inutile,
monsieur Apperly, et, sans aucun doute, dans l'intention de détourner les soupçons du véritable coupable. »

Lord Dane prit la parole.

« Ravensbird, comme vient de vous le faire observer M. Apperly, ce système de défense ne peut que
tourner contre vous, quand bien même le crime n'aurait pas eu de témoin. Il ne saurait y avoir le moindre
doute sur son auteur. Quel autre que vous, en effet,
avait un grief contre mon fils ? J'ignore la nature de

votre discussion et de votre querelle avec lui hier matin, mais il n'en est pas moins certain que vous devez l'avoir offensé gravement, et que vous avez quitté
le château en proférant des menaces contre lui.

— Mylord, cela est vrai, je l'avoue, répondit Ravensbird d'un ton calme et respectueux. Je donnai au
capitaine Dane certains renseignements, croyant en
cela lui rendre service ; mais il prit la chose tout de
travers. Ma communication concernait ses affaires
privées ; elle n'avait rien d'agréable à entendre, je le
reconnais, et elle excita sa colère contre moi. Froissé
d'un traitement immérité, mylord, — car il était immérité, — je m'irritai à mon tour, et j'avoue avoir
répondu à mon maître comme je n'aurais pas dû lui
répondre. Il devint encore plus furieux et m'adressa
des paroles dures et cruelles. Nous étions, tous les
deux, excités, hors de nous. Lui surtout ne se possédait plus, et il m'ordonna de quitter le château à l'instant. Il fit plus : il me chassa à coups de pied. Je
vous le demande, mylord, m'était-il possible de subir
avec calme un pareil traitement, et sans rien répondre ? J'avais été pour mon maître un bon serviteur ;
je l'avais servi depuis des années avec fidélité ; il
m'honorait de sa confiance ; il me traitait presque en
ami. Je n'en ressentis que plus cruellement l'injure.
Quand je sortis du château, j'étais presque fou de
rage ; pendant plus de deux heures, je fus incapable
de reprendre mon sang-froid, et je me laissai aller à
prononcer de violentes paroles...

— On vous a entendu dire que vous vous vengeriez,
interrompit lord Dane.

— Dix fois au moins, je l'ai dit, mylord, et plus
d'une personne a pu m'entendre. Mais ma colère se
calma peu à peu ; quelques heures après il n'en était
plus question. La vérité est que je n'eus jamais au

fond de mon cœur la pensée de me venger de mon maître. Je l'aimais trop pour cela. Vous me reprochez des menaces de vengeance ; oui, c'est vrai, je les ai prononcées ; je n'avais pas la tête à moi dans ce moment-là ; la rage m'aveuglait. Mais la journée n'était pas encore écoulée que je commençais déjà à réfléchir et à excuser mon maître.

— Vous oubliez que votre lutte avec lui a eu pour témoin le douanier Michel, » dit lord Dane, qui avait écouté Ravensbird sans donner aucun signe d'impatience.

« C'est impossible, mylord, car il n'y a pas eu de lutte entre nous deux. Quel peut être le mobile de Michel en m'accusant ? Je ne saurais le dire ; il faut, ou que ses yeux l'aient trompé ou qu'il veuille sauver le véritable coupable à mes dépens. Mais je ne crains rien. La vérité finit toujours par se faire jour.

— Le jour, en effet, s'est levé ce matin, interrompit ironiquement M. Apperly. Mais nous perdons notre temps. Mylord, ne pouvons-nous pas commencer à entendre les témoins, en attendant l'arrivée de Michel ? L'officier de police Bent voudrait poser quelques questions à lady Adélaïde Errol. Il a des raisons de croire qu'elle a été témoin de la lutte.

— Elle le nie, répliqua lord Dane.

— Comment ! lady Adélaïde ? Comment serait-ce possible ? s'écria M. Lester, levant les yeux, surpris.

— Voilà l'explication d'Adélaïde elle même, dit lord Dane. Tentée par la beauté de la nuit, elle eut l'imprudence d'aller se promener sur les hauteurs. Prise tout à coup de peur en arrivant près des ruines, elle revint au château en criant, évidemment très-effrayée. Je pensais qu'elle avait dû être témoin de la scène, mais elle le nie et soutient avoir eu peur des fantômes dans les ruines.

— Pardonnez-moi, mylord, si je me permets d'exprimer mon opinion, dit Bent. Sa Seigneurie est une jeune fille timide, et elle hésite sans doute à reconnaître qu'elle a assisté à un aussi terrible drame. Après avoir interrogé vos domestiques, et principalement la femme de chambre française, ma conviction est faite à cet égard, et je suis absolument sûr que lady Adélaïde a vu tout ou une partie de la lutte. Si vous voulez bien ordonner qu'elle paraisse devant vous, je lui adresserai une ou deux questions.

— Faites-la entrer, si vous voulez, » dit lord Dane, adoptant la manière de voir de l'agent, et pensant que si, en effet, Adélaïde savait quelque chose, il faudrait bien qu'elle parlât.

Ce fut M. Lester qui se chargea d'aller la chercher. Lady Adélaïde n'osa pas se soustraire à la sommation. Elle entra dans le Hall, donnant le bras à M. Lester, s'avança vers la table placée devant lord Dane, et y appuyant ses deux mains, resta debout, sans accepter la chaise que M. Lester s'empressait de lui offrir, comme si elle eût eu la ferme intention de ne demeurer qu'un instant.

« Vous avez assisté, madame, à la lutte qui a eu lieu la nuit dernière, sur les falaises, commença le clairvoyant officier de justice, d'un ton de grande douceur, mais de conviction absolue; voulez-vous être assez bonne pour me dire ce que vous en avez vu, au juste? »

Cet air de parfaite assurance la trompa. Elle s'imagina que la vérité était connue et qu'il serait inutile de nier plus longtemps. Jetant tout autour de la grande salle des regards de terreur, comme un cerf aux abois, elle vit tout à coup fixés sur elle les yeux pénétrants de Sophie. Pourquoi Sophie était-elle venue? Un cri, à demi étouffé, s'échappa des lèvres de lady Adélaïde.

« Aviez-vous quelque motif pour vous rendre aux falaises la nuit dernière? » continua l'officier de justice, sans aucune arrière-pensée, et convaincu que le fait était purement accidentel ; « vous ne pouviez pas prévoir, je présume, qu'aucune querelle dût avoir lieu en cet endroit?

— Oh ! non, non, répondit-elle avec véhémence, et en fondant en larmes.

— La lutte vous a surprise, alors ; ç'a été pour vous comme un coup de foudre. C'est bien ce que nous pensions. Voulez-vous nous raconter ce que vous avez vu ? »

Adélaïde jeta de nouveau les yeux autour d'elle, avec une indicible angoisse. Il était impossible de se méprendre sur l'expression de sa physionomie. Elle cherchait à exciter la pitié ; elle cherchait à échapper ; elle implorait tour à tour du regard lord Dane et M. Lester. Tout à coup, en se retournant, elle aperçut de nouveau sa femme de chambre, les yeux rivés sur elle.

« Pourquoi Sophie reste-t-elle ici? » s'écria-t-elle en s'adressant à lord Dane.

Monsieur Bent crut qu'elle se moquait de lui.

« Il serait préférable pour tous, mylady, de déclarer de suite ce que vous avez vu et ce que vous savez ; sinon vous pourriez être sommée de faire votre déposition dans une autre enceinte... et devant un public plus nombreux.

— Allons ! parlez, Adélaïde, dit lord Dane sévèrement. »

Lord Dane commençait à croire qu'elle en savait plus long que ne disaient ses aveux, et était irrité de ses dénégations antérieures.

« Si vous ne voulez pas parler de bonne volonté, je serai forcé de vous faire subir un interrogatoire, sous serment, continua lord Dane. Vous m'avez dit hier qu'étant sortie du château pour faire une promenade, vous étiez entrée dans les ruines ; qu'à peine entrée, vous aviez pensé aux revenants, et que la peur vous avait saisie tout à coup.

— Oh ! non, non, mon oncle, pas le serment ! cria-t-elle, ce seul mot semblant l'effrayer plus que tout le reste. Je vais dire à l'instant la vérité... oui, toute la vérité, ajouta-t-elle en baissant les yeux devant le regard perçant de M. Bent. Voilà ce qui s'est passé. En traversant les ruines, je pensai aux fantômes, aux revenants, et j'eus peur. Alors je rebroussai chemin pour rentrer au château. Je n'étais pas encore sortie des ruines, quand j'entendis au dehors un bruit de voix, vers l'extrémité des falaises. Je poussai un soupir de soulagement à la pensée que je n'étais plus seule ; je marchai avec précaution jusqu'à une des entrées de la chapelle, et j'avançai la tête pour regarder qui était là. Je vis deux hommes, se tenant à bras-le-corps, se battant, tout à fait au bord des rochers. Une seconde après, l'un des deux disparut brusquement... Il était tombé du haut de la falaise. Je fus terrifiée à en mourir ; je ne me souviens plus de rien. Je me mis à courir, je crois, vers le château, en re-traversant les ruines et la pelouse tout droit devant moi. On m'a dit que je poussais des cris perçants. C'est possible, mais je ne pense pas en avoir eu conscience dans le moment. Bruff sortit et me rencontra... et c'est là tout ce que je sais.

—Pourquoi ne pas m'avoir avoué la vérité tout de suite, s'écria lord Dane, les sourcils froncés.

— J'étais trop effrayée... presque morte de peur. De plus, je pensais que ma tante serait déjà assez irritée contre moi, à cause de ma sortie nocturne, sans encore confesser ce que j'avais vu.

— Si vous aviez tout dit en rentrant au château, la vie d'Harry aurait pu être sauvée, murmura lord Dane... L'aviez-vous reconnu ?

— Oh ! non, mon oncle, fit-elle en pleurant. Comment pouvez-vous me le demander ?

— Avez-vous reconnu l'autre personne ? demanda l'officier de justice.

— Je n'ai reconnu ni l'une ni l'autre.

— Non ?... pas du tout ? Vous ne pourriez pas donner la plus légère indication ? Vous avez dû voir l'un de ces deux hommes, cependant. Il vous a été possible de distinguer, au moins, s'il était grand ou petit ?»

Jamais lady Adélaïde n'avait trahi une terreur plus grande qu'en ce moment. Les lèvres blanches, les mains tremblantes, elle essaya deux fois de parler, sans avoir la force d'articuler un mot.

« Je ne pourrais donner le signalement d'aucun d'eux, bégaya-t-elle enfin. Je ne sais s'ils étaient grands ou petits. Tout s'est passé si rapidement !

— Une idée, si faible qu'elle soit, ne vous est pas venue à l'esprit de ce que l'un ou l'autre de ces deux hommes pouvait être ? demanda de nouveau, en insistant, l'officier de justice.

— Non. J'ai peut-être cru, à ce moment, que c'était là une lutte entre deux voleurs.

— Et leurs voix, mylady ?... Vous ne les avez reconnues ni l'une ni l'autre ?

— Je n'ai entendu leur voix que tout à fait au commencement, quand j'étais encore dans l'intérieur des ruines, répondit-elle en frissonnant. Pendant la lutte, ils n'ont pas prononcé une parole... ou, s'ils ont parlé, je ne les ai pas entendus.

— Alors, vous n'avez positivement reconnu ni le capitaine Dane ni son adversaire ?

— Pourquoi ne me croyez-vous ? pas s'écria-t-elle

d'un ton de reproche irrité et de douleur poignante. Le capitaine Dane n'était-il pas mon cousin? Si je l'avais reconnu, si j'avais reconnu son adversaire, pourquoi ne l'avouerais-je pas?... Laissez-moi partir, ajouta-t-elle d'un air suppliant, en se tournant vers lord Dane. Quand je resterais ici toute ma vie, je ne pourrais pas vous donner plus de renseignements.

— Un instant encore, mylady, si vous voulez bien. Est-ce que l'autre — celui qui est resté maître du terrain — chercha à vous suivre quand vous avez pris la fuite?

— Non; pas que je sache. Je n'ai pas regardé derrière moi.

— Je veux croire et j'espère que vous ne nous avez rien caché... que vous avez dit tout ce que vous savez!»

Ce fut là le seul commentaire que se permit l'agent de police, en voyant lady Adélaïde se diriger vers la porte, sans attendre qu'on lui donnât la permission de se retirer.

M. Lester s'empressa de lui offrir le bras, et l'accompagna hors de la grande salle. Sophie Collot les suivit tous deux à pas lents.

« Ah comme ils sont sans pitié! s'écria Adélaïde en fondant en larmes; n'aurais-je pas été trop heureuse de les renseigner si j'avais su quelque chose? Comment avez-vous permis à *cet homme* de me persécuter ainsi de ses questions?

— En présence de lord Dane, et dans une circonstance comme celle-ci, je ne suis et ne puis rien, murmura le chevalier Lester, du ton de la plus vive et de la plus tendre sympathie; je vous plains plus que je ne saurais dire. Mais, Adélaïde, ne sortez plus ainsi le soir, toute seule.

— Jamais, jamais! c'est une leçon pour toute ma vie!... Mais je ne pensais pas mal faire.

— Mal faire!... non, » lui dit tout bas M. Lester en lui baisant la main.

Ils se trouvaient à ce moment devant la porte du salon ; Sophie Collot, arrêtée à quelque distance en arrière, ne quitta pas sa maîtresse des yeux jusqu'à ce qu'elle fut entrée dans la chambre.

« Que faites-vous donc là, Sophie? lui demanda M. Lester, comme il passait devant elle en retournant à la grande salle.

« C'est mon affaire, répondit-elle, sans prendre la peine de déguiser sa pensée, et non la vôtre. »

Lord Dane devenait de plus en plus impatient d'interroger le douanier, dont l'arrivée semblait devoir subir un long retard. De tous les assistants, le plus impassible, le plus indifférent, était sans contredit Richard Ravensbird. Sa contenance froide et tranquille, au milieu de l'agitation et de l'inquiétude générales, son air indépendant irritaient au dernier point lord Dane, qui, comme tout Danesheld, était convaincu de sa culpabilité.

Michel arriva enfin, conduit et soutenu par M. Cotton. Il fit son entrée dans la salle au milieu d'un mouvement marqué d'attention. Il paraissait pâle et malade, et lord Dane lui dit de s'asseoir pour faire sa déposition. Il raconta comment il avait entendu des voix d'hommes se disputant, comment il avait vu les combattants sur les bords des falaises, et l'un deux, le capitaine Dane, tomber sur la plage.

« Poussé par Ravensbird ? s'écria vivement l'avocat Apperly,

— Oui.

— Mon fils ne donnait-il plus aucun signe de vie?

— Aucun, mylord. Il était mort, absolument mort. Il n'y avait pas à s'y tromper. J'aurais voulu pouvoir l'emporter dans mes bras, mylord, au lieu de le laisser là, exposé à la marée; mais ç'a été au-dessus de mes forces. Si je n'avais pas été pris de mon accès, on aurait pu arriver à temps pour sauver son corps.

— Ce n'est pas votre faute, Michel; aviez-vous reconnu mon fils, sur la falaise, avant sa chute?

— Non, mylord, répondit Michel en secouant la tête. La lune était brillante, c'est vrai; mais au clair de lune, ce n'est pas comme en plein jour, vous savez; et je ne pouvais pas voir distinctement au-dessus de moi, à cause de l'endroit où je me trouvais. La lutte m'a semblé ne durer qu'un instant. Il est tombé tout de suite. C'est seulement quand j'ai été près de lui, essayant de le soulever, que j'ai reconnu le capitaine Dane. »

Ravensbird, à ce moment, interrompit le douanier, que, depuis son entrée dans la salle, il n'avait pas quitté du regard. Ses yeux noirs et profonds semblaient dévorer chacun de ses mouvements, chacune de ses paroles.

« Mylord, dit-il en se tournant tout à coup vers lord Dane, si je me trouvais en présence d'une cour de justice régulièrement constituée et procédant à un interrogatoire officiel, il me serait permis de me faire assister d'un avocat. On ne le refuse pas au plus coupable même des criminels. Ici, je n'ai personne pour me défendre; je suis seul contre tous. Je désirerais adresser une question à cet homme, mylord.

— Faites.

— Vous venez de dire, Michel, que vous n'aviez pu reconnaître le capitaine Dane sur la falaise, parce que vous étiez trop loin, et mal placé pour distinguer clairement les objets. Si vous n'avez pas reconnu le capitaine, comment est-il possible que vous m'ayez reconnu, moi?

— Je ne vous ai pas reconnu. »

Il y eut un moment de silence; Richard Ravensbird reprit enfin d'une voix vibrante, passionnée:

« Alors, pourquoi l'avez-vous affirmé?

— Je ne l'ai pas affirmé.

— Vous l'avez dit. On me l'a assuré.

— Non. Je n'ai rien dit de semblable. Ma vue ne portait pas aussi loin. C'est... »

L'officier de police l'interrompit à son tour.

« Prétendez-vous nier, Michel, maintenant que vous êtes en présence de mylord, que le capitaine Dane ait été précipité des falaises par Ravensbird?

— Je ne pourrais pas dire, monsieur, que ç'ait été par lui ou non; c'est peut-être lui, aussi bien que n'importe qui. Je n'ai pas reconnu la personne. »

L'officier leva des yeux étonnés sur lord Dane.

« Si j'ai bien compris Votre Seigneurie hier soir, elle m'a dit que Michel avait reconnu Ravensbird comme l'assaillant.

— Je l'avais compris moi-même ainsi. Vous me l'aviez dit, Apperly; vous aussi, monsieur Wild.

— Que signifie cette contradiction, Michel? s'écria M. Apperly d'un ton bref et sévère. Ne vous rappelez-vous pas qu'hier soir, à la station de la douane, vous nous avez affirmé positivement que c'était Ravensbird?

— J'ai dit que ce devait être sûrement Ravensbird, à cause de sa querelle avec son maître le matin. Tout le monde l'a dit comme moi; mais je n'ai jamais affirmé que la chose fût à ma connaissance, d'après ce que j'avais vu de mes yeux.

— Alors, devons-nous comprendre, Michel, que vous ne savez rien de positif; que vous ignorez qui était l'assaillant de mon fils; que vous ne l'avez pas reconnu?

— Je n'ai pu le reconnaître, mylord. J'avais soupçonné M. Ravensbird, naturellement, à cause de la querelle dont j'avais entendu parler dans la journée ; mais il m'a été impossible de voir les personnes qui se battaient sur les hauteurs... c'est-à-dire de les reconnaître. Je n'aurais pas même reconnu l'un deux pour le capitaine Dane, s'il n'était pas tombé sur la plage, près de l'endroit où je me trouvais. »

Toute l'assistance était complétement déroutée. Chacun, y compris l'officier de justice, si pénétrant et d'ordinaire si circonspect, ne doutait nullement que Michel ne fût prêt à affirmer sous serment — d'après le témoignage de ses propres yeux — la culpabilité de Ravensbird.

« Cela ne fait pas l'ombre d'une différence, s'écria M. Apperly, emporté par son zèle pour les intérêts de lord Dane, et par la force de sa conviction. Richard Ravensbird a proféré, plusieurs personnes l'ont entendu, des menaces contre son maître...

— Je vous demande mille pardons monsieur Apperly, cela fait une différence du tout au tout, interrompit vivement Ravensbird. Qu'un témoin digne de foi dise qu'il m'a vu commettre le meurtre, ou qu'il ne m'a pas vu, ça fait deux, car c'est tout le contraire.

— Peut-être pourrez-vous nous expliquer l'emploi de votre temps, hier, Ravensbird, heure par heure, jusqu'à dix heures du soir ? s'écria l'avocat.

— Peut-être le pourrai-je, en effet, si cela est nécessaire. Après avoir été chassé du château, j'allai droit au *Rendez-vous des Marins*, et le patron de l'hôtel en témoignera.

— Mais vous n'y êtes probablement pas resté ?

— J'y suis resté : vingt personnes, qui m'ont vu dans le courant de la journée, vous le certifieront. Je n'en ai pas bougé. J'y ai dîné, et j'ai pris le thé avec Hawthorne et sa femme.

— Qu'avez-vous fait après avoir pris le thé ?

— Je suis resté avec eux un peu de temps, puis je suis sorti pour faire un tour de promenade.

— Je le pensais bien ! s'écria l'impétueux M. Apperly, et... où vous êtes-vous promené ?... quel chemin avez-vous suivi ? »

Ravensbird hésita un moment. Cette hésitation était une preuve de plus contre lui.

« Je ne vois pas que ça regarde personne... la route que j'ai suivie ; ça n'a pas d'importance...

— Cela en a une très-grande, au contraire. Peut-être est-ce le chemin même des falaises... Ah ! Dieu me pardonne, ajouta l'avocat, qui se leva en sursaut, un souvenir lui traversant tout à coup l'esprit, mais je vous ai rencontré, Ravensbird ! Je revenais de chez un client, et je vous ai vu aller précisément dans cette direction ; vous vous dirigiez vers le château. Il était à peu près sept heures.

— Je ne vous ai pas vu.

— Peut-être. Mais je vous ai vu, moi, et c'est tout ce qu'il faut. Où alliez-vous ?

— C'est mon affaire. Je n'allais pas faire de mal, et je n'en fis pas. Je ne suis pas resté longtemps dehors, du reste ; je suis rentré presque aussitôt au *Rendez-vous des Marins*.

— A quelle heure étiez-vous de retour à l'hôtel ? demanda vivement l'avocat.

— Michel, répliqua avec autant de vivacité Ravensbird, quelle heure était-il quand vous avez vu la lutte et la chute ?

— Entre huit heures et demie et neuf heures moins le quart ; plus près de neuf heures moins le quart... oui... certainement, au moins neuf heures moins vingt. »

Ravensbird se retourna vers l'avocat de l'air d'un homme qui vient de vaincre son adversaire.

« Alors, la question est résolue... au moins en ce qui me concerne, mylord, dit-il. J'étais de retour dans la salle basse du *Rendez-vous des Marins* à huit heures vingt minutes. Je me souviens avoir entendu sonner le quart à l'horloge de l'église quelques minutes avant de rentrer à l'hôtel, et d'avoir tiré ma montre pour m'assurer si j'allais bien. Je n'ai plus bougé de toute la soirée. »

Lord Dane était confondu de l'assurance et du ton dégagé de Ravensbird ; il ne croyait pas un traître mot de ses explications.

« Michel, dit-il, êtes-vous sûr de l'heure que vous indiquez ? »

Mais au moment même où il adressait cette question, lord Dane se souvint que son fils était resté la veille dans la salle à manger, près de lui, jusqu'à huit heures et demie ou à peu près.

« J'en suis absolument sûr, mylord, répondit Michel ; nous autres douaniers, nous nous trompons rarement sur l'heure qu'il est. Nous n'avons rien de mieux à faire, en marchant devant nous, que d'écouter la sonnerie des quarts et des heures à l'horloge de la ville. De plus, il y a la marée qui nous guide ; et c'est un véritable amusement de voir le flot et le temps aller toujours du même train. Il devait être à peu près neuf heures moins vingt-deux minutes quand a eu lieu la chute du capitaine Dane. C'est bien là l'heure exacte ; les trois quarts ont sonné aussitôt après que je l'eus quitté, quand je me suis mis à courir sur la plage.

— Je présume que vous seriez prêt à prêter serment, Michel, si on l'exigeait ? s'écria d'un ton aigre l'avocat Apperly.

— Certainement, monsieur, car c'est là la vérité... »

La réponse ne calma pas M. Apperly. Absolument

convaincu que le douanier était la dupe de quelque erreur, il se préoccupait fort peu de son opinion.

« Peut-être, insinua-t-il, seriez-vous assez bon, Ravensbird, pour vouloir bien confier à lord Dane, ce que vous avez fait pendant votre absence du *Rendez-vous des Marins*, et où vous avez passé votre temps? D'après votre aveu même, cette absence a duré bien près d'une heure et demie.

— Je ferai respectueusement observer à mylord que le but de ma promenade et la route que j'ai suivie n'ont aucune importance dans cette enquête. Michel déclare que le meurtre doit avoir été commis...

— Un instant, s'il vous plaît. Voici la seconde fois que vous dites : « le meurtre. »

— Eh bien! s'écria Ravensbird, n'est-ce pas l'expression dont vous vous êtes tous servis?

— Pas avec autant d'assurance que vous. Continuez.

— Michel dit qu'il a dû avoir lieu à neuf heures moins vingt-deux minutes. J'étais de retour à l'auberge à huit heures vingt. Or, quand bien même, en quittant les falaises (c'est une supposition, car je n'y ai pas été de toute la soirée), quand bien même, dis-je, je fusse retourné directement à l'hôtel en quittant les falaises, il faudrait que j'en fusse parti à huit heures ou à peu près, pour être rentré à l'heure dont je parle. En effet, j'étais à l'hôtel à huit heures vingt minutes, et je n'en suis pas ressorti. Si c'est prouvé, — et vous trouverez une douzaine de témoins qui vous certifieront la vérité du fait, en vous adressant au *Rendez-vous des Marins*, — je prétends, monsieur Apperly, que vous n'avez aucun droit de vous mêler de mes affaires particulières. Dès qu'il est établi que je n'étais pas — qu'il est impossible que j'aie été — l'assaillant du capitaine Dane, je suis aussi

libre et aussi indépendant que vous-même !... Tenez!
à huit heures et demie, j'étais en train de jouer aux
dominos avec un des habitués de l'auberge. J'ai joué
avec lui jusqu'à dix heures. »

La marche la plus simple à suivre, en l'état actuel
de l'enquête, était d'envoyer au *Rendez-vous des
Marins*, pour y acquérir la preuve de la vérité ou
de la fausseté des explications données par le prisonnier. L'officier de justice s'y rendit lui-même, et lord
Dane attendit son retour avec une impatience mal
dissimulée. Comme toujours, le seul homme qui,
dans la salle, fût parfaitement tranquille et à son
aise, c'était sans contredit Richard Ravensbird.

M. Bent revint. Il revint, la mine piteuse, l'air
abattu; il se reconnut lui-même vaincu, — vaincu
quant à présent, du moins. — Hawtorne et sa femme,
ainsi que deux ou trois autres témoins dignes de foi,
déclaraient que Ravensbird était rentré au *Rendez-
vous des Marins* à huit heures vingt minutes. Ils
pouvaient d'autant mieux certifier le fait que Ravensbird avait remarqué tout haut, en entrant, que la
pendule de la salle basse allait exactement comme
l'horloge de l'église. Il était, en outre, très-vrai qu'il
n'avait plus quitté l'auberge de toute la soirée, et
avait joué aux dominos presque jusqu'au moment de
se mettre au lit.

En présence de pareils témoignages, il ne pouvait
plus être question de maintenir Ravensbird en état
d'arrestation, et force fut à lord Dane d'ordonner,
quoiqu'à regret, sa mise en liberté... à regret, car au
fond de son cœur, il était encore convaincu de sa
culpabilité.

« Vous êtes libre de vous retirer, Richard Ravensbird.

— Milord, dit l'ex-prisonnier, en s'avançant de

quelques pas pour se rapprocher de lord Dane, je vois
bien que, même maintenant, malgré tous ces témoignages, vous me croyez encore l'agresseur de votre
fils. Permettez-moi de vous affirmer une fois de plus
la vérité : je ne me suis pas trouvé un seul instant
en présence du capitaine Dane depuis ma sortie de ce
château, le matin.

— Je crois que c'est vous le coupable; vous et personne d'autre, répondit lord Dane d'un ton dur et sévère. Vous triomphez aujourd'hui. C'est bien. Je ne
vous dirai qu'un mot, Richard Ravensbird : N'oubliez
pas que les crimes de cette nature se découvrent toujours, tôt ou tard. »

Pour toute réponse, Ravensbird se contenta de
saluer respectueusement.

Pendant tout le cours de l'enquête, son attitude
vis-à-vis de lord Dane avait été celle d'un homme
plein de déférence et de respect, mais inaccessible à la
crainte et ayant conscience de son innocence. Il sortit
de la grande salle sans ajouter un mot. Bruff l'attendait sous la porte cochère du château; Ravensbird
passa brusquement devant lui, sans lui adresser la
parole, et se dirigea à grands pas vers Danesheld.

M. Cotton et Michel furent moins insociables, et
quand, à leur sortie de la salle, ils rencontrèrent le
vieux sommelier, ils ne firent aucune difficulté d'accepter une verre d'ale.., dont le pauvre et faible douanier avait, du reste, grand besoin, comme réconfor-
tant.

Lord Dane, le chevalier Lester, M. Apperly et l'officier de justice restèrent seuls dans le Hall. Les
deux premiers s'entretenaient à voix basse. M. Apperly semblait se livrer à une douce rêverie, et l'officier prenait des notes sur un vieux carnet qui ne le
quittait jamais. Il avait l'air profondément pensif,

« Vous paraissez tout décontenancé, Bent, » observa l'avocat, en se réveillant.

« C'est que je le suis, en effet, monsieur Apperly. Je ne sais plus où j'en suis.

— Est-ce que vous le croyez encore coupable ?

— Je suis sûr de sa culpabilité comme de mon existence.

— Vraiment ! dit M. Apperly, dont l'opinion s'était quelque peu modifiée, après la preuve décisive de l'alibi ; moi, je n'en suis plus certain maintenant. On ne peut cependant pas fermer ses yeux à l'évidence. Si l'homme était réellement de retour au *Rendez-vous des Marins* à l'heure qu'il indique...

— Oui. Mais il n'y était pas, vous pouvez m'en croire, interrompit M. Bent, ou bien Michel se trompe quant à l'heure. Il n'existe pas au monde de chose plus trompeuse que les témoignages sur un fait dont la preuve dépend de l'heure à laquelle il a été accompli. Suivez-moi bien. Vous avez remarqué, n'est ce pas, ce dont j'ai fait mention en revenant de l'auberge : que M. Hawthorne se rappelait l'observation de Ravensbird, au moment même de son retour, relativement à l'heure, huit heures vingt minutes ! Eh bien ! cette circonstance seule suffirait à tout esprit expérimenté pour prouver sa culpabilité. Il n'a pas appelé leur attention sur l'heure sans motif, soyez-en convaincu. Nous connaissons ces stratagèmes-là. Il avait probablement trouvé moyen de donner un coup de pouce à la pendule et de reculer les aiguilles. Mais ce n'est pas cela qui m'étonne et me déconcerte. Ravensbird n'est ni plus ni moins habile que les gars de son espèce, et nous finirons bien par le pincer, un jour ou l'autre. Quant à ce qui est de l'alibi, j'ai été témoin, dans ma vie, de serments si étrangement contradictoires sur le temps et les heures, que je ne m'étonne plus de rien. Des deux côtés on est, cela va sans dire, parfaitement honnête et convaincu « de ne dire rien que la vérité », et cependant on fait erreur. Ah ! j'en ai tant vu ! Les uns disent que leurs pendules et leurs montres retardaient... les autres que le soleil a marché trop vite ! — Alors les voitures, qui, d'habitude, ne bougeaient jamais de leur remise avant une certaine heure, se trouvaient précisément dehors ce jour-là au moment... critique; et ainsi de suite. — Je sais ce que valent les alibis, allez !

— Alors qu'est-ce qui vous embarrasse et vous étonne ? demanda M. Apperly. »

Ils avaient, tous deux, parlé très-bas. Cependant l'officier baissa encore plus la voix en répondant :

« La jeune lady. Elle me déroute complétement. Qu'elle en sache plus long qu'elle n'en dit, cela ne fait pas de doute pour moi, et je m'en préoccupe peu. Les témoins ne nous disent souvent que la moitié de ce qu'ils devraient dire, et Dieu sait combien leur conscience en est peu affectée !

— Vous ne croyez pas lady Adélaïde ?

— Je ne dirai pas qu'elle mente du premier mot au dernier; mais « suivez-moi bien », ajouta l'officier, se servant de nouveau de son expression favorite, selon son habitude quand il avait l'esprit surexcité, je comprends parfaitement sa frayeur au moment de l'accident : toute jeune fille, assistant à une scène comme celle-là, serait presque morte de peur; mais *qu'est-ce qui l'effraye maintenant ?* »

M. Apperly sembla frappé de la justesse de la question.

« C'est vrai, dit-il, il n'y a pas à le nier, elle semblait avoir une horrrible peur quand vous l'interrogiez.

— Oui. Rapportez-vous-en à moi, monsieur, s'il y a

au monde quelqu'un capable de prouver la culpabilité
de Ravensbird, — sans compter Ravensbird lui-même,
cela va sans dire, — c'est lady Adélaïde. Elle... »

L'officier de police s'arrêta tout à coup, sur un
regard de M. Apperly. Il se retourna et vit lord Dane
qui, la tête penchée vers lui et l'oreille tendue, l'écoutait avec une profonde attention. L'officier s'était
laissé entraîner à parler plus haut qu'il n'aurait fallu.

« Que disiez-vous là, Bent? »

M. Bent fut bien forcé de s'expliquer. Il n'avait pas
de raisons particulières, du reste, pour cacher ses
soupçons à lord Dane, et il lui avoua franchement sa
conviction que lady Adélaïde pourrait, si elle le voulait, prouver la culpabilité de Ravensbird.

« Et son motif pour ne l'avoir pas fait? son motif?
demanda vivement lord Dane.

— Ah! mylord, là s'arrête ma perspicacité, et c'est
justement ce qui m'embarrasse. Sa femme de chambre
française est la bonne amie de Ravensbird; peut-être
est-ce à cause d'elle qu'elle le ménage. Elle paraissait
effrayée de la présence de cette fille à l'enquête.
Avez-vous remarqué de quel air elle a demandé pourquoi elle restait là ? »

Lord Dane était un homme tout de premier mouvement. La supposition de l'officier de police corroborait
avec trop de force ses propres soupçons sur la véracité
d'Adélaïde pour qu'il ne l'adoptât pas à l'instant.
Dès le principe, en effet, il avait eu le pressentiment
que sa nièce lui cachait une partie de la vérité, et en
voyant son maintien embarrassé pendant son interrogatoire, ses doutes n'avaient fait que grandir. Sans
réfléchir davantage, il tint le fait pour certain, et son
cœur se brisa de colère et de douleur. *Elle ! elle !*
protéger l'assassin de son pauvre fils, de son fiancé !

« Je vous remercie de votre franchise, Bent, dit-il

avec un fureur concentrée, et les lèvres tremblantes;
oui, vous devez avoir raison; il n'y a pas le moindre
doute. Vous aviez raison aussi, ce matin, quand vous
m'affirmiez qu'elle avait évidemment vu quelque
chose, quoiqu'elle me l'eût nié avec persistance. Je me
rappelle que la menace de lui faire prêter serment l'a
étrangement effrayée. Nous allons voir ce qu'elle en
dira maintenant. »

Un message péremptoire fut envoyé à lady Adélaïde, lui intimant de se présenter de nouveau dans
la grande salle. La pauvre fille semblait, en y entrant,
avoir fait provision de courage; mais ses forces la
trahirent presque aussitôt, et ce fut en tremblant
qu'elle s'avança vers lord Dane. M. Lester se levait
pour lui offrir le bras, comme précédemment, quand
lord Dane l'arrêta.

« Pour cette fois, lady Adélaïde n'a affaire qu'à
moi, monsieur Lester. »

Elle jeta un rapide coup d'œil sur les assistants;
elle remarqua l'air intrigué de M. Apperly, la physionomie impassible de l'officier de police, l'expression de
sympathie et de compassion de M. Lester, mais quand
elle se trouva en face du visage sévère de lord Dane,
elle ne put retenir un petit cri de frayeur.

Lord Dane lui posa la main sur le poignet, et dit
lentement, en pesant chacune de ses paroles :

« Adélaïde Errol, nous avons des raisons de croire
que vos dénégations de tout à l'heure sont menson-
gères. Nous pensons que vous avez reconnu l'agresseur
de mon fils. Qui était-ce?

— Je ne sais pas, dit-elle, en devenant blanche
comme un linge.

— Vous le savez, nous en sommes convaincus.

— Je vous ai dit que je ne savais pas. Il faisait trop
sombre pour que j'aie pu le reconnaître. »

Elle tremblait tellement, que c'est à peine si ses lèvres sèches et exsangues eurent la force de prononcer ces derniers mots. Lord Dane hésitait à lui adresser la question suprême : « Est-ce Ravensbird ? » Il attendait, sans la quitter un instant des yeux.

« Je vous le demande une fois de plus : qui était l'adversaire de mon fils ?

— Je ne sais pas, en vérité, je ne sais pas.

— Alors, puisqu'il en est ainsi, puisque vous dites la vérité, vous ne ferez pas d'objection à l'affirmer sous serment. Monsieur Lester, voulez-vous lire la formule ? »

Le pâle visage de lady Adélaïde devint tout à coup rouge comme du feu ; ses yeux pleins d'une horrible épouvante — ou plutôt d'un silencieux appel à la pitié — allaient de l'un à l'autre de ces hommes sans cœur qui l'entouraient. M. Lester prit la bible sur le prie-Dieu, — il aurait refusé son ministère s'il avait cru par son refus sauver Adélaïde, mais il savait que toute tentative serait inutile et que la résolution de lord Dane était inébranlable. — Du reste, M. Lester considérait la cérémonie du serment comme ne tirant pas à conséquence, car, lui au moins, était convaincu de la sincérité de lady Adélaïde.

« C'est une simple formalité, lui dit-il tout bas, tendrement, ne tremblez pas ainsi. »

Elle tourna la tête et regarda avec anxiété au fond de la salle, comme si elle eût voulu s'assurer s'il existait encore quelque moyen d'échapper ! Près de la porte, elle aperçut dans l'ombre, immobile, Sophie, les yeux fixés sur elle.

Impossible de fuir ! impossible d'échapper ! Adélaïde Errol étendit ses mains vacillantes sur la bible, et d'une voix hésitante, à peine intelligible, la mort empreinte sur le visage, elle prononça le serment solennel, devant Dieu, qu'elle n'avait reconnu ni le capitaine Dane ni son adversaire.

Et les doutes sur sa véracité — aussi bien de lord Dane que des personnes présentes — (en supposant qu'elles en eussent eus) s'évanouirent devant ce serment, excepté toutefois ceux de M. l'officier de justice Bent.

CHAPITRE VI

AUTRE PHASE DE L'HISTOIRE DE LA NUIT

Pendant ce temps, Richard Ravensbird rencontrait Herbert Dane en retournant à Danesheld. Ce gentleman était encore à sa place favorite, la barrière, où nous l'avons déjà vu plus d'une fois, non pas à califourchon et sifflant, comme d'habitude, mais mélancoliquement appuyé, l'air triste et soucieux. Aujourd'hui, il ne tenait pas à la main de ligne de pêche, il ne se fouettait pas les bottes avec un fouet à manche d'argent en battant la mesure de quelque air d'opéra.

La mort prématurée de son cousin le préoccupait évidemment, et lui causait un chagrin réel et profond, il n'y avait pas à en douter.

Il parut surpris au dernier point de voir Ravensbird s'avancer vers lui, en liberté, et non accompagné d'un de ces hommes de la loi qui l'avaient gardé depuis le matin avec tant de sollicitude.

« Comment! ils vous ont relâché, Ravensbird ?

— Pouvaient-ils faire autrement, monsieur Herbert ? » répondit Ravensbird, en s'arrêtant en face de

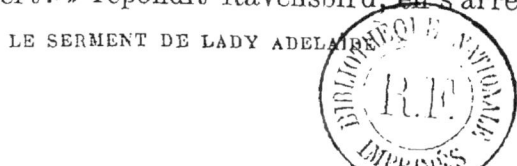

son interlocuteur, pour bien lui prouver qu'il dédaignait d'éviter les questions.

« Faire autrement ! répéta Herbert Dane. Dame, je ne sais pas, Ravensbird ; si Michel vous a vu précipiter de là-haut mon pauvre cousin...

— Mais Michel ne m'a pas vu, interrompit Ravensbird, ses yeux noirs perçants fixés en plein sur le visage d'Herbert Dane.

— Je croyais — d'après ce que j'avais entendu dire — qu'il l'avait affirmé la nuit dernière... affirmé en présence de plusieurs personnes. S'est-il rétracté ?

— Non, monsieur, il ne s'est pas rétracté. Michel n'avait pas dit un mot de ça. On l'avait mal compris. Moi aussi, j'avais, comme vous, entendu raconter la chose, on m'avait répété les prétendues paroles de Michel, et je m'étais imaginé alors qu'il cherchait à sauver ainsi le vrai coupable. Il a affirmé, tout à l'heure, en présence de mylord, qu'il n'avait pu distinguer les combattants sur les falaises. Il n'aurait pas même reconnu le capitaine Dane s'il n'était pas tombé à ses pieds.

— Comment le bruit s'est-il répandu, alors, qu'il vous avait reconnu ?

— C'est, je crois, principalement, la faute de M. Apperly. C'était le plus acharné contre moi.

— De sorte que... sur la seule affirmation de Michel... parce qu'il a déclaré ne pas vous avoir reconnu, on vous a mis en liberté ? Il faut que la douleur ait rendu milord bien indulgent ! Je présume que vous allez vous hâter de mettre la mer ou quelque autre formidable barrière entre vous et Danesheld, maintenant ?

— Pourquoi donc, monsieur ? Un homme innocent n'a pas besoin de fuir comme un lâche.

— Innocent ! répéta Herbert d'un ton d'ironie, presque de mépris.

— Oui, monsieur, innocent.

— Ravensbird, dit Herbert Dane avec calme, il est parfaitement inutile de prendre avec moi ces airs pudibonds et de monter sur vos grands chevaux. Les paroles de vengeance et de menace qu'en cet endroit même, hier, vous avez prononcées devant moi, à propos de votre maître, suffiraient pour vous faire pendre. Mais...

— Est-ce que vous me croyez coupable, monsieur Herbert? interrompit Ravensbird, en le regardant de plus près.

— J'allais vous dire, Ravensbird, que vous n'avez rien à craindre de ma part, continua Herbert Dane, sans faire attention à l'interruption. Hier, vous avez laissé échapper devant moi des menaces de vengeance, dans un moment de fureur, sans même, je m'en suis bien aperçu, avoir conscience que j'étais présent et que je vous entendais. Je vous plaignais de tout mon cœur, car j'étais convaincu que la conduite du capitaine Dane à votre égard devait être injustifiable ; et je ne me joindrai certainement pas à vos accusateurs. De plus, quand bien même on vous pendrait à ce chêne que voici, ça ne rendrait pas la vie à votre maître.

— Monsieur, répéta Ravensbird du ton d'un homme qui veut une réponse, je vous ai demandé si vous me croyiez coupable ?

— C'est là une question bien superflue ! Supposez-vous donc qu'il y ait dans la ville une seule personne dont l'esprit conserve le moindre doute, quoique vous ayez trouvé moyen de tirer votre épingle du jeu ?

— Excusez-moi, monsieur, d'insister. Il ne s'agit pas des personnes de la ville. Je vous demande si *vous*, vous le pensez. »

Herbert Dane parut ennuyé de la persistance de Ravensbird.

« Vous me demandez si je vous crois coupable, et
je viens de vous dire, il n'y a qu'un instant, que vous
mériteriez d'être pendu ! Oui, je vous crois coupable.

— Alors, pourquoi ne me faites-vous pas pendre ?

— Je vous ai dit pourquoi. Je n'ai nul souci de me
déranger pour vous nuire ; et, en outre, votre pendai-
son ne ferait pas revenir à la vie celui qui est mort.
Mais coupable, jusqu'à un certain point, vous l'êtes,
à n'en pas douter. Non pas, peut-être, d'assassinat
avec préméditation ; il est parfaitement possible que
dans une lutte si près du bord des falaises, la chute
ait été accidentelle. »

L'attitude que gardait Ravensbird devant Herbert
Dane—calme, maître de lui-même, hardi, sans qu'un
muscle de son visage tressaillît, sans que sa voix
tremblât, ses yeux pénétrants conservant toujours le
même regard fixe et froid — étonnait profondément
ce jeune gentleman.

« En ce cas, permettez-moi de vous dire, monsieur
Herbert, que je ne suis *pas* coupable. Laissez-moi vous
dire quelque chose de plus, monsieur. Parlerai-je ?

— Eh bien ? répondit Herbert, en le regardant curieusement.

— Je crois que je pourrais mettre le doigt sur le
vrai coupable. Oui, aussi vrai que nous sommes là
tous les deux, face à face, je le crois.

— Que voulez-vous dire ? demanda Herbert, après
un moment de surprise et de confusion.

— Je veux dire, monsieur, ce que je dis. Je puis
me tromper ; je n'ai pas de preuves ; mais j'attendrai,
et elles viendront peut-être. Je n'étais pas le seul qui
eût à se plaindre du capitaine Dane, et je connais
quelqu'un qui l'enviait et le haïssait. »

Herbert Dane regarda Ravensbird de la tête aux
pieds, ne sachant comment il devait prendre ses auda-

cieuses paroles et son attitude plus provocante encore.

« Vous me trouvez trop hardi, je le vois, monsieur. Mais quand un homme innocent se trouve arrêté sous l'accusation de meurtre avec préméditation, on peut lui pardonner quelques libertés de langage.

— Des libertés de langage, passe encore, Ravensbird ; mais des mensonges, c'est autre chose. Je crois que vous m'avez dit...

— Je vous ai dit la vérité, monsieur, interrompit hardiment Ravensbird ; je crois savoir qui s'est battu avec mon maître sur les hauteurs, aussi sûrement que si j'avais assisté moi-même à l'affaire.

— Oh ! fit Herbert Dane d'un ton de parfaite ironie, alors, vous n'y avez pas assisté ?

— Non, monsieur, je n'y ai pas assisté, et pour la meilleure de toutes les raisons : c'est que j'étais, à ce moment-là même, à plus d'un mille de distance de l'endroit. La chose a été prouvée, monsieur. J'étais au *Rendez-vous des Marins*, jouant aux dominos avant et après l'événement ; et mylord aussi bien que M. Apperly ont été forcés d'ordonner ma mise en liberté, n'ayant plus de prétexte pour me retenir en prison.

— Si en réalité ce n'était pas vous et que vous connaissiez le coupable, pourquoi ne le nommez-vous pas ? s'écria Herbert Dane.

— Je juge autrement les choses, monsieur. Je n'ai pas de preuves, et on pourrait ne pas me croire. Je préfère prendre mon temps. Me croyez-vous encore coupable, monsieur Herbert ?

— Oui, Ravensbird. »

Pendant une minute, Ravensbird le regarda en face, comme s'il se refusait à croire à cet aveu. Puis il baissa les yeux.

« Il est bien possible, après tout, que vous le

croyiez, dit-il, comme s'il parlait plutôt à lui-même qu'à Herbert. En ce cas, tout ce que je puis dire, c'est qu'un jour viendra peut-être où nous serons tous deux détrompés. J'ai juré à mylord que je suis innocent, que ce n'était pas moi l'agresseur de son fils, je vous le jure de nouveau, à vous. Bonjour, monsieur Herbert. »

Herbert Dane le suivait encore des yeux, dans le lointain, quand Michel et l'inspecteur Cotton, revenant du château, passèrent sur la route. Il accosta le douanier.

« Ainsi, Michel, après tout ce qu'on avait dit hier soir et ce matin, j'apprends maintenant que vous niez avoir accusé Ravensbird.

— C'était un malentendu, monsieur. On avait mal compris mes paroles. Je pensais être sûr que c'était Ravensbird, et je ne m'étais pas caché pour le dire; mais je n'ai jamais affirmé l'avoir vu ou l'avoir reconnu. C'était une chose absolument impossible par le clair de lune, de l'endroit où je me trouvais. Il paraît maintenant que ce n'était pas Ravensbird, et je suis fâché qu'à cause de moi, il lui soit arrivé des désagréments.

— Alors, vous n'avez pas reconnu l'adversaire du capitaine Dane?

— Non, monsieur.

— La vareuse de Michel a été repêchée, monsieur Herbert Dane, observa l'inspecteur, désireux de se mêler à la conversation; la mer a dû la laisser à sec hier soir sur la plage en se retirant, et Bill Gand l'a ramassée ce matin, en revenant avec la marée montante. Le chapeau du capitaine Dane a aussi été rejeté sur la plage; peut-être l'avez-vous entendu dire? »

Herbert Dane se contenta de répondre par un signe de tête; il ne paraissait pas disposé à poursuivre la conversation, et les deux hommes continuèrent leur chemin.

« Il faut que je sache, n'importe comment, pour quelle raison ils ont relâché Ravensbird, se dit Herbert, en se dirigeant vers le château; chacun ici était si certain que ce *devait* être lui ! »

Il allait entrer sous la porte cochère, quand le Hall s'ouvrit brusquement; Bruff en sortit, précédant M. Apperly et l'officier de police Bent. Herbert accosta l'avocat, sans adresser la parole au policeman, qui s'éloigna à pas lents.

« Il faut attendre... et avoir de la patience, fit l'avocat en réponse à une question d'Herbert. » Son accent était irrité, son visage enflammé, car il avait encore une fois changé d'opinion et était de nouveau convaincu de la culpabilité de Ravensbird. « Je ne saurais mettre en question la bonne foi des témoins, je les crois parfaitement honnêtes, et Hawthorne ainsi que sa femme, en tous cas, sont incapables de trahir la famille Dane; mais il y a eu là quelque manigance, c'est aussi certain que nous sommes là tous deux en ce moment. Bent le sait, à ce qu'il dit. Les aiguilles de la pendule d'Hawthorne ont été subrepticement poussées en arrière, ou l'on a eu recours à quelque autre invention diabolique du même genre.

— Ravensbird m'a affirmé tout à l'heure, avec la plus parfaite tranquillité, qu'il était au *Rendez-vous des Marins* au moment même de l'accident, et que le fait a été prouvé, à la satisfaction entière de lord Dane.

— Quel insolent animal! Il s'en vante, n'est-ce pas? Dans un sens, cela a été prouvé, et force a bien été à lord Dane d'ordonner son élargissement. C'est notre affaire maintenant d'arriver à lui prouver qu'il a menti. Il y a deux faits terriblement concluants contre lui, et Bent en a pris bonne note. Le premier, c'est d'avoir appelé tout particulièrement l'attention des clients de l'auberge sur la pendule du petit salon de Mme Hawthorne, dans l'intention secrète, naturellement, de leur faire constater qu'il était de retour à l'hôtel à huit heures vingt minutes. Le second fait est son absense du *Rendez-vous des Marins* pendant plus d'une heure et demie, et son refus de dire où il a été et ce qu'il a fait. Mais attendons la fin, monsieur Herbert ! »

Et, avec un signe de tête significatif, plein de sous-entendus, l'avocat se hâta de rejoindre le policeman Bent. Herbert se retourna alors vers Bruff qui, pendant cette conversation, s'était tenu à l'écart.

« Qu'est-ce que vous pensez de tout cela, Bruff ? Ravensbird affirme son innocence avec bien de l'assurance.

— A vous parler franchement, monsieur, nous autres domestiques, nous ne savons que penser. Si les apparences n'avaient pas été si fortes contre lui, — c'est-à-dire sa querelle avec son maître et ses menaces de vengeance, — Ravensbird est bien le dernier que nous aurions soupçonné. Il ne nous a jamais fait l'effet d'un homme vindicatif. Et puis, tous ces témoignages…c'est assez embarrassant. S'il était au *Rendez-vous des Marins*, il ne pouvait pas être en même temps sur les falaises.

— Parfaitement vrai, répondit Herbert Dane pour ainsi dire machinalement, et comme si ses pensées étaient ailleurs. Apperly parle de ruses et de manigances, il dit que la pendule pourrait bien avoir été retardée… mais je n'y crois pas beaucoup.

— Si on l'avait retardée, dit Bruff en secouant la tête d'un air d'incrédulité, il aurait fallu qu'elle le fût d'au moins trois quarts d'heure, en admettant même que Ravensbird eût couru à toutes jambes jusqu'à l'auberge après avoir fait son coup sur les hauteurs, et je ne comprendrais pas comment aucun d'eux, au *Rendez-vous des Marins*, aurait pu se laisser attraper au piége. Un ou deux d'entre eux au moins auraient découvert la supercherie. Trois quarts d'heure, monsieur, ce n'est pas peu de chose, et il est assez difficile de s'y laisser tromper.

— Oui, vous avez peut-être raison, En tous cas, l'affaire paraît être bien mystérieuse, du premier mot au dernier.

— Vous a-t-on dit, monsieur, que mylady Adélaïde a été témoin de la lutte ?

— Lady Adélaïde!

— C'est parfaitement vrai, monsieur. Vous savez, n'est-ce pas, qu'elle était revenue précipitamment des falaises au château, en poussant des cris atroces. Jusqu'à ce matin elle avait nié avoir vu quoi que ce soit, mais quand elle s'est trouvée dans le Hall, en présence d'eux tous, — mylord et squire Lester, M. Bent et les autres, — elle n'a pas pu soutenir son rôle, et elle a avoué la vérité. Elle avait vu deux hommes se battre, et l'un d'eux tomber. Ça l'avait terrifiée à en mourir.

— Les avait-elle reconnus ? demanda Herbert Dane avec une certaine vivacité.

— Non, monsieur, aucun d'eux. Tout à l'heure, on l'a rappelée dans la grande salle, et on lui a fait prêter serment à ce sujet-là.

— Prêter serment !

— Parfaitement, monsieur Herbert... oui, oui, prêter serment. C'est bien cruel, à mon avis. D'après ce que j'ai pu entendre par-ci par-là, l'officier Bent a demandé d'une manière positive que le serment lui fût imposé, car il s'était mis dans la tête qu'elle avait reconnu peut-être l'agresseur du capitaine, et n'osait pas l'avouer. Ils sont tous satisfaits maintenant, j'espère !

— A-t-elle prêté le serment ?

— Oh ! oui, monsieur. Sachant qu'elle n'avait pas reconnu l'homme, elle n'a fait aucune objection ; je le crois, du moins ; d'après ce que Sophie m'a raconté, mylady aurait vu comme deux espèces d'ombres, dont l'une a tout à coup disparu. Mais elle ne vit rien d'autre. C'était bien inutile de lui faire prêter serment pour obtenir d'elle ce renseignement-là. Elle était tout simplement dans les ruines, à regarder.

Herbert Dane leva la tête d'un air de soulagement.

« Je suis sincèrement heureux qu'elle n'ait rien vu, dit-il. Il n'est pas convenable pour les dames, pour les jeunes filles surtout, d'être mêlées à de pareilles aventures. C'est vraiment regrettable qu'on l'ait ainsi tourmentée ! Si la lutte a eu lieu sur le bord de la falaise — comme c'est malheureusement trop prouvé — et que la pauvre enfant fût dans les ruines, il était presque impossible qu'elle reconnût les combattants. Cependant, c'est une bonne chose d'en avoir acquis la certitude. »

Il parlait comme dans un rêve. Il semblait n'avoir pas conscience de ce qu'il disait. Bruff le regarda, étonné.

« Ouvrez-moi la porte, Bruff. Je vais aller voir mylord. »

Lord Dane était seul dans la grande salle. Il reçut son neveu avec plus de cordialité qu'il ne lui en avait témoigné depuis longtemps. La douleur rend l'âme bonne. Herbert écouta patiemment le récit circonstancié des événements de la journée, et sans l'interrompre d'une seule observation. Quand son oncle eût fini, il lui dit seulement :

« Et vous croyez encore à la culpabilité de Ravens-bird ?

— Oui, Ravensbird est le coupable, tout le prouve. Mettez Ravensbird hors de la question pour un instant, quel autre homme, dans ce pays, pourrions-nous soupçonner ? Harry n'avait pas un seul ennemi. Tout Danesheld l'adorait.

— C'est vrai, » répondit Herbert du même ton machinal et rêveur que tout à l'heure en parlant à Bruff.

« Quel malheur, reprit lord Dane, qu'Adélaïde n'ait pu rien distinguer quand elle était là. Bent pensait qu'elle avait reconnu Ravensbird et qu'elle craignait de l'avouer, ou peut-être qu'elle voulait l'épargner par égard pour sa femme de chambre. Il a eu là une idée bien ridicule, et je suis presque honteux d'y avoir pu croire un instant. La vérité est que la pauvre enfant a éprouvé une telle frayeur, la nuit dernière, qu'elle en a presque perdu la raison, et a nié d'abord avoir rien vu. C'est ce qui avait éveillé mes soupçons.

— A un point de vue, il est préférable que lady Adélaïde ne l'ait pas reconnu, observa Herbert. Il aurait été si douloureux pour elle d'avoir à paraître comme témoin devant une cour de justice ! »

La conversation fut interrompue par l'entrée de M. Lester. Herbert quitta le Hall, et monta au premier étage, dans l'espoir d'y trouver Adélaïde.

Elle n'était pas dans le salon, non plus que lady Dane. Herbert regardait autour de lui dans le corridor, quand il aperçut Sophie.

— C'est toi, Sophie la belle, s'écria-t-il (il ne perdait jamais une occasion de faire l'aimable avec la cameriste et de se perfectionner dans le « français»), où est lady Adélaïde ?

— Oh ! je n'ai pas le temps aujourd'hui d'écouter

vos folies, monsieur Herbert, répondit Sophie d'un air de mauvaise humeur. Mylady est malade.

— Malade !

— Malade et au lit. Je vais à la cuisine faire de la tisane. — C'est encore une des choses auxquelles les Anglais n'entendent rien. Pauvres ignorants ! — Mylady Dane est en ce moment avec ma maîtresse, en train de la tancer d'importance ! Elle lui fait une jolie scène !

— Une scène ! Pour quelle raison ?

— Et ma maîtresse la mérite bien ! ajouta la camériste avec une franchise toute française. Je vous demande un peu quel besoin elle avait de se mettre et de mettre toute la maison dans un pareil état ? Si elle n'avait rien vu que deux hommes aux prises, sans distinguer qui ils étaient, pourquoi ne l'a-t-elle pas dit tout simplement ? Quelle nécessité de faire tout cet embarras ?... Va ! »

Sur ce dernier mot, Sophie disparut, descendant quatre à quatre l'escalier, et M. Herbert Dane, comprenant qu'il n'était pas convenable de demeurer plus longtemps, sortit du château.

Cependant l'histoire de la nuit précédente était sur le point d'entrer dans une nouvelle phase.

Comme Herbert Dane suivait la route de Danesheld avec nonchalance et de l'air désœuvré d'un homme qui n'a absolument rien à faire sur cette terre, il rencontra un individu bien connu dans le pays, où il jouissait, du reste, d'une médiocre réputation. Il se nommait Drake et exerçait, ostensiblement du moins, l'état de pêcheur. En réalité, sa principale occupation était la contrebande, à laquelle il se livrait avec autant d'ardeur que d'impunité ; toujours à la mer, sous prétexte de pêche, il ne cessait de tourner à l'entour des vaisseaux étrangers à l'ancre, et rapportait à terre, par petites quantités à la fois, les marchandises de contrebande qu'il en tirait.

Il ôta vivement son bonnet de laine bleue pour saluer Herbert.

« Une étrange et horrible histoire qu'on m'a racontée, maître, quand je suis rentré avec mon bateau, dit-il d'une voix traînante. Il y a des gens qui disent que le capitaine a été assassiné, et que son corps est en train de flotter en pleine mer, le diable seul sait sous quelle latitude ! Est-ce vrai ?

— C'est un événement incompréhensible, Drake ; mais je crains qu'il ne soit que trop réel. On n'a pas retrouvé le corps, malgré les draguages sur la côte.

— Oh ! je les ais vus jeter les filets. Qui l'a attaqué ?

— Ah ! c'est là la question !

— On dit dans le village qu'il est prouvé à cette heure que ce n'était pas le domestique du capitaine. On l'avait arrêté dans le commencement.

— Je sais qu'on le dit ; du moins, je n'en fais pas de doute.

— Eh bien ! maître, peut-être suis-je capable de jeter un brin de lumière sur l'affaire. Ce ne sera pas grand' chose, toutefois.

— Vous ? s'écria Herbert en le regardant dans le blanc des yeux.

— Oui, moi. J'avais remonté jusqu'au cap des Noisettes, car j'avais affaire au vieux... c'est-à-dire... c'est-à-dire j'avais suivi la route, passé le château...

— Peu importe ; expliquez-vous catégoriquement, Drake, interrompit Herbert Dane d'un air significatif en voyant l'embarras de son interlocuteur ; vous aviez été au cap des Noisettes pour tenir un de vos conciliabules habituels avec ce vieux gredin de Beecher, c'est évident. Mais rassurez-vous ; j'aurais beau vous surprendre tous deux dans l'exercice de vos honorables fonctions, et vous voir de mes propres yeux débarquer un bateau plein de marchandises prohibées, vous n'auriez rien à craindre de moi. Je ne suis pas officier des douanes, et je ne m'inquiète jamais des affaires des autres. J'ai bien assez des miennes.

— Et bien ! j'avais donc été chez le vieux Beecher, reprit Drake franchement, mais seulement pour de la laine, ma parole, maître, pas pour autre chose. Je restai avec lui plus longtemps que je n'en avais l'intention, et je m'en retournais de toute ma vitesse, craignant que mon bateau ne s'en allât sans moi, quand j'entendis le bruit d'une querelle. J'étais sur le bord des falaises, — je prends presque toujours par là au lieu de suivre la route, — juste en face des ruines de la chapelle, quand j'entendis des voix. Elles venaient de la direction du château. Je coupai droit devant moi pour voir quelle dispute ça pouvait être. Sur la pelouse, à moitié chemin des ruines et du château, il y avait deux hommes, dont l'un parlait très-haut, avec un air furieux. J'étais arrivé tout près de lui, et je reconnus le capitaine Dane. Voyant cela, naturellement, comme ce n'était pas mon affaire, je filai sans en demander davantage. »

Herbert Dane garda le silence quelques instants.

« Où dites-vous que cela se passait ? dit-il enfin.

— Entre les ruines et le château, un peu plus près du château, peut-être bien. L'autre individu était un étranger.

— Un étranger ! s'écria involontairement Herbert Dane, qui s'était sans doute attendu à entendre nommer Ravensbird.

— Du moins, un étranger pour moi. Je ne l'avais jamais vu auparavant, à ma connaissance ; une espèce de gros garçon, bâti en carène, tenant un ballot à la main.

— Quelle sorte de ballot? — une caisse? une boîte? une malle?

— Dame, je ne sais pas trop. Ça pouvait bien être une boîte ou un paquet. C'était gros et noir. Il était posé sur la pelouse avant mon arrivée, mais l'homme le reprit et le mit sur son dos. Je ne me suis pas arrêté pour examiner davantage, en voyant que c'était le capitaine Dane. Il était dans une colère terrible et disait des sottises à l'autre.

— Dans quels termes? s'écria Herbert avec une grande vivacité, pouvez-vous vous souvenir?

— « Comment êtes-vous assez impudent, drôle? » J'ai entendu ça, mais c'est tout ce que j'ai pu saisir distinctement. Comme je m'éclipsais, cependant, je les ai encore entendus tous les deux élever la voix et s'invectiver.

— Quelle heure était-il?

— Ah! quant à l'heure, vous savez, à cinq minutes près, je ne pourrais rien affirmer. Il était peut-être bien huit heures et demie.

— Drake, était-ce réellement un étranger, en êtes-vous certain? N'était-ce pas plutôt Ravensbird?

— Suis-je une loutre, maître, et n'ai-je plus l'usage de mes yeux? Il ne ressemblait pas plus à Ravensbird qu'à vous ou à moi. C'était un grand diable de cinq pieds six pouces, avec de longs bras et de larges épaules.

— Il faut que vous donniez ces renseignements à lord Dane.

— J'allais justement au château dans cette intention. Je connais mon devoir; ce n'est pas à dire pourtant que je n'aimerais pas mieux faire dix milles d'un autre côté que de me trouver en présence de Sa Seigneurie.

— Il n'est pas aussi indulgent pour votre petit commerce que vous le désireriez, n'est-ce pas? dit

Herbert en souriant, et vous avez peur de lui. Mais si vous pouvez l'aider à découvrir les traces de l'agresseur de son fils, le service rendu fera sans doute compensation avec les anciens comptes à régler, Drake.

— En tous cas, c'est mon devoir, ayant vu ce que j'ai vu, et je n'ai pas l'intention de m'y soustraire, maître, répondit Drake. »

Et touchant de la main son bonnet de laine, en manière de salut, il continua son chemin vers le château, pendant qu'Herbert Dane reprenait la route de Danesheld, pour s'informer si des nouvelles plus récentes n'y étaient pas parvenues. Perplexe, embarrassé, M. Herbert Dane ne pouvait chasser de son esprit le soupçon que l'homme vu par Drake se disputant avec Harry Dane ne fût Ravensbird, en dépit du signalement qu'en donnait le matelot.

« Il est si facile de se tromper sur la taille et la corpulence d'un homme, par le clair de lune, disait-il en se parlant à lui-même. Quant au ballot dont parle Drake, c'était peut-être la petite valise que Ravensbird avait été chercher au château... D'un autre côté, Drake peut fort bien ne pas faire erreur, et c'était peut-être, en effet, un étranger. Dans ce cas-là, Ravensbird... »

M. Herbert Dane fut tout à coup interrompu au milieu de ses réflexions. A un tournant de la route, il se heurta presque à Ravensbird lui-même qui, assis sur une borne milliaire, semblait profondément réfléchir.

« Vous voilà bien pensif, Ravensbird. »

L'homme leva la tête, comme réveillé en sursaut.

« Ah! c'est vous, monsieur Herbert Dane. J'étais absorbé dans cette affaire de la nuit dernière. Je ne vous ai pas entendu venir.

— Ravensbird, dit Herbert — et il y avait infiniment de sincérité dans l'expression de sa voix et dans son air, — je considère comme un devoir de vous informer d'un fait nouveau. Vous avez affirmé n'avoir pas été l'agresseur de votre maître. Eh bien! votre affirmation se trouve, jusqu'à un certain point, confirmée; remarquez que je dis seulement : jusqu'à un certain point. »

Un sourire étrange, presque impudent, éclaira le visage de Ravensbird.

« Il paraîtrait qu'un autre homme a attaqué le capitaine Dane, la nuit dernière, sur les falaises, ou que tout au moins, le capitaine et une autre personne s'y sont pris de dispute; et si le signalement qui m'a été donné est exact, cette autre personne ce n'était pas vous. »

Profondément étonné, Ravensbird, qui ne souriait plus, ne sut que répondre. Il se contenta de fixer sur Herbert un regard interrogateur.

« Maintenant, il est parfaitement naturel de conclure que cet homme, quel qu'il puisse être, doit être l'auteur de la catastrophe qui a suivi la dispute. Un étranger, grand et large d'épaules, — c'est ainsi qu'on me l'a décrit, — a été vu sur les falaises. Il portait un ballot sur son dos. C'était, sans aucun doute, quelque colporteur ambulant, qui aura importuné le capitaine de ses offres d'emplettes et qui sur son refus de lui rien acheter, sera devenu insolent. Il s'en est probablement suivi une querelle; une seule chose paraît incontestable, c'est que tous deux étaient excités et s'injuriaient. On a vu plus d'une fois, dans des cas semblables, commettre des crimes, à la plus légère provocation !

— Qui a vu ou entendu tout cela ? demanda Ravensbird, est-ce vous, monsieur ?

— Moi ! répliqua avec hauteur Herbert Dane. Que signifie cette absurde question ? Aurais-je, plus que tout autre ami du capitaine Dane, tenu secrète une

pareille chose ? L'homme qui en a été témoin est
Joe Drake. Je sais bien que le gentleman n'est pas,
en général, très-digne de foi, mais je le crois sincère
dans cette circonstance. Je viens de le rencontrer, il
y a quelques minutes, et il m'a arrêté pour tout me
raconter. Il allait au château faire sa déposition devant mylord.

— Il a bien tardé à parler, dit Ravensbird d'un ton
ironique.

— Pas le moins du monde. Il ne pouvait pas parler
en mer, où il est resté toute la nuit dernière. Il n'a
appris l'accident qu'en rentrant à Danesheld tout à
l'heure, avec la dernière marée, Il s'est trouvé hier
soir sur les falaises, en revenant de chez Beecher, au
moment de la dispute — ou de la lutte, comme vous
voudrez — et y a assisté en partie. L'heure concorde
parfaitement. Il dit qu'il devait être, à ce moment,
huit heures et demie. »

Ravensbird ne répondit pas de suite. Il regardait
dans le vague et semblait rêver. Herbert reprit :

« Quand vous m'avez dit, aujourd'hui, que vous
mettriez le doigt sur le coupable, j'avais pris vos
paroles pour une pure forfanterie, sinon comme une
ruse pour détourner les soupçons. Maintenant une
autre idée me vient : n'est-il pas possible que, vous
aussi, vous ayez été témoin involontaire de cette lutte.
Est-ce là la vérité ?

— Je… je ne m'attendais pas… le capitaine Dane…
je ne savais pas que le capitaine Dane eût rencontré un
étranger, répondit Ravensbird, d'un ton plein d'incer-
titude et d'hésitation, et de l'air d'un homme qui rêve.

— Probablement, cet homme n'était pas un étranger pour votre maître, » dit Herbert Dane dont l'œil
pénétrant cherchait à deviner la cause de ce trouble.

Ravensbird sortit de sa rêverie.

« Probablement que non, fit-il. Il n'est pas vraisemblable qu'un étranger en eût voulu à sa vie.

— Ce serait encore moins vraisemblable de la part
d'un ami, Ravensbird. Qu'est-ce qui vous embarrasse
et vous inquiète?

— Ceci est une question, monsieur, à laquelle vous
me permettrez de ne pas répondre. Plus j'entends parler de cette affaire, et plus je me sens embarrassé.
Mais je vous le dis, Danesheld peut être sûr d'une
chose, c'est que je ne me lasserai pas dans mes efforts
pour éclaircir ce mystère. Danesheld m'a accusé d'être
un assassin, monsieur Herbert Dane; je les forcerai
bien de se rétracter avant que je meure! »

Le récit de Drake se trouva corroboré d'une façon
assez bizarre par le chevalier Lester, au moins en ce
qui concernait la présence, dans le voisinage de Danesheld, le soir de l'événement, de l'homme dont le
signalement était donné.

Le chevalier, comme il revenait à cheval d'une visite dans les environs, avait, en passant à un kilo-
mètre, à peu près, du château, vers huit heures ou
huit heures et demie, rencontré un homme marchant
au milieu de la chaussée, et dont la vue avait fait ca-
brer son cheval. Un individu de grande taille, de
mauvaise mine et portant sur le dos une boîte plate.
M. Lester dit qu'il l'avait tout particulièrement remarqué et qu'il pourrait certainement le reconnaître, car la lune éclairait en plein son visage, au
moment où il passait près de lui. Quelques minutes
plus tard, le chevalier s'était retourné pour le regarder encore, et l'avait vu quitter la grande route et
prendre la direction des falaises, près du château.

Aucune recherche ne fut épargnée pour découvrir
ce colporteur. L'avocat Apperly, aux yeux de lynx,
etourna Drake dans tous les sens, métaphorique-

ment parlant; M. Lester adressa à la police un signalement minutieusement détaillé. L'homme ne put être retrouvé, et l'on en n'entendit jamais parler.

Il en fut de même du corps du capitaine Dane. On jeta les filets, on dragua tout le long des côtes, mais la mer ne rendit pas sa proie.

Le doute n'était plus possible. Harry Dane était mort, et le drapeau des Dane flotta à mi-mât en signe de deuil, sur la tour du château.

CHAPITRE VII

MORTALITÉ

Un télégramme fut adressé, des lettres furent écrites à l'honorable Geoffry Dane pour l'informer de la mort de son frère; mais ni le télégramme ni les lettres ne parvinrent à leur adresse. L'honorable Geoffry Dane avait quitté Paris sans que personne sût exactement où il était allé. Il avait parlé de l'Italie, de Malte et d'autres pays; on ne savait rien d'autre sur l'itinéraire suivi par lui.

Quand ces renseignements parvinrent à lord Dane, il écrivit aux différents banquiers qui généralement étaient tenus au courant des déplacements de son fils, en les priant de lui faire parvenir ses lettres.

Pendant ce temps, Herbert Dane profitait des circonstances pour renouer ses anciennes relations amicales avec lord Dane, et reprendre ses habitudes d'autrefois au château. Du reste, il n'avait particulièrement rien fait pour motiver la froideur qu'on lui avait depuis quelque temps témoignée. Lord Dane avait seulement trouvé à redire à ses habitudes de paresse, et lady Dane avait soupçonné que sa nièce pourrait se laisser aller à l'aimer plus qu'il n'aurait fallu; et tous deux avaient, chacun de son côté, par leur accueil, rendu ses visites de plus en plus rares. Lord Dane lui avait offert de lui procurer un emploi à l'étranger, mais Herbert avait refusé de s'expatrier, et lord Dane s'était trouvé froissé de ce refus.

Tout cela avait jeté du froid entre l'oncle et le neveu, dont les visites avaient, dans les derniers temps complétement cessé.

Mais lors de la mort d'Harry, tous ces petits froissements, toutes ces animosités furent oubliés. Herbert Dane apporta au château les moindres nouvelles qu'il pouvait recueillir, et y fut toujours le bien venu. On avait même pris l'habitude de l'y attendre, et son oncle le faisait souvent demander. Ce fut lui qui, en dehors de la police, fit les plus actives démarches pour arriver à la découverte de l'homme au ballot, et lord Dane, quoique ses efforts n'eussent pas été couronnés de succès, n'en apprécia pas moins son zèle et son activité. Mais Herbert Dane n'avait pas encore obtenu la grande récompense qu'il ambitionnait : la vue d'Adélaïde Errol !

Adélaïde ne quittait pas sa chambre; elle était pâle, languissante, malade; le moindre bruit l'effrayait, une ombre la faisait tressaillir. Lady Dane pensa que la frayeur qu'elle avait éprouvée la nuit de l'accident, sur les falaises, avait ébranlé son système nerveux, et fit appeler le docteur Wild. M. Wild, sans faire précisément d'objection à l'opinion de lady Dane, attribua surtout la cause de l'état maladif d'Adélaïde à la douleur que lui causait la mort de son fiancé, Harry Dane.

Ce n'était, chez Adélaïde, ni affectation ni maladie imaginaire; elle était réellement malade d'esprit et de corps. Que d'efforts elle fit pour cacher à tous les yeux ses souffrances et ses terreurs; personne ne le sut qu'elle même!

Adélaïde Errol était douée d'une force de caractère bien plus grande que la plupart des personnes de son sexe et de son âge, d'une volonté plus indomptable; et quand, après quelques jours de reclusion, elle se contraignit à descendre au salon, comme d'habitude, personne au château ne put deviner ce qui se passait en elle.

On ne remarqua qu'un peu de fatigue et un calme trop affecté pour être naturel. Ce calme fut cependant un jour brusquement troublé par un mot de M. Wild.

Adélaïde était assise sur le canapé auprès du médecin et de lady Dane, et venait de répondre à une question de celui-ci, qu'elle se trouvait « tout à fait bien maintenant », quand le nom du capitaine Dane fut prononcé par hasard dans la conversation.

Comme si quelque pensée renfermée au fond de son cœur n'eût attendu qu'un prétexte pour éclater, la pauvre fille fondit tout à coup en larmes et fut prise d'un accès de violent désespoir. M. Wild attendit qu'elle fût calmée. Alors il s'approcha d'elle et, lui posant la main sur le bras pour donner plus de force à ses paroles, il lui dit :

« Il y a en vous quelque grande douleur que vous nous cachez, lady Adélaïde. Croyez-en l'avis d'un homme d'expérience, ma chère enfant, confiez-la-nous. Parlez, faites-nous connaître ce chagrin qui vous ronge; déchargez votre cœur de ce poids qui l'étouffe, et vous verrez comme vous serez soulagée. »

Pour toute réponse, elle se cacha la tête entre les mains, par un mouvement de terreur indicible.

« Voyons, laissez-moi deviner et vous consoler. L'observation douloureuse que vous a faite lord Dane tourmente votre conscience ; n'est-ce pas cela ? est-ce cela ? »

Il faisait allusion à certaines paroles de lord Dane dans un moment de colère, au commencement de l'enquête, quand il avait appris qu'elle avait menti en niant avoir rien vu sur les falaises. Il lui avait alors reproché d'être, jusqu'à un certain point, la cause de la mort de son fils, et s'était écrié que si elle eût déclaré de suite ce dont elle venait d'être témoin, on aurait pu se hâter d'envoyer du secours, et que peut-être la vie d'Harry aurait été sauvée.

Lady Adélaïde, la tête cachée dans ses mains, haletante, accablée, répondit en sanglotant :

« Vous avez raison. Je suis, en quelque sorte, cause de la mort d'Harry, car j'aurais pu réclamer du secours et je ne l'ai pas fait : ce sera à jamais le remords de ma conscience. Comment pourrai-je vivre ? Ah ! je ne survivrai pas ! être arrêtée !... traduite en justice !...

— Vous traduire en justice !... pour cela ! »

Elle releva timidement la tête et aperçut tout à coup Herbert Dane. Il était entré au salon sans qu'elle l'entendît, et pendant qu'elle pleurait en se cachant le visage. Appuyé contre le dossier du fauteuil de lady Dane, il regardait d'un air étonné et cherchait à comprendre ce qui se passait. Comme si sa présence eût rappelé lady Adélaïde à elle-même, elle s'éloigna brusquement de M. Wild, — c'était lui faire comprendre qu'il ne devait pas insister, — essuya ses larmes, et reprenant son air calme et tranquille, elle se rassit, froide comme une statue de marbre.

« Je serai bientôt tout à fait bien, monsieur Wild. Ne parlons plus de ma santé, je vous en conjure. Et

puis, Geoffry Dane sera de retour au château dans un
jour où deux... et il ramènera avec lui la gaieté. Il...
— Oh! c'est vous, M. Herbert Dane? Je vous demande
pardon. »

Elle se leva à demi de son siége pour lui rendre son
salut; mais avec trop de précipitation, paraît-il, car
elle ne vit pas la main qu'il lui tendait.

Le médecin prit congé et descendit au rez-de-chaussée rendre sa visite journalière à lord Dane (qui n'a-
vait jamais cessé d'avoir besoin de ses soins et dont
l'état de santé était plus précaire qu'on ne s'en doutait généralement), et lady Dane l'accompagna chez
son mari.

« Je suis si heureux de vous voir mieux portante,
Adélaïde, commença Herbert Dane quand ils furent
tous deux seuls, et en lui prenant la main malgré
elle... Ma chérie... Eh bien! qu'y a-t-il ? » Adélaïde
venait de retirer vivement sa main d'entre les siennes.

« Je vous en prie, ne parlons pas, répondit-elle d'un
ton étrangement contraint et affecté. M. Wild me
recommande surtout de ne pas me fatiguer. »

Herbert Dane se rappela qu'à son arrivée, elle était
sous le coup d'une agitation intérieure très-violente,
et se dit que cet accueil — enfantillage sans conséquence — n'avait pas d'autre but que de cacher l'émotion qu'elle ressentait encore.

« C'est la première fois que nous nous rencontrons
depuis cette fatale nuit, Adélaïde, reprit-il, la voix
pleine d'une tendre sollicitude. Laissez-moi vous dire
combien j'ai souffert de vos propres souffrances, et
combien j'ai compati aux dures épreuves que vous avez
traversées. Il faut reprendre le dessus et oublier,
Adélaïde. Le temps est un grand guérisseur, et...

— Je vous ai prié de ne pas me parler; je vous le
demande encore, » interrompit-elle du même ton d'af-

fectation étrange. Mais malgré ses efforts pour rester calme et froide, sa voix tremblait et sa respiration était haletante. « Je suis fâchée que vous soyez venu. »

Herbert Dane la regardait avidement. Il s'avança vers le canapé et, s'asseyant à côté d'elle, essaya de lui prendre la main ; elle se leva immédiatement et s'éloigna de quelques pas.

« Adélaïde ! cherchez-vous donc à m'éviter ?

— Je voudrais éviter qui que ce fût au monde... et vous surtout, si vous recommenciez à me parler du passé. J'ai trempé mes lèvres dans les eaux du Léthé, mais je n'ai pas encore bu. Cela viendra bientôt ; alors je commencerai une vie nouvelle, et jamais... jamais je ne me souviendrai du passé.

— Voulez-vous m'expliquer ce que vous entendez par là ? »

Il s'était levé et allait de nouveau s'avancer vers elle. Elle s'éloigna encore une fois et reprit sa place sur le canapé. Herbert s'appuya du coude sur le marbre de la cheminée, et la suivit des yeux, profondément étonné. Elle baissa la tête pendant quelques instants, absorbée dans ses pensées, puis la releva tout à coup, comme si elle eût pris une soudaine résolution. Une vive rougeur colorait ses joues.

« En vérité, je ne suis pas en état de parler beaucoup aujourd'hui. Vous avez entendu de quoi m'a accusée M. Wild : d'être en quelque sorte la cause de la mort d'Harry Dane. Que ce soit ou que ce ne soit pas, c'est ce qui probablement ne pourra jamais être éclairci ; il peut avoir été tué sur le coup, par la chute elle-même, et alors tout secours réclamé par moi aurait été inutile. Mais il y a une autre chose que ma conscience me reproche amèrement... cette cruelle imposture ! et il faut que je l'expie !

— De quelle manière ? demanda Herbert, après un moment.

— Ah ! je verrai... je ne sais pas encore. La vraie expiation, hélas ! ne sera jamais possible. Vous me pardonnerez, j'espère, un sentiment que vous jugez peut-être être un caprice ou un manque d'affection envers vous. Et... d'abord, je dois vous prier de ne plus jamais me parler... d'amour.

— Adélaïde !

— Tout est fini entre nous. Dans mes quelques jours de reclusion et de douleur, j'en ai pris la résolution, et rien ne pourra l'ébranler. Je resterai, du moins fidèle à la mémoire d'Harry, si j'ai eu assez peu de cœur pour le trahir quand il vivait. Je vous verrai souvent, sans aucun doute, car vous viendrez au château comme parent. Mais je vous prie, à partir de ce moment, d'oublier le passé.

— J'imagine que toute cette commotion a dû vous troubler le cerveau.

— Non. Vous vous trompez. Mon cerveau est aussi lucide que le vôtre... Ne vous approchez pas si près, je vous prie ; vous ne changerez pas ma résolution.

— Qu'ai-je fait pour vous offenser ?

— Personnellement, rien. Je veux rester fidèle à la mémoire d'Harry, voilà tout. Je n'oserais la trahir maintenant. J'aurais peur... oui, en vérité, je craindrais de voir son fantôme m'apparaître. Harry était mon fiancé.

— Mais vous ne l'aimiez pas, » répliqua Herbert Dane en la regardant curieusement.

« C'est justement pour cela. Si je l'avais aimé, je le regretterais peut-être moins... si vous pouvez comprendre ce sentiment. Il m'est cher maintenant.

— Mais pas au point de ne vous marier jamais ? Sûrement, ce n'est pas cela que vous voulez dire ?

— Peut-être que non. Je me sens cependant si malheureuse dans cette maison, que, je le crois, si quelqu'un venait me demander de la quitter avec lui, je le suivrais ! Herbert fit un pas vers elle. Arrêtez ! Vous excepté. Vous avez été mon complice dans cette imposture envers Harry. Pardonnez-moi de vous parler ainsi, monsieur Herbert Dane. Je crains que vous ne compreniez pas mes sentiments; mais, en vérité, je ne puis...

— Adélaïde... ma chère Adélaïde, je crois comprendre vos sentiments, je les approuve... et je vous plains. Mais vos idées se modifieront avec le temps, et, comme la commotion nerveuse que vous avez éprouvée, un jour viendra où il n'en restera plus de traces. Quant à présent, je n'insiterai pas, et je ne vous contrarierai pas. Je sais que vous m'aimez, que vous n'aimez que moi au monde, et j'attendrai patiemment, heureux, toujours heureux d'espérer. »

Il avait dit ces mots avec une tendresse émue; puis, voyant Adélaïde, que l'émotion gagnait, se cacher les yeux de ses mains, il fit un pas vers elle ; tout à coup, dans un soudain accès de frayeur, elle se leva, comme si elle eût douté de son courage et de ses forces, et se précipita hors du salon, en heurtant presque lady Dane qui y entrait en ce moment.

« M. Wild ne trouve pas mon mari aussi bien portant que ce matin, dit lady Dane à Herbert; je crains qu'il ne se tourmente de ne pas recevoir de nouvelles de Geoffry. »

Elle ne se trompait pas dans sa conjecture. Lord Dane était non-seulement tourmenté, mais encore irrité. L'honorable Geoffry Dane avait eu amplement le temps, pensait-il, de recevoir ses lettres et d'y répondre.

« Geoffry aurait pu au moins écrire, s'il ne lui

convenait pas de venir, observa-t-il ce soir-là même à sa femme ; je le reconnais bien là ! »

Hélas ! Geoffry Dane devait revenir trop tôt... ou du moins ce qui restait de lui ! Aux environs de Rome, il avait été pris de fièvres qui, en trois jours, l'avaient emporté. La lettre écrite par lord Dane lui avait été exactement envoyée par son banquier, mais n'était pas arrivée à temps, et il était mort sans connaître la fin prématurée de son frère. Ce fut son valet de chambre Wilkins qui écrivit pour annoncer la douloureuse nouvelle. Le cercueil, embarqué sur un bâtiment en partance de Civita-Vecchia pour l'Angleterre, était déjà en route pour Danesheld quand cette lettre parvint à lord Dane.

La douleur de lord et lady Dane ne saurait se décrire. Cette mort de leurs deux seuls enfants fut pour eux un coup terrible, et tout le monde, à Danesheld, était convaincu que ni l'un ni l'autre n'y survivrait long-temps. Lady Dane, surtout, semblait frappée au cœur. Les domestiques du château ne pouvaient la regarder sans tressaillir, et disaient qu'ils croyaient voir la mort peinte sur son visage.

Par une belle matinée de mai, un corbillard dont la couleur sombre et les plumes noires formaient un lugubre contraste avec l'éclat et la splendeur de la nature s'arrêta devant le château de Dane. Wilkins l'accompagnait. Le cercueil qu'il contenait en fut retiré et déposé dans la chambre « de la mort ».

Quand un membre de la famille Dane mourait, son corps était placé dans cette chambre, sur un lit de parade, en attendant le jour des funérailles, et le public était admis « à jouir du coup d'œil » de la chapelle ardente.

L'appartement ne servait jamais à un autre usage. C'était une chambre à murs gris et froids, sans au-

cun meuble, à pavés de dalles et à fenêtres étroites,
trop élevées au-dessus du sol pour que l'homme le
plus grand pût y atteindre, et qui ne pouvaient
s'ouvrir.

Une légende disait que lorsqu'un Dane était sur le
point de quitter cette terre, les dalles de la chambre
devenaient humides par places et prenaient une
teinte de sang.

Quand le cercueil eut été placé sur les chevalets,
lord Dane, traîné dans sa petite voiture et accompagné de lady Dane, entra dans la chambre « de la
mort ». Trois ou quatre domestiques s'y trouvaient
déjà, ainsi que quelques ouvriers qu'on avait fait
demander pour desceller le cercueil.

A ce moment Wilkins, en voyant les ouvriers s'a-
vancer, et se rappelant tout à coup la cause de leur
présence, les arrêta d'un geste, et se tournant vers
lord Dane, lui dit :

« Mylord... je vous demande pardon... mais est-ce
bien utile, croyez-vous ?... N'y a-t-il pas de danger ? Il
est mort d'une fièvre putride. »

Cet aveu impressionna désagréablement les assistants. Quelques-uns même firent involontairement
un pas en arrière. Lord Dane réfléchit.

« Je ne crains pas la contagion, dit-il après un
instant. Que ceux qui ont peur se retirent. Mais je
verrai les restes de mon fils... J'ai entendu parler
de... de substitutions... de corps mis à la place d'autres... qu'on voulait faire passer pour morts. »

Wilkins regardait lord Dane avec étonnement, et
les yeux remplis de larmes,

« Mylord !... est-il possible que vous me soupçon-
niez ?...

— Ma réflexion ne s'appliquait pas à vous, Wilkins. Ce n'est pas à vous que je pensais ; mais il y a

une différence entre avoir la conviction morale d'une chose et voir de ses propres yeux. Je n'ai pas le moindre doute que mon pauvre fils Geoffry ne soit là, dans ce cercueil; néanmoins, je veux m'assurer du fait d'une manière incontestable. — Retirez-vous, ajouta-t-il en se tournant vers les domestiques. » Il fit un signe aux ouvriers, « Et vous, commencez votre besogne...

« Ne feriez-vous pas mieux de nous laisser aussi ? »

Ces derniers mots s'adressaient à lady Dane, qui se contenta de secouer la tête et attendit.

L'opération du descellement fut longue, car il fallut dessouder le cercueil de plomb. Les domestiques avaient tous disparu, excepté Bruff.

« Oh ! je n'ai pas peur, mylord, dit-il sur un coup d'œil interrogateur de son maître; accordez-moi la faveur de voir une dernière fois le pauvre M. Geoffry.»

C'était bien Geoffry Dane; — il n'y avait pas à s'y tromper, et moins changé qu'on aurait pu s'y attendre.

Un long et douloureux regard de tous les assistants, quelques sanglots étouffés de la malheureuse mère, et le cercueil fut refermé pour toujours.

Geoffry fut enterré dans le caveau de famille, avec toute la pompe et la cérémonie que comportait son rang comme héritier des Dane. Lord Dane était trop faible, trop souffrant pour assister aux funérailles. Ces récents événements avaient eu un contre-coup funeste sur sa santé; on aurait dit un homme dont la vie s'en va par lambeaux. Le deuil fut conduit par le nouvel héritier.

Le nouvel héritier, Herbert Dane. C'était lui, en effet, qui avait pris la place de l'honorable Geoffry et était devenu le successeur présomptif du titre et des riches et vastes domaines... autant à son propre étonnement qu'à celui de tout le voisinage ! Était-il réellement

possible que tout cela lui appartînt ? Il pouvait à peine
y croire! Était-ce bien lui ? se demandait-il en s'éveil-
lant, le lendemain matin, était-ce bien lui, l'homme
important, l'héritier de lord Dane, ou était-il toujours
l'obscur jeune homme qui avait coutume de s'asseoir
sur cette barrière là-bas, pour raccommoder sa vieille
ligne de pêche, — qu'il n'aurait pas même pu remplacer, faute d'argent pour en acheter une neuve ? A
de certains moments, un doute bizarre lui traversait
l'esprit. Ses droits étaient-ils bien certains? Toutes les
probabilités donnaient comme positive la mort d'Harry
Dane ; mais enfin le fait n'avait pas été prouvé d'une
manière incontestable. Lord Dane avait rappelé que
de telles erreurs sont quelquefois possibles : un homme
enterré à la place d'un autre qu'on fait passer pour
mort. Herbert Dane savait que le cas s'était présenté
souvent de gens supposés morts, mais dont la mort
n'avait pas été prouvée d'une façon certaine, et repa-
raissant soudain sur la scène du monde. C'était là
une idée, à laquelle vraisemblablement personne ne
pensait à Darnesheld, mais qui importunait le nouvel héritier plus souvent qu'il n'aurait voulu, et
lui était fort désagréable. Il aurait presque volontiers
renoncé à tous ses droits pour que ses doutes pussent,
d'une manière ou de l'autre, être éclaircis. Lord Dane
ne conservait pas une ombre d'espoir. Il était aussi convaincu de la mort de son plus jeune fils que de celle de
son fils aîné, dont il avait vu le cadavre dans son cercueil, et pour lui, Herbert Dane était l'héritier incontestable. Aussi désormais l'appela-t-il de son second
nom : Geoffry. Geoffry était presque un nom patrony-
mique dans la famille Dane. Depuis la création de
leur baronnie, plus des deux tiers des lords l'avaient
porté, et l'on prétendait de (encore une leurs superstitions) que ceux-là prospéraient plus que les autres.

Herbert Dane avait été baptisé sous les noms de Herbert Geoffry, et si ses amis ne l'appelaient que Herbert, c'était pour ne pas le confondre avec son cousin. Maintenant, il devait reprendre, comme héritier présomptif, son véritable nom.

Les domestiques ne se trompaient pas en disant qu'ils voyaient la mort peinte sur le visage de lady Dane. La pauvre femme s'était affaiblie chaque jour davantage depuis les coups successifs dont elle avait été frappée, et maintenant elle était mourante... et elle le savait.

Un matin, après le départ du médecin que M. Wild avait fait appeler en consultation, le bruit se répandit au château que l'état de lady Dane était désespéré. Le célèbre docteur venait de le dire en confidence à M. Wild!

« Elle fera la troisième, alors, observa Sophie avec une parfaite tranquillité d'âme. J'aurais cru que ç'aurait été d'abord le tour de mylord.

— Qu'est-ce que vous dites? s'écria le sommelier en se retournant, indigné.

— Eh bien! quoi? quand il y a deux morts coup sur coup dans une famille, la troisième ne peut tarder, c'est bien connu, cela! J'en ai fait la remarque souvent dans mon pays.

— Quel merveilleux pays ce doit être! » répondit ironiquement Bruff, qui, sincèrement attaché à son maître et à sa maîtresse, ne pouvait supporter d'allusions à leur mort et surtout tolérer le ton dégagé de la femme de chambre, « un joli endroit à habiter!

— Plus joli que le vôtre, répliqua Sophie. Oh! vous avez beau ricaner, monsieur Bruff, et vous moquer de moi; si vous vouliez réfléchir un peu: le capitaine a ouvert la marche, ç'a été ensuite le tour de M. Dane; maintenant c'est celui de mylady. Attendez, et vous verrez!

« — Peut-être y en aura-t-il une quatrième! dit M. Bruff, en appuyant sur la phrase d'un air significatif. Milady est un peu mieux aujourd'hui qu'hier, permettez-moi de vous l'annoncer, mademoiselle. »

Si Bruff eût été plus ferré sur la signification exacte des mots, il aurait dit : « un peu plus tranquille, » et non pas « un peu mieux ». Lady Dane n'était pas mieux; elle était seulement plus calme, mais de ce calme qui généralement précède la mort.

Adélaïde Errol, dans la même après-midi, était assise au chevet du lit de sa tante, seule avec elle : Adélaïde Errol, presque méconnaissable depuis cette nuit fatale où elle avait éprouvé une si terrible frayeur. Pâle, amaigrie, la démarche languissante, dans un état de prostration continuelle, le caractère inégal, rien ne pouvait plus l'intéresser ou la distraire, et les étrangers eux-mêmes commençaient à se demander avec étonnement la cause d'un pareil changement.

Assise dans le grand fauteuil de sa tante, la joue appuyée sur sa main droite, les yeux fixés sur le feu de la cheminée, elle regardait sans voir, absorbée dans ses pensées et dans une profonde rêverie. Lady Dane, depuis quelques minutes, lui parlait de l'avenir; mais Adélaïde semblait ne pas l'entendre.

« Approchez-vous plus près de moi, Adélaïde, lui dit enfin la malade. Pourquoi êtes-vous si triste, mon enfant ? »

La question prit Adélaïde à l'improviste. Ses joues se couvrirent d'une vive rougeur.

« Chère petite, je n'ai pas longtemps à vivre, et je voudrais vous demander...

— Oh! ma tante!

— Ne vous affligez pas, mon enfant. Je vois la mort venir sans crainte. J'ai un ami qui m'attend là-haut, et que je suis heureuse d'aller rejoindre. Le monde

m'est devenu trop triste, pour que je tienne à y rester. Rien ne m'y retient maintenant, car je sais que
les jours de mon mari sont comptés aussi : nous n'aurons pas même la consolation, lui, retenu dans sa
chambre, infirme, moi, malade dans celle-ci, de nous
dire un suprême adieu.

— Non, non, ma tante, vous le verrez encore, dit
Adélaïde, les yeux remplis de larmes, lord Dane est
levé, et on le montera ici ce soir.

— Le pourra-t-on ? Dieu soit loué, si la chose est
possible ! Mais je vous demandais, Adélaïde, d'où vous
vient cette étrange tristesse. Je ne pense pas que la
mort d'Harry en soit la cause.

— Ce fut là une mort bien terrible, ma tante,
bégaya la jeune fille en évitant de répondre à la
question.

— Oui, une mort terrible ! murmura lady Dane.
Mon enfant, qu'il n'y ait pas d'équivoques ni de se-
crets entre nous, à mes derniers moments. Je croyais
que vous n'aimiez pas Harry, et que vous auriez avoué
votre amour pour Herbert si vous aviez osé ; — je
devrais l'appeler Geoffry maintenant, mais j'oublie
quelquefois... et puis ce nom-là me rappelle trop mon
pauvre enfant mort.—Si vous l'aimez, Adélaïde, rien
ne s'oppose plus aujourd'hui à votre mariage avec lui.
En ce cas-là, vous n'auriez pas besoin d'aller habiter
chez madame Grant... ce serait pour vous une triste
nécessité, accoutumée que vous êtes à la vie de château. Dites-moi la vérité. »

Adélaïde Errol était visiblement agitée en se penchant vers sa tante, qui, retenant sa main entre les
siennes, l'interrogeait anxieusement du regard. Il
fallait parler ; impossible de se taire, impossible
d'échapper !

« Je ne désire pas épouser Herbert Dane.

— Il est Geoffry Dane, aujourd'hui. Il succédera à son oncle, il sera lord Dane.

— Je le sais, mais je n'ai jamais tant aimé Harry que depuis sa mort, et je... je ne donnerai à personne la place qu'il occupe encore dans mon cœur. Herbert... Geoffry, — j'oublie, moi aussi, — Geoffry ne sera jamais mon mari.

— Alors, vous êtes décidée à aller chez Mme Grant?

— Je le crois. Je serai bien malheureuse, je le sais, mais... Oh! ma tante, pourquoi Harry est-il mort!... Ah! s'il était vivant, je l'épouserais à l'instant! »

Elle s'éloigna vivement du lit de lady Dane en disant ces mots, et éclata en sanglots nerveux. Peut-être le contraste entre la vie qui aurait été la sienne comme châtelaine de Danesheld et celle qui l'attendait chez Mme Grant, pauvre et obscure, était-elle cause de cet accès de désespoir. Peut-être aussi un autre sentiment débordait-il, malgré elle, de son cœur.

Quelques heures après, lady Dane rendait le dernier soupir.

CHAPITRE VIII

MARGUERITE BORDILLION

A un demi-mille de distance environ du château de Dane, presque à angle droit avec le village de Danesheld, se trouvait la résidence de M. Lester. C'était une maison massive, en briques rouges, connue sous le nom de Danesheld Hall, et que, si ce n'avait été son importance comme habitation, on aurait

pu prendre pour une maison de fermier, entourée
qu'elle était de communs, de granges, de hangars, de
cours et de basses-cours, et de toutes les dépendances
que possèdent généralement les fermes de premier
ordre.

Sa situation était tant soit peu solitaire. Aucune
habitation ne se trouvait dans les environs, et derrière la maison s'étendaient à perte de vue des bois
immenses et sombres qui donnaient au pays un aspect
triste et presque sauvage.

Ces bois, qui appartenaient à lord Dane, rejoignaient
ses réserves de chasse et servaient de rendez-vous habituel aux braconniers.

Le domaine de Danesheld-Hall n'était pas grevé de
substitution. M. Lester en était devenu propriétaire
par donation, et non par héritage de famille. Du reste,
plus de la moitié de sa fortune lui venait de sa première femme. Un parent éloigné, possesseur de Danesheld-Hall, avait fait George Lester son héritier,
à la condition qu'il demeurerait dans ce domaine et
ferait du Hall sa résidence. George Lester, à cette
époque, jeune et brillant officier aux gardes de la
reine, plutôt pauvre que riche, mais très-friand de
plaisirs et heureux de vivre, ne sut s'il devait être
content ou mécontent de cette donation. La fortune
était sans aucun doute la bien venue, mais la perspective de végéter dans le fond d'une province, d'être
gratifié de l'épithète honorifique de « squire », ne lui
souriait que médiocrement. Cependant, dans ce bas-
monde on finit généralement par s'accommoder de
bien des choses, et c'est là le parti que prit Georges
Lester. Il vendit son grade dans l'armée, se maria et
vint habiter Danesheld. Il appelait néanmoins, aujourd'hui encore, le pays — en manière de vengeance
— « un fichu endroit, — le bout du monde ».

Il avait épousé une demoiselle Bordillion. Qu'il ne l'aimât pas d'une excessive passion, c'est ce qui ne fit jamais le moindre doute pour elle... et pour les autres! Il s'était, dans le temps, laissé fiancer à Mlle Bordillion, à cause de ses « espérances », et quand il devint lui-même un homme riche, quoique son cœur l'eût, dans un premier mouvement, porté à désirer voir son engagement rompu, il sut résister à la tentation d'une action aussi déshonorante et l'épousa. Cependant, Catherine Bordillion ne lui apporta aucune fortune. Elle était d'une bonne famille, mais pauvre. Un dicton du pays disait : « Pauvre et fier comme un Bordillion ».

Catherine avait été élevée par une lady fort riche et sans enfant, Mme Hesketh.

M. Lester fut un bon, un excellent mari, et son mariage fut heureux. Deux enfants en naquirent, un fils et une fille. Ces enfants étaient encore très-jeunes quand Mme Hesketh mourut, laissant un testament assez étrange. A M. Lester, elle léguait, sans condition aucune, douze cents livres sterling de rente, en fonds d'État, qui, naturellement, devinrent à l'instant même sa propriété et dont il eut la libre disposition. Cette somme doubla à peu près son revenu, qui se trouva encore augmenté par d'autres dispositions du testament de Mme Hesketh. A la petite fille était léguée une somme de quatorze mille livres sterling, dont le capital était placé à gros intérêts, et dont les revenus devaient être touchés par M. Lester et lui appartenir tant que sa fille ne se marierait pas. Il y avait encore d'autres legs, dont l'un au fils de M. Lester.

Quelques années après son mariage, Mme Lester devint tout à coup languissante et malade.

Durant sa dernière maladie, une cousine éloignée, Marguerite Bordillion vint habiter avec elle. Elles

avaient été petites filles ensemble et étaient depuis
restées intimement liées. Mme Lester obtint d'elle la
promesse de ne pas quitter Danesheld-Hall après sa
mort, et de surveiller l'éducation de sa fille Maria.
Marguerite Bordillion, charmante et douce jeune
femme de trente-deux ou trente-trois ans, ne put s'empêcher de rougir en pensant à ce que dirait le monde
si elle continuait à vivre dans la maison du gai et sé-
duisant M. Lester. Mais quand la mort se dresse tout
à coup devant nous, — et Marguerite savait que la
pauvre Mme Lester n'avait plus que quelques jours à
vivre (ses mains moites et son visage déjà livide le lui
disaient assez clairement), — les considérations de second ordre s'évanouissent en présence de l'inconnu terrible où une âme va entrer, et l'on est plus préoccupé,
dans de pareils moments, de remplir envers Dieu son
devoir, quel qu'il puisse être, que de s'inquiéter « de
ce que dira le monde ».

Marguerite Bordillion promit donc ce que lui demandait son amie : de demeurer au Hall, quant à
présent du moins, pour élever Maria.

« Et souviens-toi, Marguerite, avait murmuré
Mme Lester en l'attirant plus près d'elle encore afin
qu'elle ne perdît pas un mot de ses paroles, « que si, dans
l'avenir, un sentiment plus doux que l'amitié s'élevait
entre George et toi — cela peut arriver — et s'il
cherchait à faire de toi sa femme, j'en serai heureuse :
souviens-toi que je te le dis aujourd'hui : oui, j'en serai heureuse !

— Comment peux-tu penser à de pareilles choses
et m'en parler dans un moment comme celui-ci, interrompit miss Bordillion, effrayée et confuse, en se relevant vivement. Toi, sa femme ! il t'est possible de
supporter avec calme l'idée qu'il en épousera une
autre ?

— Le monde avec ses passions n'est plus rien pour moi, Marguerite. Il me semble déjà que je l'ai quitté. George, j'en suis sûre, se remariera ; il est trop jeune pour rester veuf, et j'aimerais mieux qu'il te choisît, toi, plutôt que toute autre, pour servir de mère à mes enfants. »

Mme Lester mourut.

Il y avait deux ans déjà que miss Bordillion demeurait à Danesheld-Hall.

Dès le premier jour, elle s'y était tenue dans une position à demi effacée, ne se considérant pour ainsi dire que comme l'institutrice de Maria, et refusant absolument d'agir en maîtresse de maison. Elle s'occupait, dans une certaine mesure, des affaires domestiques, donnait ses ordres timidement, presque par insinuation, et surtout sans afficher aucune prétention d'autorité.

Elle ne se permit jamais d'occuper à table la place de Mme Lester, et lorsque M. Lester recevait, elle s'abstenait de paraître et restait dans la « Nursery » avec la petite fille. Quant aux soirées, elle les passait plus souvent dans sa chambre que dans le salon du Hall. Maria n'avait que huit ans à la mort de sa mère, et cette extrême jeunesse ne faisait sentir que plus vivement à miss Bordillion la fausseté de sa position. Bien des femmes n'auraient pas eu de ces scrupules ; mais miss Bordillion était d'un caractère timide et modeste, qu'effrayait le moindre manque aux convenances.

Cette existence en commun, pendant deux années, avait aujourd'hui un dénoûment qu'il n'était pas difficile de prévoir : l'amour.

En contact continuel avec George Lester et ses charmes, influencée peut-être aussi par le souvenir des dernières paroles de Mme Lester, miss Bordillion, peu à peu; presque sans en avoir conscience, lui devint profondément attachée ; et quand une femme a laissé dormir son cœur pendant plus de trente ans, il est bien rare, s'il s'éveille, que cette passion tardive n'éclate pas avec une force et une violence inconnues aux jeunes filles. Timide, modeste, peu expansive, Marguerite Bordillion entretenait cet amour au fond de son cœur, nourrissant l'espoir que M. Lester se déciderait peut-être à faire d'elle, suivant le vœu de la mourante, sa seconde femme. Cet espoir, de jour en jour plus vif, s'était presque changé en certitude, et la vie de la pauvre fille depuis ce moment n'avait été qu'un long rêve de bonheur.

Un matin — quelques jours seulement après la mort de lady Dane — M. Lester, pendant le déjeuner, fit observer à Marguerite que les chaleurs paraissant devoir être précoces cette année, il serait préférable dorénavant de déjeuner dans la salle à manger d'été, non exposée, comme celle-ci, au soleil levant.

« Je le dirai aux domestiques aujourd'hui même, répondit miss Bordillion. »

Quand le fils, Wilfrid, était à la maison, on déjeunait généralement en famille — tous ensemble — comme ce jour-là.

La nièce de miss Bordillion, Edith, demeurait depuis quelque temps à Danesheld-Hall. Fille unique du major Bordillion, elle arrivait des Indes, où son père, étant au service, n'avait pas cru pouvoir la garder auprès de lui après la mort de sa femme, et l'avait embarquée pour l'Angleterre, en priant sa sœur d'en prendre soin jusqu'au jour où elle trouverait à la placer dans une pension convenable.

Les deux petites filles, Edith et Maria, charmantes enfants toutes deux, étaient presque du même âge. Edith Bordillion avait douze ans, Maria, dix. Wilfrid était un peu plus âgé. Il venait d'atteindre sa quatorzième année.

Pendant que les enfants, qui avaient sauté par la fenêtre de la salle à manger, couraient en se poursuivant et en se taquinant sur la pelouse du jardin, — la taquinerie formait le principal amusement de Wilfrid pendant ses vacances, — Marguerite Bordillion, assise dans l'embrasure d'une fenêtre, lisait une lettre qu'on venait de lui remettre, quand elle s'entendit appeler de la pièce à côté par M. Lester.

« Venez un instant, Marguerite, je voudrais vous demander votre avis. L'idée ne vous est-elle jamais venue qu'on pourrait construire là, à partir de cette fenêtre, une admirable serre?

— L'endroit serait très-bien choisi, en effet. Je crois vous avoir entendu déjà parler de ce projet.

— C'est bien possible. J'en ai l'idée depuis quelque temps. Si je dois la mettre à exécution, il faut que ce soit maintenant, ou jamais.

— Pourquoi plutôt maintenant que plus tard? »

M. Lester se mit à rire, mais d'un rire timide, presque contraint. Son admirable visage avait un air embarrassé qui ne lui était pas habituel.

Le mot « admirable » peut sembler impropre, appliqué à la beauté d'un homme. Il est cependant exact quant à M. Lester, dont la beauté exquise aurait même été presque trop délicate, si ses yeux bleu-violet, enfoncés profondément dans leurs orbites, n'avaient pas eu un éclat et une énergie qui rachetaient ce que sa physionomie avait d'efféminé.

Il se remit bientôt de cet embarras passager et, souriant franchement, regarda miss Bordillon en face.

« Il y a deux ans que Catherine est morte, lui dit-il à voix basse et de cette voix douce qui lui semblait la plus délicieuse des musiques, voyons, Marguerite, répondez-moi franchement : seriez-vous très-choquée si je commençais à désirer de donner à une autre la place qu'elle occupait ici ? »

Avec quelle précipitation son cœur battit à ses paroles ! Elle eut à peine la force de rester debout. Le sourire de M. Lester devenait de plus en plus significatif.

« Dans ce cas-là, vous savez, nous devrions auparavant rajeunir et rendre belle la vieille maison. Il ne serait pas séant de remettre à plus tard les changements nécessaires. Qu'en dites-vous, Marguerite ? »

Que pouvait-elle dire, la pauvre fille ? Rien. Marguerite Bordillion, la tête baissée, les joues brûlantes, gardait le silence. Qu'elle était loin de se douter de la vérité !

Sans prendre positivement les paroles de M. Lester pour une offre directe, — elle avait trop de bon sens pour cela, — elle ne faisait aucun doute cependant que, telles qu'elles étaient, elles ne s'adressassent à elle. Georges Lester était un de ces hommes sur les intentions desquels les femmes peuvent facilement se méprendre, tant il y a de douceur et de chatteries — quoique sans arrière-pensée de leur part — dans leur manière d'être avec elles. Marguerite Bordillion était donc excusable de s'y laisser tromper. Le ton légèrement embarrassé de M. Lester — auquel il ne l'avait, certes pas habituée — contribua aussi à son erreur.

M. Lester attendait une réponse. Il remarqua l'air de réserve et de confusion de Marguerite, et se méprit à son tour. Il la crut désagréablement surprise et péniblement affectée à l'idée d'un nouveau mariage pour lui.

« Marguerite, dit-il avec une persuasive éloquence et en posant affectueusement la main sur son épaule, je suis si las de mon veuvage ! Catherine est morte ; mais nous, qui vivons, est-il raisonnable que nous restions liés à jamais à un souvenir ? Réfléchissez, et essayez de surmonter votre répugnance. »

M. Lester sortit sur ces mots et alla rejoindre ses enfants. Il lui suffisait d'avoir préparé Marguerite à un aveu qu'il ne jugeait pas à propos de faire encore ; il voulait, avant d'en dire davantage, lui laisser le temps de réfléchir et d'envisager froidement les choses.

Et Marguerite Bordillion ? Elle resta clouée à la même place, caressée par les rayons du soleil levant, — emblèmes de la clarté dont s'illuminait son âme ! « Enfin ! je serai donc sa femme ! se murmura-t-elle à elle-même ; sa femme ! sa femme ! comment ai-je pu mériter un si immense bonheur ! »

Mais, hélas ! ce n'était pas à elle que pensait M. Lester, dont l'étonnement n'aurait pas moins été *immense* que le bonheur dont se flattait la malheureuse fille, si l'on était venu lui annoncer qu'elle avait pris pour elle ses paroles ! Non, ce n'était pas à Marguerite Bordillion qu'il pensait, mais à une femme plus jeune, — sinon plus charmante — à lady Adélaïde Errol.

Dans des termes d'étroite amitié avec lord Dane, entrant au château, en sortant, y rentrant avec le sans-façon d'un fils de la maison, — avec plus de liberté même que le nouvel héritier, Geoffry, — M. Lester y avait, pour ainsi dire, élu domicile depuis la mort de lady Dane.

Ce fut lui qui, pour épargner de pénibles soins à lord Dane, se chargea de tous les détails et de tous les arrangements indispensables en pareille circonstance. Il prit sur lui toutes les démarches et toutes les corvées.

Sa présence continuelle au château eut pour résul-

tat de le mettre en contact fréquent avec lady Adélaïde, et dans ces entrevues, il fut amené tout naturellement à lui parler des changements que la mort
de sa tante apporterait dans son avenir, et à lui demander ce qu'elle comptait faire.

Dire que M. Lester était attaché à lady Adélaïde,
serait une faible expression pour exprimer ses sentiments à son égard. Il l'aimait d'un amour passionné,
ardent, qu'il n'avait jamais ressenti ou feint de ressentir pour sa première femme. Adélaïde était devenue
l'ange de ses rêves, l'étoile du matin de son existence.

Pendant la vie d'Harry, M. Lester avait, dans une
certaine mesure, tenu son amour secret — pas toujours cependant, car à différentes reprises il s'était
laissé aller à des demi-aveux. Avec cette divination,
étrangement perspicace, des amoureux pour tout ce
qui a rapport à l'objet aimé, M. Lester avait compris
qu'Adélaïde n'éprouvait pas le moindre sentiment d'a-
mour pour Harry. Convaincu qu'elle refusait sa main,
il s'était contenté d'attendre patiemment que ce moment arrivât pour se déclarer ouvertement.

La vue seule d'Adélaïde était pour son âme comme
une jouissance céleste ! Jamais il ne soupçonna aucune
intrigue entre elle et Herbert Dane; jamais la pensée
qu'ils pussent s'aimer n'entra dans son esprit.

Lady Dane avait prévu la probabilité, qu'après sa
mort, Adélaïde ne pourrait pas prolonger son séjour
au château ; et elle avait pensé à la confier à une parente éloignée, Mme Grant, une lady, veuve, vivant
au nord de l'Écosse, très-pauvre et avec une nombreuse
famille, qui — lady Dane le supposait du moins —
devrait se considérer comme très-heureuse de recevoir
Adélaïde et la libérale rétribution qu'elle apporterait
avec elle. Pour lady Adélaïde, au contraire, c'était là

une horrible perspective. « Le purgatoire ne serait rien en comparaison », avait-elle dit en confidence à Sophie. Mais nécessité n'a pas de loi. Le château n'était plus, maintenant, une résidence convenable pour elle. Lord Dane, dans son état de maladie, qui s'aggravait chaque jour, ne sortait pas de sa chambre, et lady Adélaïde se trouvait toujours seule, sans société et sans chaperon.

« Mais, sûrement, vous ne devez pas être heureuse d'aller demeurer chez cette madame Grant, lady Adélaïde? » lui avait demandé M. Lester le lendemain de la mort de lady Dane.

« Heureuse! rien sur la terre ne m'est plus désagréable! Mais que puis-je faire, maintenant que ma tante est morte ? »

Georges Lester sentit bondir son cœur dans sa poitrine. Il laissa enfin échapper le secret qu'il avait tu si longtemps, et avoua son amour à Adélaïde, en la suppliant de devenir sa femme et la châtelaine de ses domaines.

Prise un peu à l'improviste et étonnée, son premier mouvement fut de refuser son offre, car elle n'aimait pas plus M. Lester qu'elle n'avait aimé Harry Dane ; mais la perspective de partir pour l'Écosse et de s'ensevelir dans la maison de Mme Grant, pleine de tristesse et d'enfants, arrêta le refus sur ses lèvres.

« Voulez-vous me permettre de réfléchir pendant un jour ou deux, monsieur Lester ? »

Il aurait été heureux de lui accorder un mois ou deux, pourvu qu'à la fin du délai, elle ne le repoussât pas, et pendant deux jours, il ne revint pas à la charge.

Le soir du troisième jour, ce fut Adélaïde qui, d'elle-même et sans qu'il eût besoin de lui rappeler sa promesse, l'informa de son acceptation. Elle lui

accorda sa main avec un calme et une froideur si pro-
noncés que M. Lester aurait pu, sans grands efforts,
s'apercevoir qu'elle ne l'aimait pas. Mais un homme
amoureux n'est-il pas aveugle ?

« A une condition seulement, ajouta-t-elle ; vous
n'exigerez pas encore l'exécution de notre engagement.
Dans un an peut-être. Comme votre fiancée, je puis
rester au château aussi longtemps que vivra lord Dane,
et nous nous verrons tous les jours. »

M. Lester éprouvait un bonheur trop grand pour
faire la moindre objection.

Il ne dormit pas de la nuit, projetant des changements et des améliorations à Danesheld-Hall, et ne
pensant qu'à *elle*, à la recevoir dignement dans sa fu-
ture demeure, dont il voulait faire un séjour enchanté.
Quant à ses enfants, à ses amis, ils occupaient en ce
moment une bien petite place dans son cœur. Adélaïde le possédait tout entier et sans partage.

Comment aurait-il donc soupçonné la cause de l'embarras et de la confusion de Marguerite Bordillion ?

Marguerite resta — rêvant à son bonheur — à la
même place où l'avait laissée M. Lester... Combien
de temps, elle aurait eu de la peine à le dire. Les voix
des enfants, jouant au dehors, sur la pelouse, celle de
M. Lester, qu'elle entendait leur parler, étaient pour
elle comme la plus douce des mélodies. L'entrée de
l'une des domestiques la tira brusquement de sa rêverie.

Tiffle — miss Elisa Tiffle — était le factotum du
Hall. Agée de trente ans environ, petite femme sour-
noise, à figure rouge, maigre et pointue, avec de petits yeux gris clair, rusés et fureteurs, elle avait commencé par être fille de cuisine, puis était devenue
cuisinière, et enfin avait gagné la confiance de
Mme Lester pendant sa dernière maladie. La pauvre

malade s'imaginait avoir mis la main sur un inappré-
ciable trésor, et avait demandé à son mari de ne s'en
séparer jamais, si cela était possible. Au moment de
la mort de Mme Lester, Tiffle avait la haute main dans
la maison, qu'elle gouvernait sans conteste; mais
quand elle vit miss Bordillion s'installer définitivement au Hall, elle ne put supporter l'idée de partager
l'autorité avec cette nouvelle maîtresse, et donna son
compte. M. Lester, bien loin de l'accepter, augmenta
ses gages; Tiffle se laissa toucher et consentit à rester
provisoirement; puis quand elle s'aperçut qu'elle do-
minait plus facilement encore miss Bordillion que
Mme Lester, elle ne parla plus de départ. En réalité,
miss Bordillion se méfiait d'elle et la craignait. Tiffle,
de son côté, haïssait miss Bordillion. En général, du
reste, elle haïssait tout le monde, mais personne autant que la douce et inoffensive Marguerite, dont l'autorité, quoique nulle, lui pesait et par qui, avec une
sorte d'instinct, elle se sentait soupçonnée. Tiffle était
de ces femmes qui peuvent entretenir au fond de leur
cœur une implacable haine, tout en conservant les apparences d'une amabilité obséquieuse, et les dehors les
plus mielleux.

Elle avait appris, le matin même, par une indiscrétion d'un des fournisseurs du château, les projets de
mariage de Squire Lester, et, sans se renseigner davantage, avait supposé que la fiancée ne pouvait être
que miss Bordillion. Le coup fut violent pour Tiffle.

Elle se rendit compte, à l'instant, du changement
que ce mariage apporterait dans sa position, et réfléchit toute la matinée à la conduite qu'elle tiendrait.
Elle prit enfin son parti et alla trouver miss Bordillion.

« Miss Bordillion, dit-elle sans préambule, on vient
de m'annoncer une nouvelle à laquelle je ne m'atten-

dais certes pas, et qu'en tout cas, il m'a été pénible
d'apprendre de la bouche d'un étranger. Je croyais
mériter assez la confiance de mes maîtres pour qu'on
ne fît pas de cachotteries à mon égard, et...

— Vous vous oubliez, Tiffle, interrompit miss Bordillion. Expliquez-vous. De quoi parlez-vous ?

— Jones Dory vient de me dire que vous et M. Lester
étiez sur le point de vous marier, s'écria Tiffle. Son
maître le lui a dit, et je vous répète que j'aurais bien
pu, moi aussi, être mise dans la confidence. Je n'ai
pas été habituée à ce qu'on se cachât de moi, miss
Bordillion. On a toujours eu des égards pour moi dans
toutes mes places, et c'est la première fois que pareille
chose m'arrive. »

Jamais, dans sa vie, Marguerite Bordillion n'avait
éprouvé une pareille émotion. L'insolence de Tiffle,
la colère de Tiffle ! qu'était-ce que tout cela devant
cette nouvelle dont l'annonce fit tressaillir la pauvre
fille jusque dans les dernières fibres de son être ?
Rouge comme une pivoine, tremblante, en proie à un
trouble indicible, elle put à peine articuler quelques
paroles sans suite : « Je ne sais pas... je ne suis pas
sûre, » bégaya-t-elle. Il ne lui vint pas un seul instant
à la pensée de douter de l'exactitude de l'information
et d'essayer de nier le fait.

« Ainsi donc, continua Tiffle, comme je n'ai pas été
habituée à supporter un pareil traitement, et que je ne
peux m'y faire, je vous donne avis que je quitterai la
maison à la fin du trimestre, madame, c'est-à-dire de
demain en quatre semaines. »

Elle tourna les talons en gesticulant, et sans attendre de réponse. Ni l'émotion, ni le trouble de miss
Bordillion ne lui avaient échappé.

CHAPITRE IX

RAMENÉ PAR LE BATEAU-PÊCHEUR

Il devait se passer ce jour-là même un événement auprès duquel les émotions de cœur de l'innocente et naïve miss Bordillion devaient paraître bien insignifiantes. Comme pour mettre un terme — définitivement et sans retour — à tout espoir que lord Dane aurait pu encore conserver, et pour assurer le repos de son héritier, que tourmentaient des doutes étranges et mystérieux, le corps d'Harry Dane fut enfin retrouvé et ramené au château.

Adélaïde Errol était, dans l'après-midi, au salon, avec M. Lester, qui lui parlait de ce projet de serre dont il avait déjà dit deux mots, le matin, à miss Bordillion. Elle l'écoutait d'un air distrait et indifférent, comme si elle se fût souciée aussi peu d'une serre que de toute autre chose en ce monde. Tout à coup, elle leva vivement la tête et prêta l'oreille : un bruit sur la route, auquel elle n'avait pas pris garde d'abord, s'était graduellement rapproché; c'était comme le bruit des pas d'une troupe d'hommes, et elle l'entendait, maintenant, sous le portail du château.

Chose curieuse, elle eut comme une sorte de pressentiment de la vérité. Pâle, les mains jointes, elle écouta un instant, perplexe. Ne pouvant, de la fenêtre où elle se trouvait, rien apercevoir que la foule arrêtée devant le château et regardant avec étonnement à travers la grande porte entre-bâillée, elle sortit du salon, sans même prendre la peine d'adresser une parole à M. Lester.

Au bas de l'escalier, sous la voûte, elle se trouva brusquement au milieu du rassemblement : une douzaine de pêcheurs environ — on s'était hâté de refermer la grande porte du château pour empêcher la foule d'entrer — qui venaient d'apporter une espèce de civière, où était étendu un cadavre, recouvert d'une toile goudronnée. Ils l'avaient trouvé à quelques milles plus bas que Danesheld, et rapporté dans leur bateau en y jetant à peine les yeux, et sans penser un seul instant que ce pouvait être le corps du capitaine Dane.

Le hasard voulut que Ravensbird se promenât sur la plage au moment où le bateau aborda. Immédiatement, du premier coup d'œil, il déclara que c'était là le corps de son ancien maître. Quoique les traits fussent méconnaissables, il le reconnut cependant aux dents et à une marque sur le bras droit. Les dents d'Harry Dane étaient d'une grande beauté, blanches et régulières.

Dans le désordre du premier moment, personne ne prit garde à Adélaïde.

Les domestiques s'étaient réunis sous la voûte, les matelots gesticulaient et parlaient haut ; lord Dane, lui-même, s'était fait conduire jusqu'à l'entrée du Hall, et, assis dans sa petite voiture, sur le seuil de la porte, il écoutait Ravensbird, qui, debout devant lui, expliquait comment il avait reconnu le cadavre, et à quels signes.

Si quelque chose était de nature à surprendre lady Adélaïde en ce moment, c'était certainement la présence de Ravensbird. Le fait est qu'il était entré avec les pêcheurs et que lord Dane, désireux de connaître exactement ce qu'il avait dit auparavant, avait ordonné de l'amener devant lui.

Quel sentiment poussa Adélaïde à s'approcher de la

civière, elle n'aurait pu le dire. Peut-être, dans son agitation et sa terreur, était-elle inconsciente de ses actions. Qu'elle fût sous l'influence de quelque émotion insurmontable, personne n'en aurait pu douter, en voyant ses yeux hagards et son visage d'une pâleur effrayante.

Elle s'avança jusqu'au brancard et allait soulever la couverture, quand un des matelots la repoussa de la main, sans cérémonie.

« Ce n'est pas là un spectacle pour elle, dit-il en s'adressant à lord Dane. Ce n'est pas un spectacle pour des femmes, qu'elles soient vieilles ou jeunes ; mylord, je vous en fais juge. »

Lord Dane leva les yeux, étonné. Il ne pouvait croire à la présence d'Adélaïde. Quant il l'eut aperçue, au milieu de la foule, il dit d'un ton qui, quoique empreint d'une profonde tristesse, n'admettait pas de réplique :

« Retirez-vous. Qui vous amène ici ?

— Toute votre existence, vous auriez cette vue-là devant les yeux ; croyez-moi, jeune madame, dit un autre marin, ce n'est pas convenable pour vous ; et puis il est nu comme un ver.

— Partez à l'instant, Adélaïde ; êtes-vous folle ? répéta sévèrement lord Dane.

— Je pense que je suis folle, en effet, murmura Adélaïde en revenant tout à coup à elle, et rouge de honte et de confusion. »

Comme elle revenait à la hâte sur ses pas, pour obéir à lord Dane, elle aperçut Ravensbird les yeux rivés sur elle.

« Est-ce réellement le capitaine Dane ? » lui demanda-t-elle, avec agitation, en s'arrêtant un moment devant lui.

« Oui, mylady. Voilà tout ce qui reste de lui. Je l'aurais reconnu entre mille. »

Elle éclata en sanglots et s'enfuit dans sa chambre. Squire Lester, n'ayant pas la moindre idée de ce qui se passait en bas, — il avait cru à quelque petit événement sans importance, — attendait patiemment son retour dans le salon ; mais il attendit en vain.

On convoqua les magistrats, et l'enquête s'ouvrit avec toute la célérité possible. C'était, à proprement parler, une simple formalité et pour satisfaire aux exigences de la loi. Ravensbird certifia que le cadavre était bien celui de son ancien maître Michel fit sa déposition, et le brave Drake profita de l'occasion pour raconter une fois de plus la scène du colporteur. Du reste, le crâne, derrière la tête, au-dessus de la naissance du col, portait les traces d'une énorme fracture, plus que suffisante, déclarait le docteur, pour causer la mort. Le verdict des magistrats fut : « Meurtre avec préméditation, commis par une personne ou des personnes restées inconnues. »

Ce verdict prouvait que l'opinion publique n'accusait plus, comme dans le principe, Richard Ravensbird.

L'épisode raconté par Drake avait peu à peu fait son chemin parmi les habitants de Danesheld que la passion n'égarait pas. L'alibi de Ravensbird était si décisif, tellement incontestable, que les gens raisonnables n'avaient plus conservé le moindre doute sur son innocence, et que l'homme au ballot passait généralement pour le véritable meurtrier. Chose assez étrange, l'inutilité des recherches pour retrouver ses traces acheva de lever tous les doutes : « S'il ne se cachait pas, avait-on dit, les efforts de la police pour le découvrir auraient certainement réussi. » La question était maintenant de savoir où il se cachait et comment on parviendrait à l'arrêter quand il sortirait de sa tanière.

L'enterrement de lady Dane et de son fils eut lieu le même jour, au milieu d'une foule plus émue encore qu'à celui de l'honorable Geoffry ; et lord Dane, incapable de conduire le deuil, fut remplacé, comme précédemment, par son neveu, le nouvel héritier.

A son retour des funérailles, Herbert Dane — mais nous devons, nous aussi, oublier ce nom — Geoffry Dane reçut, en rentrant au château, l'ordre de se rendre auprès de son oncle.

Il fut frappé de l'altération des traits du vieux lord, qui, assis dans son lit, et soutenu par une montagne d'oreillers, fixait sur lui un regard presque éteint.

« Vous sentez-vous plus mal, mon oncle? s'écria-t-il involontairement.

— Je le crois, Geoffry ; je suis anéanti ; les forces m'abandonnent tout à fait. J'ai voulu me lever, espérant pouvoir vous accompagner tout à l'heure, mais je me suis presque évanoui, et j'ai été forcé de me recoucher. J'ai besoin de causer avec vous, Geoffry. Je vous laisserai après moi un grand devoir à remplir, un devoir plus impérieux que tous les autres. Me promettez-vous de l'accomplir?

— Oui, certes, et avec toute mon énergie.

— Suivant les décrets de la Providence, — souvent étranges et bien inattendus ! — vous serez le dix-septième baron Dane, Geoffry. » Et le vieux pair d'Angleterre appuya sa main sur le bras de son neveu, en le regardant fixement, comme pour donner plus de force à ses paroles. « Geoffry, je vous prie, au nom de ce qui vous est le plus sacré ici-bas, par vos espérances de bonheur, dans ce monde et dans l'autre, je vous supplie de faire tous vos efforts pour découvrir l'assassin de mon fils. Employez-y toute votre activité; n'épargnez ni démarches ni argent; ne vous découra-

gez jamais dans vos recherches ; ne soyez jamais tenté
d'y renoncer, même si vous désespériez de réussir.
Ne cessez pas un instant de surveiller secrètement
cet homme. Vous me comprenez, Geoffry ?

— Mais on ne l'a pas encore trouvé, Sir.

— Pas encore trouvé ! que voulez-vous dire ?

— Vous me parlez du colporteur, n'est-ce pas ?

— Le colporteur ! répéta ironiquement lord Dane.
Cette histoire n'a jamais, dans mon opinion, valu
seulement un moment d'attention. Vous m'avez déjà
entendu dire ce que j'en pense, Geoffry. « Quelque mar-
chand ambulant qui aurait rencontré Harry, comme
il sortait du château, et l'aurait suivi sur les falaises en
le poursuivant de ses offres d'un mouchoir de coton ou
d'un couteau de corne ; et Harry importuné, agacé, qui
serait monté sur ses grands chevaux, et aurait malmené
l'individu. Il n'y a rien eu de plus, » ajoute-t-on. Et
moi je dis : Non ! Celui — quel qu'il soit — qui a tué Harry
cette nuit-là, l'a tué avec préméditation. C'était Ravensbird, Geoffry, et je vous charge de le surveiller. »

Une expression d'ennui couvrit le visage de M. Dane.

« Je suis peiné de différer d'opinion avec vous, Sir,
mais je dois vous dire que, vraiment, je ne crois pas
Ravensbird coupable. Je l'ai, comme vous, accusé
d'abord, mais c'était avant qu'il eût prouvé sa présence au *Rendez-vous des Marins* au moment de
l'accident. Il est impossible que ce soit Ravensbird.

— Et moi, je vous le dis, Geoffry Dane, c'était lui
et non un autre. Ne prenez pas de repos jusqu'à ce
que vous en ayez acquis la preuve. C'est la grande
tâche que je vous laisse, Geoffry. Et maintenant,
occupons-nous d'autres affaires. Où est Cecilia ? N'est-
elle pas encore de retour ?

— Non. J'ai reçu ce matin même une lettre d'elle.
Elle ne doit revenir que dans une semaine ou deux.

Madame Saint-Aubin est malade, et Cecilia ne peut la quitter. »

Lord Dane sembla désappointé.

« J'aurais désiré qu'elle vînt habiter au château jusqu'au moment du départ d'Adélaïde pour l'Écosse.

— Est-il donc décidé qu'elle va en Ecosse !

— Tout à fait décidé. Comment faire autrement ? Elle ne peut rester seule ici. J'aurais voulu que Cecilia lui tînt compagnie jusqu'à son départ. Non pas que l'une soit beaucoup plus raisonnable que l'autre... Enfin ! Adélaïde s'était mêlée à la foule, le jour où l'on apporta au château le corps de mon pauvre Harry, et si on ne l'en avait empêchée, elle aurait soulevé le drap dont il était recouvert, pour le regarder. Elle est aussi étourdie qu'un lièvre en mars. Quand on pense à son imprudence de courir la nuit sur les falaises...

— Il lui sera désagréable de retourner en Écosse.

— Nécessité n'a pas de loi. Mme Grant est sa parente, après tout, et prendra soin d'elle. Si Irkdale était marié, elle pourrait habiter avec lui, mais il ne l'est pas...

— Je crois... je crois, mon oncle, bégaya Geoffry Dane, en rougissant, je crois qu'elle serait plus heureuse avec moi. Si vous voulez me donner votre consentement et me pardonner de vous parler de mes projets dans un jour comme celui-ci...

— En quoi, plus heureuse ?

— Comme ma femme.

— Geoffry, il faut, cela vaut mieux, m'expliquer franchement avec vous. Vous ne supposez pas, n'est-ce pas, que depuis la mort de mes fils, je n'aie pas profondément réfléchi à votre avenir et au sien. Ma femme s'était imaginé, il y a quelques mois, qu'Adélaïde vous aimait, mais elle ne m'avait jamais parlé de ses doutes et ne m'en fit part qu'après la mort d'Harry.

Je ne pus le croire, et je restai convaincu que lady
Dane avait dû se tromper. Si Adélaïde n'avait pas
aimé Harry, pourquoi se serait-elle fiancée à lui ?
Harry mourut, puis Geoffry, et vous avez pris leur
place ; vous êtes devenu mon héritier. Dans ma dernière entrevue avec ma pauvre femme, je lui reparlai
de vous et d'Adélaïde ; je n'ignorais pas que sa grande
préoccupation était de laisser seule et sans appui dans
ce château cette pauvre fille. Je lui dis que si réellement vous vous aimiez tous deux, il fallait vous
marier, et, pour vous avouer la vérité, Geoffry, je
vous aurais accordé sa main plus volontiers que je ne
l'aurais accordé à Harry, car je ne suis pas partisan
des mariages entre cousins, et il n'y a pas de parenté
de sang entre vous deux.

— Eh bien, sir fit Geoffry en s'apercevant que
son oncle ne continuait pas.

— Eh bien ! lady Dane me dit qu'ayant interrogé
lady Adélaïde à ce sujet, elle avait reconnu que ses
doutes antérieurs n'étaient pas fondés. Adélaïde
n'avait jamais aimé qu'Harry et refusait absolument
de vous épouser. J'en conclus donc que si vous vous
êtes laissé aller à faire des rêves d'avenir, en comptant sur l'affection d'Adélaïde, vous vous êtes bercé
de chimères. »

Un sourire orgueilleux d'homme satisfait et sûr de
lui-même effleura les lèvres de M. Dane.

« En tous cas, sir, j'ai votre consentement à
l'épouser, si je réussis à me faire agréer par elle.

— Je vous le donne des deux mains. Mais il y a
d'autres choses dont je désirerais encore vous entretenir. Je sens les forces m'abandonner en ce moment ;
revenez ce soir, Geoffry. »

M. Dane, en quittant son oncle, se rendit tout droit
au salon, à la recherche d'Adélaïde. Il la trouva dans

la petite pièce contiguë, assise près de cette même fenêtre d'où si souvent, dans les temps heureux, elle avait épié sa venue. Hélas! elle ne l'attendait pas, aujourd'hui, et les persiennes fermées laissaient à peine pénétrer dans la chambre un demi-jour sombre et triste comme elle. Elle se leva en tressaillant, à son entrée, et se dirigea vivement vers la porte, comme pour éviter de se trouver en face de lui.

« Est-ce que je vous effraye au point de vous faire fuir, Adélaïde?

— Oh! non, » répondit-elle toute confuse. Et elle se rassit en rougissant, dans le grand fauteuil de lady Dane.

« On me dit qu'il est question de votre départ pour l'Écosse, où vous iriez habiter chez Mme Grant.

— Il en est question, en effet.

— Autant vaudrait vous enterrer vivante que de passer votre existence dans cette triste maison. »

Elle ne répondit pas. Elle tenait à la main une chaîne de jais, et semblait occupée à en compter les anneaux.

M. Dane, debout, les yeux avidement fixés sur elle, reprit d'une voix oppressée :

« Adélaïde, vous me pardonnerez l'inconvenance apparente d'un entretien avec vous aujourd'hui et à cette heure, quand la tombe d'Harry est à peine fermée; mais votre oncle m'y a autorisé. Je n'ai, du reste, qu'un mot à vous dire. Voulez-vous me permettre de vous offrir ma maison? voulez-vous y venir, au lieu d'aller chez Mme Grant, comme ma femme...

— C'est impossible.

— Comment! impossible? »

Un moment de lutte intérieure, et elle laissa tomber de ses doigts la chaîne de jais. Alors elle leva la tête avec une soudaine résolution. Tout son ancien empire sur elle-même avait reparu; sa voix quoique très-basse, était ferme comme un roc quand elle répondit :

« Parce que j'ai promis à un autre d'être sa femme. »

Geoffry Dane sentit son cœur se briser. Il aimait cette fille d'un amour passionné, d'un amour absolu, capable de tous les sacrifices. L'altération de ses traits frappa Adélaïde, qui, profondément émue, s'écria dans un élan de tendresse :

« Dieu m'est témoin que je voudrais pouvoir vous épargner cette douleur... Oui, en vérité, je le voudrais !

— Qui a pu vous changer ainsi ? Il fut un temps — il est bien près de nous encore — où notre seule idée, notre seule préoccupation était de trouver les moyens d'être unis à jamais !... Vous me disiez : « Si vous possédiez seulement quelques centaines de livres sterling de rentes, j'abandonnerais tout pour vous !... »

— Ne parlez pas de ce temps-là, interrompit-elle. Le passé est le passé.

— Et le présent est le présent. Je puis maintenant vous offrir ce qui n'était pas en mon pouvoir alors, ce que — je vous le déclare sur l'honneur — je n'avais jamais rêvé devoir s'accomplir, je puis vous faire — trop tôt, je le crains — la maîtresse de ce château et de ses vastes domaines...

— Vous n'avez pas besoin de vous étendre là-dessus; je comprends parfaitement. Vous feriez de moi une lady Dane.

— Je ferais de vous une lady Dane, et ma femme adorée, dit-il du ton de la plus vive tendresse. O Adélaïde, pourquoi me regardez-vous ainsi ? quel malheur s'est abattu sur nous ? pourquoi ce changement en vous ?

— Je ne puis accepter votre offre, répondit-elle avec une froideur voulue ; Geoffry, en vérité, tout est fini entre nous, fini à jamais. »

Il était bouleversé, ses traits se contractaient, sa voix était altérée par l'émotion.

« Au moins, vous pouvez me dire la cause de ce changement. *Pourquoi* est-ce fini entre nous, ô Adélaïde, mon adorée ?...

— Chut ! interrompit-elle, de telles paroles sont une trahison, aujourd'hui que je suis engagée à un autre. »

Peut-être se demandait-il si elle rêvait ou si elle plaisantait, pour le mettre à l'épreuve. Qu'elle parlât sérieusement, il ne pouvait le croire, et elle s'aperçut qu'il ne le croyait pas.

« C'est la vérité, Geoffry, je suis fiancée à M. Lester. »

Il devint livide.

« M. Lester ! fit-il d'un air railleur ; un mariage avec lui serait, pour vous, plus qu'une plaisanterie. Vous ne le nierez pas.

— Que pouvais-je faire ? répondit-elle, s'oubliant un instant elle-même, et avec un accent douloureux. Je n'avais pas d'autre alternative. Chez Mme Grant, je serais devenue folle de chagrin et de tristesse. Ah ! ne me maudissez pas. Geoffry ! Pour l'amour de Dieu, ne me regardez pas ainsi !

— Ce n'était pas là votre seule alternative. Ne m'aviez-vous pas ? n'étiez-vous pas sûre que ma maison vous était ouverte ? »

Elle secoua la tête.

« La mort d'Harry Dane est comme un poids sur mon cœur, murmura-t-elle ; notre trahison envers lui est toujours présente à mon esprit. Je vous l'ai déjà dit une fois. N'y eût-il pas d'autre homme que vous, sur cette terre, Geoffry, je ne serais pas votre femme.

— Et vous n'avez pas pitié de moi !

— Je vous plains du plus profond de mon cœur...
et je me plains aussi, ajouta-t-elle en joignant les
mains. Ne suis-je donc pas assez punie ?

— Adélaïde, pourquoi ne m'avoir pas tué ? J'aurais
moins souffert !

— Il y a des moments où je voudrais que nous nous
fussions tués ensemble, répondit-elle en se levant.
Adieu, Geoffry, que cette visite soit la dernière. Ne
venez plus me voir, car, en vérité, ces émotions ne
sont bonnes ni pour vous ni pour moi.

— Un moment encore, Adélaïde. Non, vous ne par-
tirez pas avant d'avoir entendu ce que j'ai à vous
dire. Si vous épousez Georges Lester, vous commet-
trez la plus grande erreur qu'une femme ait jamais
commise en sa vie.

— Je ne crois pas. En tous cas, j'en courrai la
chance.

— Aussi vrai que nous sommes là tous les deux,
vous serez malheureuse. Vous m'aimez ; oui, vous
m'aimez. Il ne s'agit pas de faire de la fausse modestie et de fermer les yeux à l'évidence... Vous m'aimez et, je vous le dis, votre existence avec Georges
Lester ne sera qu'un long désir inassouvi.

— Un désir ! pour vous ? répliqua-t-elle avec une
contraction dédaigneuse des lèvres, et froissée de l'expression ; vous vous trompez, monsieur Dane.

— Oui, un désir, une aspiration à échapper à l'existence que vous vous serez imposée à vous-même ;
mais vous y serez condamnée à jamais.

— Je ne saurais en entendre davantage. Cette discussion est, du reste, tout à fait inconvenante, en ce
moment. Les tombes de ma pauvre tante et d'Harry
sont à peine fermées, et vous venez... »

Soit que cette pensée lui eût causé une soudaine
douleur, soit que l'entrevue fût devenue réellement
trop pénible pour elle, lady Adélaïde fondit en larmes.
M. Dane voulut lui prendre les mains, mais elle les
retira vivement.

« Non, Geoffry, il vaut mieux ne pas nous donner
la main. Je ne *puis* rien être pour vous, désormais.
A quoi bon me tenter? Pourquoi envenimer mes re-
grets? Nous ne devons plus nous rencontrer jusqu'à
ce que je sois la femme de M. Lester. Pardonnez-moi !
pardonnez-moi tout le mal que je vous fais, ajouta-
t-elle en sanglotant, et gardez de moi un bon souvenir.
Vous le voyez, je souffre autant que vous! »

Il allait l'attirer contre sa poitrine, mais Adélaïde
fut plus sage que lui. Étant donnée la nécessité absolue d'une séparation, — qu'il ne pouvait ni s'expliquer ni comprendre, — elle prit le seul parti raisonnable, et avant qu'il ait pu l'arrêter, même d'un geste,
elle s'enfuit de la chambre.

Le malheureux Geoffry était anéanti. Toutes ses espérances — le rêve de sa vie! — venaient de s'envoler!

Il resta quelque temps à la même place, la tête dans
les mains, absorbé dans ses pensées. Il se leva enfin
en poussant un gémissement de douleur, et descendant
l'escalier, se dirigea machinalement vers l'appartement de lord Dane.

Il annonça à son oncle qu'Adélaïde se disposait à
épouser M. Lester, sans réfléchir que ce n'était pas
à lui d'instruire lord Dane de ce fait. Mais il était
trop troublé et trop malheureux pour que l'idée de
cette inconvenance lui vînt même à l'esprit.

Lord Dane ne revenait pas de son étonnement. Adélaïde, épouser Georges Lester !

« Eh bien ! dit-il lentement, après quelques minutes de réflexion, c'est peut-être un bien pour Adé-

laïde, après tout. Elle a besoin d'être menée très-
sévèrement,—à moins que je ne me trompe du tout au
tout sur elle. — Elle est nonchalante, étourdie, et
folle; Georges Lester est d'un âge et d'un caractère
à la tenir ferme, et à la faire marcher droit. Vous,
mon cher enfant, vous auriez cédé à tous ses caprices
et à toutes ses fantaisies. »

Pas de réponse. Lord Dane leva les yeux sur son
neveu, et fut frappé de l'altération de ses traits.

« Comment! vous l'aimiez donc?

— Jamais la pensée ne m'était venue qu'elle me
refuserait, dit-il d'une voix brisée.

— Soyez homme, Geoffry. Si elle ne veut pas de
vous, si elle préfère Georges Lester, qu'y pouvez-vous
faire? Allons! ne pleurez pas comme une petite pen-
sionnaire amoureuse. Elle est très-jolie, j'en conviens;
mais elle n'a guère d'autres bonnes qualités, dans mon
opinion, du moins. Je n'aurais pas voulu en faire ma
femme. Elle est aussi inconstante que le vent! Harry
hier, Georges Lester aujourd'hui! Croyez-moi, oubliez-
la, et cherchez quelque chose de mieux. »

L'oublier! c'eût été là un bon conseil, si Geoffry
avait été capable de le suivre. Ah! qu'étaient pour
lui et ces honneurs et cette fortune inespérés? que lui
importaient les félicitations et les prévenances dont
le monde l'accablait aujourd'hui? que lui importait de
faire envie à tous, quand le caprice d'une femme lui
brisait le cœur?

Un autre bonheur devait, ce jour-là même, se briser aussi comme verre.

Mlle Elisa Tiffle, après sa charge à fond de train
contre miss Bordillion, avait, pendant un jour ou deux,
contenu son indignation. — Tiffle, du reste, aurait été
de force à la contenir pendant un mois ou deux, si son
besoin de vengeance l'avait exigé. — Elle n'ouvrit pas

la bouche jusqu'au lundi de la semaine suivante : elle ne l'ouvrit même, alors, que par suite d'un incident inattendu.

Elle et les servantes sous ses ordres n'étaient pas d'accord sur un détail du service, comme cela arrivait fréquemment. Tiffle insista, disant qu'elle voulait être obéie, et une scène de rébellion domestique s'ensuivit. Le sommelier, toujours disposé à la conciliation, lui parla en particulier et lui demanda de faire la paix. Non! avait répondu Tiffle. Aussi longtemps qu'elle serait au Hall, elle leur ferait sentir qu'elle était la maîtresse. Quand elle s'en irait, elles pourraient agir alors comme bon leur semblerait. Elles n'avaient plus, du reste, que quatre semaines à attendre.

Le sommelier, surpris, la pria de s'expliquer plus clairement, et elle lui raconta alors comme quoi elle ne s'était pas gênée pour annoncer son départ à miss Bordillion.

L'homme ouvrit de grands yeux.

« Mais, sûrement, vous n'avez pas parlé de cela à miss Bordillion! s'écria-t-il. Vous ne l'avez pas accusée d'être sur le point d'épouser le maître?

— Avec ça que j'ai pris des gants pour le lui dire; j'ai même ajouté que je tenais de vous la nouvelle, répondit Tiffle d'un air triomphant. Je lui ai dit que je n'étais pas habituée à de pareilles cachotteries, et je lui ai donné mon compte, *illico*.

— Mais, dit le sommelier avec embarras, ce n'est pas miss Bordillion qui doit épouser M. Lester.

— Ce n'est pas miss Bordillion!

— Certainement non. »

Les yeux gris de Tiffle lançaient des éclairs. Elle croyait que Jones se moquait d'elle.

« Qui est-ce, alors?

— Je veux bien vous le confier, mais sous le sceau

du secret, mistress Tiffle. Quand je vous en ai parlé, la première fois, je n'étais sûr de rien, quoique je me doutasse, de la chose. Mais aujourd'hui il n'y a plus de doute à avoir, c'est la jolie fille du château, lady Adélaïde. »

Il ne pouvait convenir à Mlle Tiffle de passer pour une imbécile et de jouer un rôle ridicule. Elle courut s'enfermer dans sa chambre, pour penser tout à son aise au parti qu'elle devait prendre. Après une demi-heure de réflexion, elle se décida à se rendre auprès de miss Bordillion.

Quelle différence d'avec l'injurieuse Tiffle de l'autre jour ! Tranquille, humble, l'air suppliant, frottant ses mains l'une contre l'autre, suivant son habitude, dans ses moments de fourberie, ses yeux faux lançaient sur miss Bordillion des regards affectueux.

« Qu'y a-t-il, Tiffle ?

— O madame, j'espère que vous me pardonnerez ; et je suis venue vous faire mes humbles excuses, pour ce que je vous ai dit il y a deux jours. C'est la faute de Jones. Il m'a mal renseignée, et il mériterait d'être chassé. Du reste, tous, tant qu'ils sont, en bas, ils ne valent guère mieux que lui, et ce ne serait pas une grande perte si l'on s'en débarrassait. J'ai appris qu'il n'y avait pas de raison pour parler comme je l'ai fait, de vous et de mon maître.

— Vos paroles m'avaient tellement prise à l'improviste, Tiffle, que je ne les ai pas relevées comme j'aurais dû, répondit avec calme miss Bordillion. M. Lester n'a pas l'intention de changer de manière de vivre, quant à présent ; je le crois, du moins. Ne vous mettez donc plus, à l'avenir, de pareilles idées en tête.

— Vous comprenez, madame, je m'étais trompée, en partie, dit Tiffle, sans lâcher pied : j'avais cru qu'il s'agissait de vous — et c'est ce dont je vous demande humblement pardon — quand il était seulement question d'une autre personne. Mais, miss Bordillion, mon maître va se remarier, et je suis heureuse de pouvoir vous l'annoncer, si vous ne le savez pas. »

Que voulait-elle dire? Était-ce sérieux? Le cœur de miss Bordillion commençait à battre violemment. Elle regardait Tiffle d'un air hébété.

« Je n'aurais pas voulu, pour tout au monde, vous offenser, madame. Faut-il que j'aie été sotte de m'imaginer que vous et mon maître vous pouviez penser l'un à l'autre, continua l'horrible créature d'un ton de franchise affectueuse, en regardant du coin de l'œil le changement de visage de mis Bordillion. Peut-être sera-t-elle un peu jeune pour lui... c'est à craindre; mais enfin personne ne dira qu'elle n'est pas jolie; et Squire Lester — c'est connu — a un goût prononcé pour la beauté. Les cheveux ont peut-être aussi une teinte un peu roussâtre; vous avez pu le remarquer vous-même, miss Bordillion.

— Je ne sais pas ce dont vous me parlez, dit la pauvre femme, respirant à peine.

— Comment, vous ne savez pas, madame? Mais c'est lady Adélaïde Errol. C'est sur elle que mon maître a fixé son choix. »

Le pouls de Marguerite Bordillion s'arrêta tout à coup, puis recommença à battre avec une vitesse inquiétante. Sa vue s'obscurcit, sa raison sembla l'abandonner, et sans un effort désespéré sur elle-même, elle aurait perdu connaissance.

Mistress Tiffle, lui jetant un dernier regard de sympathie, ferma la porte et remonta à sa chambre en dansant une gigue.

CHAPITRE X

LE BAIL DU « RENDEZ-VOUS DES MARINS »

Dire que cette nouvelle avait abasourdi miss Bordillion serait donner une faible idée du terrible coup que venait de lui porter Tiffle.

Au moment même où cette estimable domestique paraissait devant elle, miss Bordillion, plongée dans un rêve de la plus douce fantaisie, se faisait un tableau charmant de ce que Georges Lester pourrait peut-être lui avouer ce soir-là même.

Depuis le jour où il avait manifesté ses intentions à propos de la nouvelle serre, il n'avait plus dit un mot de ce projet; mais Marguerite n'avait tiré aucun mauvais présage de ce silence. La découverte du corps d'Harry Dane avait causé une grande commotion à Danesheld, et M. Lester, en particulier, ne s'était pas occupé d'autre chose. Il y avait eu aussi l'enquête, puis les doubles funérailles. La sécurité de miss Bordillion était donc complète.

Quand Tiffle eut refermé la porte, la malheureuse fille resta comme pétrifiée, l'esprit dans un véritable chaos, n'ayant conscience de rien que de ce fait : ce n'était pas à elle que Georges Lester avait donné son amour, mais à une autre ! C'était pour miss Bordillion le passage du Rubicon. Que de femmes l'ont franchi une fois au moins en leur vie ! — Mais les eaux lui semblaient d'autant plus agitées, et le courant d'autant plus pénible à remonter, qu'elle avait plus tardé à s'y aventurer.

Douter de la nouvelle? l'idée ne lui en vint même

pas. Elle sentait qu'elle devait être vraie. Elle s'expliqua alors certains petits indices qu'elle avait observés depuis quelque temps dans la conduite et la manière d'être de M. Lester, incompréhensibles pour elle jusque-là.

Au milieu de son chagrin, cependant, elle eut le courage de regarder l'avenir en face. Il lui fallait prendre une décision, car si la jeune lady Adélaïde devait venir habiter le Hall, elle ne continüerait certes pas à y demeurer avec elle. Elle passa le reste de la journée à réfléchir sur ce qu'elle avait à faire; elle y pensa courageusement, sans faiblesse, sans que rien trahît son agitation intérieure, si ce n'est de temps à autre une sorte de soupir étouffé et un sourd gémissement. Les enfants lui demandèrent si elle se sentait souffrante. Elle répondit : Non !

M. Lester ne rentra pas pour dîner, et elle supposa qu'il était resté au château avec lord Dane, comme cela lui arrivait quelquefois, sans envoyer avertir chez lui de ne pas l'attendre. Hélas ! elle savait maintenant ce qui l'y retenait !

Décidée à lui parler le soir même, elle attendit son retour, non pas, comme d'habitude, dans sa propre chambre, mais dans la bibliothèque.

Onze heures sonnaient quand il rentra, s'essuyant le front et se plaignant de la chaleur de la soirée. Au moment où il sonnait le sommelier pour qu'il lui apapportât une bouteille de soda-water, il aperçut miss Bordillion.

« Comment ! Marguerite, s'écria-t-il gaiement, mais c'est de l'inconduite ! Onze heures, et encore debout ! »

Elle ne put trouver un mot de réponse. La tâche, qui d'abord lui avait semblé facile, était maintenant au-dessus de ses forces. Les quelques mots qu'elle voulait adresser à M. Lester, et qu'elle apprenait par cœur depuis une heure, ne lui revenaient plus à la mémoire. Assise près d'une petite lampe à abat-jour vert, dans un coin de la chambre, à demi cachée dans l'ombre, elle faisait semblant de coudre, en s'efforçant de conserver un air d'indifférence et de rassembler son courage pour parler avec calme.

« C'est évidemment plus aimable à vous que de rester seule dans votre chambre. Je n'ai jamais pu m'expliquer pourquoi vous aviez pris cette habitude, comme si vous aviez peur de moi. »

Il fallait répondre. Mais comment vaincre l'émotion qui l'agitait? comment la cacher? Son cœur battait à grands coups dans sa poitrine; son visage était blanc comme un linge, ses lèvres sèches. Elle se leva brusquement et s'approcha de la table où se trouvait la petite boîte à ouvrage de Maria. Elle resta là un instant, penchée, comme si elle cherchait quelque chose, et tournant le dos à M. Lester. Elle dit enfin :

« J'ai appris certaines nouvelles, aujourd'hui, et je me suis décidée à attendre votre retour, pour vous demander si elles sont vraies... Et puis, par ces chaudes soirées, il est agréable de se coucher tard. Les chaleurs paraissent devoir être précoces, cette année.

— Quelles nouvelles importantes avez-vous donc apprises? que la Tamise a pris feu?

— Quelque chose qui nous touche de plus près, » répondit-elle, peinée de ce ton léger et de cet air gouailleur qui semblaient une moquerie à son propre malheur; « on m'a dit que vous alliez... — une toux soudaine l'empêcha de continuer pendant un instant — vous marier avec lady Adélaïde Errol.

— Qui diable a pu vous annoncer cette bonne nouvelle? demanda M. Lester, en raillant.

— C'est Jones qui l'a apportée ici.

— Jones !

— Je le pense du moins ; Tiffle, en me l'annonçant, m'a dit, autant que je puis me le rappeler, qu'elle la tenait de Jones. Je n'en suis pas certaine, mais je crois qu'elle a ajouté que Jones la tenait de vous.

— Et dire que miss Bordillion prête attention aux ragots des domestiques ! s'écria M. Lester en riant. Vraiment, je vous aurais crue plus sensée, Marguerite, »

Marguerite, toujours penchée sur la boîte à ouvrage, qu'elle bouleversait de fond en comble, n'osait pas se retourner du côté de M. Lester, tant elle avait conscience de son trouble et de son agitation. A ce moment le sommelier entra, apportant le soda-water.

« Ainsi, Jones, commença M. Lester, vous vous êtes permis de prononcer le nom de lady Adélaïde Errol et le mien, à ce que j'apprends ! »

Jones, dans sa consternation, laissa presque échapper le plateau de ses mains. La bouteille et le verre s'entre-choquaient quand il les posa sur la table. Il regarda son maître d'un regard hébété, devint pourpre, balbutia, bégaya sans pouvoir prononcer distinctement un mot d'excuse ou de dénégation.

« Et... je vous prie, de qui tenez-vous vos informations ? continua M. Lester.

— Monsieur... je vous fais bien mes excuses, si j'ai été mal renseigné. Certainement, je n'aurais pas dû en parler. Mais je ne l'ai dit qu'à Tiffle, et sous le sceau du plus grand secret. Je l'ai su, monsieur, par M. Dane.

— Par M. Dane ?...

— Oui, M. Geoffry Dane, monsieur. Voici comment la chose est arrivée : hier soir je le rencontrai près du château et il s'arrêta pour me parler ; — il est toujours si aimable et si bon enfant ! — à ce moment-là même, lady Adélaïde passa près de nous, revenant de l'église et suivie de sa femme de chambre et de Bruff. C'était sa première sortie, je crois, depuis tous ces événements. — « Quelle charmante demoiselle, monsieur! » dis-je à M. Dane, quand il remit son chapeau, qu'il avait ôté pour la saluer ; « on dirait un vrai rayon de soleil. — C'est un rayon de soleil qui luira bientôt sur vous, Jones, dit-il ; dans peu de temps elle quittera le château pour la maison de votre maître, et changera son nom contre celui de M. Lester. » — M. Dane avait un si drôle d'air, en disant ça.

— Un drôle d'air! Comment, un drôle d'air? qu'entendez-vous par là, Jones?

— Dame, monsieur, ça me serait assez difficile de vous l'expliquer. Il y avait comme une curieuse expression sur sa figure, et les coins de sa bouche faisaient une espèce de moue ; ça donnait un air de moquerie à ce qu'il disait. »

Jones s'arrêta ; mais M. Lester ne fit pas d'observation.

« J'ai, je l'avoue, parlé de la chose à Tiffle cette après-midi ; mais je lui avais recommandé de ne pas la répéter. Je reconnais avoir eu tort, monsieur, et je me repens de mon indiscrétion ; mais M. Dane avait parlé si clairement du prochain mariage... et comme d'une chose entendue et connue. Devrai-je le démentir, monsieur?

— Oh Dieu, non ! répondit négligemment Squire Lester ; laissez là le soda-water. Je le déboucherai moi-même.

— Quelle satanée pie-borgne ! se disait à lui-même M. Jones, comme il s'en allait, en donnant à tous les diables la misérable et bavarde Tiffle, plus d'un maître m'aurait flanqué à la porte pour ça ;... si elle reste ici, je donne mon compte ! »

Miss Bordillion avait réussi à reprendre son sang-froid pendant ce dialogue.

« C'est vrai, alors ?

— Oui, c'est vrai, Marguerite, dit M. Lester en devenant sérieux.

— Vous auriez pu m'en parler, je pense.

— Certainement, je l'aurais dû... J'avais l'intention de vous faire part de la nouvelle demain matin. Mes quelques mots de l'autre jour étaient comme une préparation. Il n'y a pas de temps perdu cependant, car les choses n'ont été définitivement arrangées que ce matin avec lord Dane... Comment Herbert — Geoffry, veux-je dire — en a-t-il été instruit sitôt ? Je n'y comprends rien. Enfin ! peu importe !

— Est-ce pour bientôt ? demanda-t-elle d'une voix très-basse.

— Je ne sais pas encore. Adélaïde m'a parlé d'attendre un an. Mais lord Dane, ce matin, m'a manifesté le désir de voir le mariage célébré le plustôt possible. Nous prendrons, je pense, un terme moyen entre les deux.

— En tous cas, vous m'avertirez de l'époque exacte aussitôt que vous serez fixé vous-même. Je puis toujours commencer mes préparatifs dès à présent.

— Quels préparatifs?

— Pour quitter le Hall ; et puis il me faut chercher une autre résidence. »

M. Lester la regarda, tout déconcerté.

« A quoi pensez-vous là, Marguerite? vous n'avez pas besoin de quitter le Hall.

— Ce serait plutôt à moi de vous demander à quoi vous pensez vous-même. Je laisserai certainement la place libre à lady Adélaïde.

— Le Hall est assez vaste pour elle et pour vous, et lady Adélaïde n'aura pas à y prendre votre place comme maîtresse de maison, puisque vous ne vous l'êtes jamais arrogée. Rien ne vous empêche de rester ici, dans la même situation que vous avez choisie comme vous convenant le mieux.

— Non, monsieur Lester, c'est impossible. Avant que vous ayez amené votre femme dans cette maison, je lui aurai fait place.

— Marguerite, dit-il d'une voix émue et pénétrante, je n'oublie pas votre promesse à votre cousine Catherine de la remplacer auprès de Maria ; d'être, en un mot, la seconde mère de cette enfant. Ne vous en souvenez-vous donc plus ? »

Une expression de tristesse se répandit sur le visage de Marguerite, au souvenir qu'évoquait M. Lester.

« Lady Adélaïde lui servira de mère.

— C'est absurde, Marguerite. Adélaïde est presque une enfant elle-même. Comment pourrait-elle remplir les devoirs d'une mère envers une fille de l'âge de Maria ? Je ne voudrais, pour rien au monde, lui imposer la tâche d'élever une enfant pour laquelle elle ne saurait encore avoir d'affection. Quand elle aura elle-même des enfants, l'expérience lui viendra avec eux. Marguerite, comment avez-vous le courage de penser à vous séparer de Maria, l'aimant autant que vous l'aimez ? »

Hélas ! Marguerite Bordillon n'ignorait pas quel sacrifice une telle séparation serait pour elle. M. Lester continua :

« C'est d'après votre désir exprès que vous vous êtes chargée de l'éducation de Maria ; et depuis deux ans, vous seule, avec l'aide de quelques maîtres, vous vous êtes occupée de son instruction. Vous avez voulu qu'il en fût ainsi. Vous devez vous rappeler, Marguerite, mes objections et mon opposition à votre plan. Je pensais que cette tâche ne devait pas vous être imposée. Vous avez répondu à mes observations par des arguments auxquels j'ai cédé. D'abord, m'avez-vous dit, vous étiez tout à fait capable de mener à bien l'éducation de Maria, ayant des dispositions innées et un véritable goût pour l'enseignement. Puis vous m'avez fait remarquer l'inconvénient de laisser une si jeune enfant aux mains d'une institutrice étrangère. Enfin, vous aviez promis à Catherine de vous occuper personnellement de Maria. Me suivez-vous?

— Parfaitement.

— Je vous rappellerai, en conséquence, que ces arguments ont autant de force aujourd'hui qu'autrefois. En quittant le Hall, vous abandonnerez forcément Maria à une institutrice étrangère, et vous manquerez à votre promesse envers Catherine. Marguerite, ma chère Marguerite, — et M. Lester lui prit les deux mains dans les siennes, — n'ayez plus de ces pensées-là, au moins quant à présent. Il sera bien assez temps de prendre un parti lorsque lady Adélaïde sera ici, si vous voyez qu'il vous est impossible de demeurer avec nous. Je vous le demande, pour l'amour de Maria, ne vous décidez pas ainsi à la hâte. Souvenez-vous que Catherine vous l'a confiée. »

Elle retira ses mains tranquillement, sans rien perdre de son calme, malgré les battements de sa poitrine et l'altération de ses traits. M. Lester vit son émotion; mais il se méprit sur le sentiment qui l'oppressait. Il la crut peinée et agitée à l'idée de voir la place de son ancienne amie occupée par une étrangère.

« Nous reprendrons ce sujet à un autre moment, dit-elle. Il se fait tard. » Et pliant précipitamment son ouvrage, comme si elle n'avait pas une minute à perdre, elle sortit du salon, en toute hâte.

« Ah !... nous avons tout le temps ! se répétait à lui-même M. Lester, en débouchant la bouteille de

soda-water. Au fond, je ne suis pas fâché que ces bavards m'aient pavé le chemin... Qui aurait jamais cru
que Marguerite prendrait la chose de cette façon tra-
gique? Je ne l'ai jamais vue si agitée... C'est bien là
les femmes, du reste, avec leurs idées sentimentales !
S'imaginer que parce qu'un homme est veuf, il doit
rester fidèle à un tombeau ! Elles n'ont pas le sens
commun. Dans mon cas particulier, surtout. — Marguerite sait bien que je n'ai jamais eu d'amour pour
Catherine... mais seulement de l'estime... Bah ! elle
redeviendra raisonnable ! — Il me semble qu'une
goutte d'eau-de-vie ne ferait pas mal dans ce soda-
water, » conclut-il en sonnant Jones.

Miss Bordillion, une fois seule dans sa chambre, se
mit à réfléchir. Que ferait-elle ? que devait-elle faire ?
C'était une femme esclave de sa conscience et sou-
cieuse, jusqu'à se sacrifier elle-même, de remplir les
devoirs qui lui incombaient, quels qu'ils fussent. L'appel de M. Lester, en ce qui concernait Maria, la troublait profondément.

« J'ai promis à Catherine de ne jamais mettre
cette enfant en pension, et même de ne la confier aux
soins d'une institutrice que sous ma surveilllance directe. Que sont mes souffrances personnelles et mes
sentiments froissés, en comparaison de cet engagement solennel ? Je mérite ce châtiment. De quel droit
me suis-je imaginé qu'il allait me demander d'être
sa femme ? Est-ce sa faute, à lui, si je me suis follement laissé entraîner à l'aimer ? Oui, je mérite ce
châtiment ! Eh bien, je l'accepte, et je le supporterai
en silence... du mieux que je pourrai ! »

Elle réfléchit ainsi toute la nuit, luttant contre sa
douleur, résistant à ses pensées. Elle s'arrêta enfin à
un compromis entre ses sentiments et sa conscience,
et résolut de ne pas quitter précipitamment le Hall,

comme elle en avait eu d'abord l'intention. Elle y res-
terait jusqu'au mariage; et alors, pendant le voyage
de noces de M. Lester et de sa jeune femme, elle par-
tirait pour toujours. Peut-être l'appréhension d'un
changement d'existence et la crainte de l'avenir
l'amenèrent-elles peu à peu à ce compromis et inspi-
rèrent-elles sa décision. Marguerite Bordillion était
très-pauvre et ne savait pas, en vérité, si elle aurait
de quoi vivre, réduite à ses propres ressources.

Cependant la santé de lord Dane se rétablissait, à
la secrète surprise de M. Wild. Ce gentleman ne faisait, malgré tout, aucun doute de sa mort prochaine.
Mais les médecins prétendent généralement qu'il
n'est pas de leur devoir de dire la vérité à leurs
clients, et celui de Danesheld ne faisait pas exception
à la règle.

Ce changement dans la santé de lord Dane était
vraiment extraordinaire. Levé dès l'aurore, comme
c'était son habitude avant tous les malheurs dont il
avait été frappé, le vieux lord sortait même, dans sa
petite voiture, pour jouir de la belle saison; Squire
Lester et Adélaïde l'accompagnaient presque toujours.
Quelquefois c'était Geoffry Dane; lady Adélaïde, alors,
s'abstenait de paraître. Mais, hélas! ce mieux ne dura
qu'une semaine ou deux (M. Wild aurait pu pré-
dire, s'il avait osé, dès le premier jour, que la rechute
était inévitable), et lord Dane reprit le lit. Il ne
devait plus le quitter.

Comme la plupart des malades affectés de maladies
chroniques, il ne semblait pas prévoir sa fin prochaine,
quoiqu'il sût certainement son mal sans remède.
Sa maladie pouvait aussi bien l'emporter à l'instant
que le laisser vivre six mois encore. Il insista cependant auprès d'Adélaïde pour qu'elle consentît à avancer l'époque de son mariage: « le château appartien-

drait à Geoffry Dane, lui dit-il, et deviendrait sa résidence, au moment même où il rendrait le dernier soupir. »

M. Lester, de son côté, n'épargna aucun effort pour la décider. Tout fut inutile. Adélaïde ne voulut rien écouter, objectant qu'elle était encore en grand deuil et qu'on venait à peine d'enterrer sa tante et Harry.

« Vous la conduirez à l'église, n'est-ce pas, Geoffry, et me remplacerez à la cérémonie? dit lord Dane à son neveu; elle fait la récalcitrante maintenant, mais cela ne peut durer longtemps. Ce n'est que de la modestie et de la pudeur mal placées. »

Geoffry Dane, se sentant rougir, passa négligemment la main sur son front, pour que son oncle ne vit rien de son émotion.

« Non, ne me demandez pas cela, mon oncle, répondit-il d'une voix basse, mais ferme. Si elle épouse Georges Lester, eh bien... qu'elle l'épouse. Mais je n'assisterai pas à ce mariage et ne m'en mêlerai d'aucune façon.

— Mais c'est de la niaiserie, Geoffry !

— Peut-être. — Qu'elle fasse venir lord Irkdale.

— C'est plus aisé à dire qu'à faire. Irkdale n'ose pas mettre le pied en Angleterre, à cause de ses dettes, vous le savez bien. Enfin, n'importe, nous trouverons quelqu'un d'autre. »

Un jour, lord Dane envoya chercher son homme de loi, Apperly. Son ministère lui était nécessaire pour certains règlements, car, ne se doutant pas de l'imminence de sa mort, il avait négligé de s'occuper d'affaires depuis quelque temps, remettant chaque jour au lendemain.

C'était d'abord son testament qu'il désirait modifier. La mort de ses deux fils lui permettait de tester

comme bon lui semblait, et il indiqua les legs qu'il
avait l'intention de faire à lady Adélaïde, à Cecilia
Dane, à ses domestiques et à quelques autres personnes : legs de peu d'importance, en réalité, car les
biens dont lord Dane avait le droit de disposer
n'étaient pas considérables, presque tous étant grevés
de substitution.

M. Apperly, après avoir écouté ses instructions en
silence, lui dit :

« Avez-vous oublié, mylord, que vous êtes héritier
de votre fils, le capitaine Dane? Il doit avoir laissé
une grande fortune.

— Personne de nous n'en profitera, Apperly, répondit lord Dane en secouant la tête, quelque considérable qu'elle puisse être. Un jour, nous causions
argent et fortune, — c'était le jour même où il
m'avoua son amour pour lady Adélaïde, le pauvre
garçon! et son désir de l'épouser; — je lui demandai
s'il avait jamais eu la pensée de faire un testament. —
Vous savez, n'est-ce pas, que tous ses fonds étaient
placés en valeurs américaines?

— Oui, je sais cela.

— Oui? Eh bien, il me répondit que son testament
était fait depuis longtemps, et déposé en Amérique.
Il laissait, me dit-il, toute sa fortune, à des amis... là-
bas. Je ne pus m'empêcher de lui faire observer qu'il
aurait pu agir plus fraternellement et ne pas oublier
Geoffry. Mais ils ne furent jamais en bons termes,
comme vous ne l'ignorez pas. Non, Apperly, quand
bien même je mourrais de faim, en quête d'une livre
sterling, je n'aurais pas à compter sur la fortune
d'Harry. Enfin! peu importe. Je n'en ai pas besoin,
et Geoffry est mort. Autrement, cela aurait été assez
pénible de voir tant d'argent sortir de la famille.

— Mais, s'il avait vécu et eût épousé lady Adélaïde,

il aurait évidemment annulé ce testament! s'écria
M. Apperly.

— Il n'y a pas l'ombre d'un doute; et telle était en
effet son intention. Mais la mort l'a surpris avant
qu'il ait pu mettre son projet à exécution. »

L'avocat emporta chez lui les instructions écrites.
A la grande surprise de lord Dane, le jour suivant, il
revint au château.

« Déjà fait, s'écria Sa Seigneurie en se réveillant;
— depuis le matin il était plongé dans une sorte d'as-
soupissement étrange. — Comment! c'est déjà prêt?
Pourquoi cette hâte? Je ne vais pas, j'imagine, m'é-
teindre comme une bougie qu'on souffle?

— Tout sera prêt cette après-midi, mylord, et vous
signerez quand il vous plaira; ce n'est pas le testament qui m'amène en ce moment. J'ai à vous entretenir d'une autre affaire. Hawthorne désire résilier
le bail du *Rendez-vous des Marins*.

— Pour quelle raison?

— Vous devez vous rappeler que ses deux frères
sont partis pour l'Australie, il y a trois ou quatre ans.
Ils paraissent y avoir fort bien réussi, et désirent
qu'Hawtorne et sa femme viennent les rejoindre.
Hawthorne, d'abord irrésolu, — voilà des semaines
qu'il passe son temps à dire : « J'irai, je n'irai pas »,
— s'est tout d'un coup décidé, et maintenant ne pense
plus, comme c'est généralement le cas dans ces sortes
d'affaires, à autre chose qu'à son départ. Il voudrait
partir tout de suite, la semaine prochaine, si c'est
possible, et...

— Un homme et une femme ne partent pas ainsi
pour un voyage de cinq mois, et ne vont pas s'établir
dans un nouveau pays sans avoir besoin de plus de
préparatifs que cela, interrompit lord Dane.

— Oh! ils ne doivent pas s'embarquer si vite,

expliqua M. Apperly. La sœur de Hawthorne,
Kesiah, l'ancienne femme de chambre de Mme Lester,
est mariée à un boutiquier de Londres, vous vous le
rappelez, mylord, un boulanger, je crois. Ils partent
aussi tous deux pour l'Australie, et désirent qu'Hawthorne et sa femme viennent à Londres le plus tôt
possible ; ils feraient leurs préparatifs ensemble. Hawthorne m'a raconté tout cela en me priant de demander
à Votre Seigneurie de vouloir bien rompre son bail.

— Je ne sais pas trop, dit lord Dane, qui n'avait
jamais été particulièrement doux avec ses tenanciers.

— Il ne fera rien de bon en restant ; la dernière
lettre reçue d'Australie est si pleine de détails allé-
chants sur la fortune de ses frères, qu'Hawthorne
en est devenu presque fou. Il a le cerveau tellement
rempli de visions dorées qu'il ne sait plus s'il marche
sur la tête ou sur les pieds. Il est venu me trouver ce
matin pour m'annoncer qu'il avait un locataire à
vous proposer à sa place.

— Ah ! fit lord Dane, le *Rendez-vous des Marins*
est une bonne maison, et je trouverai vingt locataires
pour un, quand on saura qu'il est à louer ; un homme
rangé et laborieux est sûr d'y gagner largement sa
vie. Hawthorne a tort de ne pas réfléchir à deux fois
avant de le quitter.

— C'est ce que je lui ai dit. Mais vous détourneriez
plus facilement la Tamise de son cours que Hawthorne de son idée. Sa femme est encore plus entêtée
que lui, si c'est possible. Elle a déjà fait ses malles,
afin de pouvoir partir pour Londres sans perdre un
instant, aussitôt votre consentement donné. Hawthorne restera pendant quelques jours, pour arranger
les affaires.

— Que feront-ils de leur matériel et de leurs meubles ?

— Quiconque prendra la maison sera bien forcé de les acheter. Hawthorne estime le tout six cents livres : meubles, matériel, bail et pot-de-vin, ce n'est pas exagéré. L'homme qu'il propose sera un bon locataire... Michel...

— Michel, interrompit lord Dane. Que diable ferait-il d'une auberge ? Et où est son argent ?

— Votre Seigneurie veut parler du douanier. C'est de son frère qu'il s'agit — John Michel.

— Ah ! oui, je l'oubliais. Oui, ce serait un bon locataire, et il a de quoi payer Hawthorne comptant. Eh bien, je m'en rapporte à vous, Apperly ! Ce que vous ferez sera bien fait. Si Hawthorne me présente un remplaçant convenable, je consens à rompre son bail.

— Très-bien, mylord.

— Avant de rien terminer, c'est-à-dire avant de signer, vous me soumettrez formellement le nom du nouveau locataire. Je veux voir s'il me convient.

— C'est entendu, mylord. Mais je puis, n'est-ce pas, permettre à Hawthorne de continuer ses négociations avec Michel ? Rien ne saurait se conclure entre eux tant qu'ils ignoreront si Michel est, oui ou non accepté par vous.

— Oui, oui, qu'ils terminent, je ne ferai aucune objection contre Michel. John Michel est un homme honorable, très-honorable.

— Alors, tout est bien. A quelle heure reviendrai-je pour le testament, mylord ? A trois heures ?... à quatre heures ?

— Quand vous voudrez. — Vous ne me trouverez pas sorti, ajouta lord Dane en souriant doucement.

— Eh bien, à trois heures. Je souhaite le bonjour à Votre Seigneurie. J'espère que ma visite ne l'a pas trop fatiguée. »

Il avait à peine quitté la chambre, qu'un grand coup de sonnette le rappela.

« Apperly, dit lord Dane, je me sens un peu las; je suis moins à mon aise que ce matin. Ne revenez pas aujourd'hui. »

Une espèce de pressentiment traversa l'esprit de l'avocat.

« Est-ce bien nécessaire de remettre à demain, mylord? demanda-t-il; ne serait-il pas préférable de terminer de suite. Ce serait une préoccupation de moins pour vous.

— Je ne veux pas me fatiguer davantage aujourd'hui. Venez demain matin, à onze heures, et dites à Hawthorne que je serais heureux de le voir avant son départ, car nous ne nous rencontrerons plus en ce monde. »

L'avocat salua et rentra chez lui de toute la vitesse de ses jambes, sachant que plusieurs clients l'y attendaient. Parmi eux se trouvait Michel.

« Hawthorne et moi, nous sommes d'accord, monsieur, dit-il à M. Apperly. Nous aurons besoin de vous pour rédiger le contrat de vente et le transfert.

— C'est parfait, mon brave homme, répliqua l'homme de loi, qui, naturellement, étant avocat, encombrait toujours le chemin de toutes sortes de difficultés, alors même qu'il n'en existait aucune; mais il y a une troisième personne à consulter en cette affaire, en dehors de vous et d'Hawthorne : c'est lord Dane.

— Je suis certain que Sa Seigneurie m'acceptera des deux mains. Il ne trouvera jamais un locataire lui présentant autant de garanties que moi. Vous me l'avez vous même donné à entendre, hier, monsieur Apperly.

— Je n'ai rien à dire contre vous, Michel. Il n'y a pas de doute que Sa Seigneurie pourrait rencontrer plus mal. Eh bien, je m'occuperai de votre affaire d'ici à quelques jours.

— Si c'était un effet de votre bonté, monsieur, de vous en occuper de suite. Nous voudrions que le contrat fût rédigé sans retard. Je désirerais prendre possession la semaine prochaine, et Hawthorne a besoin, lui aussi, de partir au plus vite.

— Ta, ta, ta! s'écria M. Apperly. Vous ne pouvez pas prendre ainsi le taureau par les cornes. Il y a des gens qui attendent six mois avant de prendre possession d'une maison. Je suis trop occupé aujourd'hui, et je le serai encore demain. Revenez après-demain matin. Pendant ce temps-là, je tâcherai de voir lord Dane.

— J'ose dire, monsieur, répliqua John Michel, en regardant l'avocat dans le blanc des yeux, que vous pourriez terminer l'affaire immédiatement, si vous le vouliez. Ce n'est pas tant que j'aie hâte de prendre possession de l'auberge; mais Hawthorne est pressé de la quitter, comme vous savez. Ce que je désire, c'est d'être sûr de l'avoir... d'être sûr de ne pas être supplanté par un autre. Je payerais volontiers cette somme pour être fixé dès à présent. »

Il posa sur la table un billet de 250 francs. 250 francs offraient quelque attrait à M. Apperly... comme à la plupart des hommes, et aux avocats en particulier, si l'on en croit l'opinion publique. Il regarda le billet d'un air satisfait; mais, fidèle aux habitudes de sa profession, — et espérant probablement obtenir davantage, — il ne laissa pas échapper le mot décisif.

« J'ai en effet une certaine liberté pour terminer l'affaire, Michel, et je crois pouvoir vous faire une promesse presque formelle... en admettant, bien entendu, le consentement de lord Dane.

— Cela va sans dire, monsieur Apperly. Alors c'est une chose faite, car, je le sais, Sa Seigneurie ne fera pas d'objection contre moi... Bonjour, monsieur Apperly, en vous remerciant. ·

— Et n'oubliez pas de venir après-demain, dans la matinée. Les actes seront prêts. — Quant à cela, ajouta l'homme de loi en mettant négligemment le billet de banque dans son bureau, ce sera un à-compte sur les frais. »

CHAPITRE XI

INATTENDU

Les choses, cependant, ne devaient pas se passer aussi facilement que le pensait l'avocat. Promettre et tenir font deux. A peu près à la même heure où John Michel faisait sa visite à M. Apperly, Ravensbird en faisait une, de son côté, à M. Geoffry Dane.

Le domestique de M. Dane parut excessivement surpris de la présomption de Ravensbird, qui insistait pour être admis auprès de son maître.

« Je ne le nie pas, il est à la maison, dit-il; mais je ne pense pas qu'il veuille vous recevoir.

— Supposons que vous le lui demandiez? répliqua Ravensbird en entrant sans façons : dites-lui que c'est pour affaires. »

Le domestique aurait peut-être naguère positivement refusé; mais son maître était un homme important maintenant, — bientôt le seigneur de Danesheld, — et il n'osa pas.

« Je vais répéter vos propres paroles à M. Dane, » dit-il, de mauvaise grâce.

Geoffry Dane était dans le petit salon où nous l'avons déjà vu une fois, non pas, comme ce soir-là, fumant un cigare et buvant, mais assis dans un grand fauteuil, son coude sur la table, la tête appuyée sur sa main, — c'était son attitude habituelle maintenant, — les traits empreints d'une expression de tristesse indicible.

« C'est ce Ravensbird, monsieur. Il est entré dans l'antichambre comme un effronté, et demande à vous voir. Il dit que c'est pour affaires.

— Du diable si je me doute de ce que peut me vouloir Ravensbird !... pour affaires ? ajouta M. Dane d'un ton d'ennui; faites-le entrer cependant.

— Monsieur, commença Ravensbird sans circonlocutions, on dit que lord Dane se repose sur vous pour bien des choses, relativement à la gestion de ses propriétés, depuis que vous êtes devenu son héritier.

— Eh bien? fit M. Dane.

— Je suis donc venu vous prier de vous intéresser à moi, et de me prêter votre appui auprès de Sa Seigneurie, pour qu'elle m'accepte comme locataire du *Rendez-vous des Marins*, ou de traiter vous-même avec moi, si vous en avez le pouvoir. »

Il parlait hardiment, non comme un suppliant, mais plutôt en homme qui adresse une demande toute naturelle. Ravensbird avait toujours été réputé, à Danesheld, pour son indépendance de manières et de langage. Depuis l'accusation portée contre lui, surtout, sa hardiesse et son assurance avaient quadruplé; et il est probable que cette manière d'être n'avait pas peu contribué au revirement de Danesheld en sa faveur. Comment, en effet, un homme coupable aurait-il pu conserver une telle fierté d'allures ?

« Comment! vous êtes, vous aussi, un des compétiteurs du *Rendez-vous des Marins?* s'écria M. Dane.

J'ai entendu nommer une douzaine de personnes, au moins, mais pas vous.

— Oh! je n'ai pas fait d'embarras comme les autres, monsieur. Mais aussitôt que j'ai su Hawthorne décidé à céder son bail, je lui ai parlé confidentiellement. Il me faut bien faire quelque chose pour gagner ma vie. J'ai cherché de tous côtés depuis mon départ du château.

— Alors vous n'avez pas l'intention de rentrer en service.

— En service! qui voudrait m'accepter? N'ai-je pas été accusé d'avoir assassiné mon dernier maître? Il y en a encore, monsieur Herbert, — je vous demande pardon, j'aurais dû dire : monsieur Dane, — qui ne croient pas à mon innocence. Je n'avais pas, du reste, l'intention de rentrer en service si je quittais celui du capitaine Dane. Le *Rendez-vous des Marins* est juste la chose qu'il me faut. Voulez-vous m'aider à l'obtenir, monsieur?

— Ravensbird, dit M. Dane, sans répondre à la question, il me paraît étrange que vous demeuriez à Danesheld. Aucun lien ne vous y attache, et jusqu'à votre arrivée ici avec votre maître, vous étiez étranger au pays. Si une mésaventure comme celle dont vous vous plaignez m'était arrivée, il me semble que, quelle que fût l'injustice de l'accusation, mon plus grand désir serait de quitter la place.

— Non, monsieur, répondit Ravensbird, d'un ton tranquille et concentré, je préfère rester.

— Pour prendre possession du *Rendez-vous des Marins*, il faut de l'argent.

— L'argent ne m'inquiète pas. Vous pensez bien que je n'ai pas vécu toutes ces dernières années sans en mettre de côté. La difficulté n'est pas là... Hawthorne s'est joué de moi, continua Ravensbird; j'ai su

avant tout le monde son intention de céder son auberge, et je lui ai demandé immédiatement de traiter
avec lui. Il m'avait presque pris au mot et était d'a-
bord tout feu et flamme pour terminer l'affaire. Mais
un ou deux jours après il changea de ton, et depuis
il n'a cessé d'hésiter entre John Michel et moi.

— John Michel serait un excellent tenancier.

— Pas meilleur que moi, Hawthorne le sait bien ;
mais on lui a mis dans la tête que mylord ne m'accep-
terait pas à sa place, s'il a encore des doutes sur mon
innocence, et Hawthorne, craignant des hésitations
et des délais, a passé à l'ennemi, Michel.

— Mylord n'a pas de doutes. Il vous croit coupable, »
fut sur le point de dire Geoffry Dane ; mais il retint
la phrase sur ses lèvres, et laissa Ravensbird continuer.

« Il n'est pas vraisemblable que lord Dane per-
siste à me croire l'agresseur de son fils, après la
preuve éclatante de mon alibi, quoiqu'il ait été
d'abord prévenu contre moi, ce que je trouve tout
naturel. Voulez-vous m'accepter comme tenancier,
monsieur Dane?

— Je n'ai le pouvoir ni de vous accepter ni de vous
refuser. Vous vous êtes mépris tout à fait sur mon
influence auprès de mylord. J'ai certainement traité
quelques affaires au nom de mon oncle, depuis que je
suis son héritier présomptif ; mais je n'ai aucune autorité pour louer ses maisons.

— Voulez-vous lui parler en ma faveur, monsieur? »

M. Dane hésitait.

« Je lui parlerais à la minute, Ravensbird, si je
n'étais pas certain qu'aucun bien ne pourra en ré-
sulter pour vous. A part toute prévention contre vous,
— qu'il en ait ou n'en ait pas, je ne saurais vous le

dire — lord Dane est un homme qui ne souffre pas
d'ingérence dans ses affaires, même de ma part.

— Vous pourriez essayer, persista Ravensbird, quel
que doive être le résultat.

— Voulez-vous me promettre de ne pas avoir un
trop grand désappointement ? Si la chose dépendait de
moi, ce serait une autre affaire ; mais elle dépend entièrement de lord Dane. »

Il y eut une pause. Ravensbird gardait le silence,
comme s'il eût encore attendu une réponse. Ses yeux
perçants ne quittaient pas ceux de M. Dane.

« Cependant, puisque vous paraissez y attacher une
si grande importance, je parlerai à Sa Seigneurie, reprit Geoffry, mais il me faut attendre le moment favorable. Il n'est pas disposé tous les jours à parler
d'affaires, et surtout à les décider au pied levé.

— Si celle-ci n'est pas décidée d'ici à demain soir,
John-Michel aura la place.

— Eh bien, je parlerai à Sa Seigneurie d'ici-là. »

Quelques heures après cette conversation, une petite
fête intime était donnée au château de Dane, par les
domestiques. Les tristes événements de ces derniers
temps s'étaient succédé si rapidement que les domestiques, par sentiment des convenances, avaient renoncé, momentanément, à réunir le soir, comme
d'habitude, leurs amis et connaissances. Mais cette privation de plaisirs leur avait bientôt paru insupportable, et en conséquence, ils donnaient aujourd'hui
une soirée dans leurs appartements, ayant préalable-
ment envoyé des invitations, selon la coutume des
amis de M. Weller, les valets de pied de Bath : modeste soirée réunissant au plus une demi-douzaine
d'invités. La chambre de la femme de charge avait
été décorée pour les recevoir, et la table pliait sous
le poids des gâteaux, des friandises et des théières.

Au premier rang parmi les convives brillait Ravensbird, qui s'était introduit au château furtivement, pour ne pas avoir l'air de braver les préventions de lord Dane. Les domestiques ne partageaient pas ces préventions de leur maître. Ils considéraient Ravensbird comme absolument innocent, comme une victime qu'il leur appartenait de réhabiliter, et qu'il était de leur devoir d'entourer de leur respect. Peut-être la parole éloquente de Mlle Sophie Collot avait-elle contribué à donner plus de force encore à cette opinion. Une dame que nous avons déjà eu l'honneur de vous présenter, ami lecteur, avait été également invitée ce soir-là : Mlle Élisa Tiffle, en personne. Le point de mire de Tiffle, dans la vie, était *l'élégance*. Elle portait en conséquence une robe de mousseline claire, garnie de bas-volants et de nœuds roses, et un bonnet à rubans de même couleur. Le valet de chambre de lord Dane, un ancien *beau*, à la recherche depuis vingt ans, disait-il, d'une femme digne de fixer son cœur, murmurait à l'oreille de Mlle Tiffle de douces paroles, tout en la comblant de pâtisseries, de vins et autres bonnes choses.

On venait de prendre le thé, mais une splendide collection de ce que la femme de charge appelait « les friandises » l'avait remplacé, et M. Bruff avait été libéral et consciencieux dans le choix des vins.

Ils parlaient tous à la fois — une véritable tour de Babel de langues — de leurs affaires particulières, mais surtout de celles de leurs maîtres et de leurs maîtresses. Le prochain mariage de lady Adélaïde avec Squire Lester servait de texte à une discussion des plus vives entre Tiffle et Sophie, — ni l'une ni l'autre ne paraissant le tenir en grande odeur de sainteté, — et M. Bruff exerçait son éloquence sur le départ de Hawthorne de Danesheld, et sur le nouveau locataire du *Rendez-vous des Marins*.

« On dit que ce sera John Michel, observa-t-il à Ravensbird.

— Vraiment? se contenta de répondre Ravensbird, par politesse, et sans dire un mot de ses prétentions personnelles.

— Voudriez-vous aller, par le passage de pierre jusqu'à la chambre de mylord, et voir s'il dort encore? » cria Bruff au valet de chambre, en interrompant lâchement la flirtation de ce gentleman et de Tiffle.

« Mylord est certainement endormi ; autrement, il aurait sonné. Il a été plus assoupi aujourd'hui que d'habitude. Lady Adélaïde est avec lui dans sa chambre. Je connais mon devoir, je vous prie de le croire, monsieur Bruff.

— Dieu me pardonne! s'écria Sophie en se levant en sursaut, mylady ne m'avait-elle pas demandé de lui apporter son châle, parce qu'elle sentait le froid la gagner? et il y a de cela une heure! Qu'est-ce que j'ai dans la tête?

— Je m'étonne que la jeune lady consente à passer ses soirées dans la chambre d'un malade! Je croyais avoir entendu dire qu'elle n'était pas trop portée aux soins domestiques. »

La remarque venait de Tiffle. Sophie s'était précipitée hors de la chambre afin de réparer son oubli, et la femme de charge, mistress Corbet, une forte femme en robe noire garnie de flots de crêpe, prit la parole à sa place :

« Elle se trouve bien seule dans ce grand château, la pauvre lady, et la société d'un malade vaut encore mieux que pas de société du tout. Vous n'avez jamais vu de personne aussi changée qu'elle.

— Elle s'ennuie à mourir; ce n'est pas autre chose,

dit le valet de chambre. La moitié du temps, elle n'a pas une âme à qui parler. Il faut espérer que votre maître l'emmènera bientôt d'ici, miss Tiffle; ce serait un crime d'attendre plus longtemps.

— Et puis elle n'est pas bien portante, j'en suis certaine, continua la femme de charge. Il faut être véritablement malade pour avoir le frisson par ces chaudes soirées, et elle se plaint toujours de grelotter. Toutes ces morts successives ont dû lui porter un grand coup; d'abord le capitaine, puis M. Dane, puis... »

L'énumération de la femme de charge fut subitement interrompue. Sophie venait de se précipiter dans la chambre, affolée de terreur, haletante, affreusement pâle.

« Qui est dans la chambre de la mort? s'écria-t-elle.

— Personne, dit M. Bruff. La chambre de la mort est fermée à clef. Ah ça, mam'zelle Sophie, est-ce que vous allez nous donner une seconde édition de vos idées superstitieuses?

— Elle n'est pas fermée. La porte est ouverte, et la clef est dans la serrure.

— Et je vous dis, moi, qu'elle est fermée, et que la clef est dans le garde-manger.

— Mais puisque je vous répète qu'elle est ouverte — va! répondit Sophie en frappant du pied. Est-ce que je n'ai pas des yeux, monsieur Bruff? Quand j'ai traversé le corridor en allant porter le châle, je crois qu'elle était fermée. Je n'avais rien remarqué; sans cela je n'aurais jamais eu le courage de passer devant; mais en revenant, je la trouvai entr'ouverte. J'ai parfaitement vu la clef dans la serrure, et les drapeaux dans l'intérieur de la chambre; j'ai cru que j'allais tomber à la renverse. »

M. Bruff, tout en marmottant entre ses dents que Sophie voyait des fantômes partout, mais désireux de confondre, une fois pour toutes, cette insupportable camériste, se dirigea vers le garde-manger, dans l'intention d'y chercher la clef.

Le vieux valet de chambre prit la parole :

« Avez-vous porté le châle dans la chambre de mylord, mam'zelle Sophie ?

— Belle question ! puisque j'étais sortie pour ça, » répondit l'impertinente Sophie.

Tiffle la regarda de travers avec ses petits yeux gris, en se demandant tout bas jusqu'à quel point elle pourrait s'accommoder de son ton de commandement et de son impertinence, quand elle aurait transporté ses pénates au Hall.

« Mylord dormait ?

— Probablement. Je n'ai pas regardé du côté de son lit. Mylady dormait. Elle s'était assoupie, la tête renversée sur le dossier du grand fauteuil ; de sorte que je posai doucement le châle sur ses genoux et sortis sans bruit.

— C'est très-drôle ! s'écria Bruff en rentrant, la clef n'est pas dans le garde-manger.

— Quand je vous le disais !... « Cette Sophie qui voit des fantômes là où il n'y en a pas, et s'imagine que les portes fermées sont ouvertes, et découvre dans les serrures les clefs qui sont dans les garde-manger ! » répliqua Sophie, sans pitié pour la confusion de Bruff. Peut-être, si vous vous donniez la peine de monter jusqu'à la chambre de la mort, la trouveriez-vous ouverte, monsieur Bruff ?

— J'y vais à l'instant. »

Tiffle se leva en sursaut.

« Oh ! monsieur Bruff, si vous vouliez me permettre de vous accompagner ! Il y a si longtemps que je désire jeter un coup d'œil dans la chambre de la mort du château de Dane.

— Vous serez la bien venue, s'il vous plaît de venir... et vous tous aussi, dit Bruff en s'adressant à la société en général. C'est une chambre absolument vide, et où il n'y a rien à voir. »

Tous le suivirent en corps : tous les invités, étrangers au château. L'exemple est contagieux. La craintive Sophie, elle-même, se trouvant sans doute suffisamment protégée au bras de Ravensbird, avait consenti à les accompagner.

Son assertion se trouva exacte — la porte était entr'ouverte, et la clef dans la serrure. Bruff jurait intérieurement de tirer vengeance du coupable, s'il parvenait à le découvrir. Ce devait être, il n'en faisait aucun doute, quelque serviteur subalterne désireux de satisfaire sa curiosité, ou peut-être de jouer un mauvais tour à son supérieur.

Retirant la clef de la serrure et la mettant en sûreté dans sa poche, il introduisit la société.

« Ah ! ce n'est que ça ? s'écria Tiffle à qui le désappointement faisait oublier ses prétentions au *comme il faut*, un grand grenier carré et sombre, avec rien dedans !

— Je vous avais avertie, répondit le sommelier. Que vous attendiez-vous donc à voir ?

— Ce me serait, quant à moi, parfaitement indifférent de passer devant cette chambre. Je l'oserais bien cinquante fois pour une, même à minuit ! s'écria-t-elle en lançant un regard méprisant à Sophie Collot. Il n'y a rien là à vous faire pousser de tels cris. — Où conduit cette porte ?

— A un petit cabinet.

— Qu'est-ce qu'il y a dedans ?

— Une paire de chevalets.

— Oh ! ne pouvons-nous les voir ?

— Non, madame Tiffle, répondit Bruff d'un air

grave. On n'ouvre jamais ce cabinet que lorsque...
lorsqu'il est indispensable de l'ouvrir.

— Eh bien, cette chambre est froide, malpropre et
triste. Elle ne vaut certes pas la peine de se déranger;
quelle utilité de construire des fenêtres par où l'on
ne peut pas regarder? et comme le parquet est humide! »

A cette dernière remarque, tous jetèrent les yeux
sur les dalles de pierre. Elles étaient humides par
places, capricieusement humides, pour ainsi dire,
tout à fait mouillées en certains endroits, tout à fait
sèches en d'autres.

« Comment appelez-vous donc ce genre de pavage ?
demanda Tiffle. Il y a des pierres spongieuses, et d'autres qui ne prennent pas l'humidité, tout le monde
sait ça, mais ici, tenez, voici une pierre — et elle
n'est pas la seule — dont une moitié est humide et
l'autre moitié absolument sèche. Et puis, qui a jamais vu des pierres être humides, par une nuit d'été
aussi chaude, et surtout par la sécheresse de ces derniers temps? »

Personne ne répondit à Tiffle. Chacun regardait les
dalles avec une sinistre épouvante, car chacun croyait
à la légende de la chambre de la mort comme à sa Bible.

Le sommelier sourit.

« Il n'y a rien là d'extraordinaire, dit-il : la chose
arrive fréquemment à cette espèce de pierres. Que regardez-vous donc, monsieur Ravensbird ?

— C'est bien étrange ! s'écria Ravensbird, qui, depuis son entrée, avait tout examiné en silence. L'endroit m'est tout à fait familier, et cependant je n'y
suis jamais entré. Où, comment et quand l'ai-je donc
vu déjà?

— En rêve, probablement, insinua Tiffle. On voit
de si drôles de choses dans les rêves !

— Probablement, répondit Ravensbird, à la grande surprise du sommelier, qui le croyait un homme sérieux et positif.

— Allons ! nous n'avons plus rien à faire ici, et les dalles sont peut-être bien humides pour les pieds des dames ; partons. »

Ils défilèrent tous, les uns après les autres, et d'un pas rapide traversèrent le corridor, laissant Bruff derrière eux, occupé à fermer la porte.

Il venait à peine de remettre la clef dans sa poche, quand il vit lady Adélaïde venir précipitamment au-devant de lui. Le vieux serviteur ne put se défendre d'un mouvement de terreur. C'était si rare qu'Adélaïde vînt dans cette partie du château, et son visage était si pâle et si épouvanté !

« Bruff ! Bruff ! lui dit-elle d'une voix haletante en lui saisissant le bras, quelque chose a dû arriver à lord Dane. Il a l'air... il a l'air... Ah ! je ne sais pas, moi !

— Oh ! milady ! vous n'auriez pas dû prendre la peine de vous déranger. Pourquoi n'avoir pas sonné ?

— J'avais peur de rester seule. Je m'étais endormie, et quand je me réveillai, je me levai pour regarder lord Dane, étonnée qu'il ne m'eût pas appelée et qu'il ne me parlât pas. Il était la tête renversée, la bouche toute grande ouverte, blanc comme un linge et glacé. J'ai été terrifiée.

— Peut-être s'est-il évanoui, milady ; il a été sujet aux évanouissements au commencement de sa maladie.

— Bruff, bégaya-t-elle, en éclatant en sanglots nerveux, il... il a l'air... d'un... mort. Le visage tout à fait comme celui de ma tante, quand elle était morte. »

Sans dire un mot qui pût appeler l'attention de ses

camarades ou alarmer davantage lady Adélaïde, Bruff se rendit de suite à la chambre de lord Dane, suivi de la pauvre jeune fille, qui, dans sa terreur, se pendait pour ainsi dire à son habit.

Hélas! Bruff apprit bientôt la triste vérité : lord Dane était mort pendant son sommeil.

Même en ce moment, Bruff — la véritable quintessence du sang-froid, du méthodisme et du décorum — fut assez maître de lui pour ne pas ébruiter immédiatement la nouvelle. Il fit venir quelques-uns des domestiques, leur disant que lord Dane se trouvait plus mal, et les envoya avertir les personnes que l'événement pouvait concerner. Il ne fit pas prévenir M. Lester, le sachant absent de Danesheld pour toute la soirée.

M. Wild, Geoffry Dane et M. Apperly arrivèrent sans retard. Le médecin affirma que la mort remontait à beaucoup plus d'une heure.

Les domestiques étaient pétrifiés. Le pauvre vieux valet de chambre, presque du même âge que son maître, ne pouvait retenir ses larmes.

« N'y a-t-il rien à faire pour le rappeler à la vie, demanda-t-il en sanglotant à M. Wild. Quand je pense que je ne restais jamais dix minutes sans entrer dans sa chambre, pour voir s'il n'avait besoin de rien, et que ce soir, justement !...

— Il n'y a rien à faire, je vous le répète, dit le médecin, et vous n'avez pas besoin de moi pour vous en assurer. — Nous avons au moins une consolation, c'est de penser qu'il est mort tranquillement et sans aucune souffrance. — Je pensais bien qu'il s'éteindrait ainsi.

— Alors, pourquoi ne l'en avoir pas averti, Wild? s'écria M. Apperly d'un ton de violent reproche. Ce matin encore, Sa Seigneurie me disait qu'il n'était pas exposé à s'en aller comme une bougie qu'on souffle.

— Et pourquoi l'aurais-je averti? Il était préparé à la mort. Il la savait prochaine... très-prochaine, même.

— Non, il n'était pas préparé à la mort, répondit vivement l'avocat; dans un sens, du moins. Il n'avait pas mis ordre à ses affaires. »

Ils se regardèrent tous, profondément surpris. *Lui!* lord Dane, malade [depuis si longtemps, n'avoir pas mis ordre à ses affaires! Geoffry Dane sourit d'un air incrédule.

« C'est la vérité, cependant, continua l'avocat. Après la mort de sa femme et de ses deux fils, son dernier testament fut détruit, et j'en avais rédigé un nouveau. — Ah! à quoi tiennent les choses, en ce bas monde! — Quand je me trouvai avec lord Dane, ce matin, il me donna rendez-vous pour trois heures dans l'après-midi, et je devais lui apporter alors son testament à signer; mais, se sentant fatigué, il changea d'avis et remit le rendez-vous à demain matin, onze heures... Et maintenant le voilà parti! et le testament ne vaut pas plus que des vieux papiers.

— Attendant la signature.

— Attendant la signature, oui. — C'est vous qui en profiterez, ajouta l'avocat en regardant Geoffry Dane.

— Non, répondit tranquillement Geoffry. »

Ils passèrent dans la salle à manger, contiguë à la chambre où lord Dane était mort. — Il avait toujours habité le rez-de-chaussée depuis son accident. — Les étrangers partirent les uns après les autres, presque furtivement et comme s'ils eussent été embarrassés de leur présence.

« Mylord, restez-vous au château dès à présent? »

C'était la femme de charge qui adressait cette question. Tous se retournèrent et la regardèrent. Au premier moment, ils crurent qu'elle parlait à celui qui était étendu là, à son maître mort. Mais non, c'était bien à Geoffry, lord Dane maintenant, au nouveau pair d'Angleterre, le très-honorable Geoffry, dix-septième baron Dane.

« Oui, je présume, répondit-il. Cela vaudra mieux peut-être. »

Mais comme il parlait, lord Dane — il faut lui donner ce nom désormais — jeta les yeux sur Adélaïde, et se reprenant :

« Non pas cette nuit, madame Corbet. Il n'est pas besoin de tant se presser. Je m'occuperai demain des dispositions à prendre pour l'avenir.

— Comme il vous plaira, mylord.

— A moins que vous ne craigniez de passer seule la nuit au château, ajouta-t-il à voix basse, en s'approchant d'Adélaïde. Dans ce cas-là je resterais.

— Je vous remercie. Oh non ! je n'ai pas peur, dit-elle, — et une vive rougeur couvrit tout à coup ses joues pâles ; — les domestiques ne sont-ils pas là ?

— Ce sera comme vous voudrez. Je télégraphierai à Cecilia demain matin. Vous serez aise, sans doute, de l'avoir auprès de vous.

— Je vous remercie, » fit-elle de nouveau.

Elle lui avait adressé ces deux remercîments d'un air égaré, machinalement, pour ainsi dire, comme si elle ne savait pas ce qu'elle disait et ce dont il s'agissait.

« Je vous souhaiterai une bonne nuit, alors, lady Adélaïde.

— Bonne nuit, reprit-elle, en lui tendant la main. Vous... cela va sans dire... s'il vous plaît... vous donnerez les ordres maintenant.

— Oui, oui, dit-il en retenant sa main dans la sienne.
Je m'occuperai de toutes choses. Je ferai en sorte que
vous ne soyez troublée en rien. »

Elle s'assit dans un coin, derrière le paravent, après
son départ, et éclata en sanglots nerveux. Sophie Collot
ne la quittait pas des yeux.

« Je ne resterai pas un seul jour au château, maintenant qu'il en est le maître, murmurait-elle ; si je me
retrouvais avec lui, j'oublierais peut-être ma résolution et je romprais avec Georges Lester. Je pourrais
me laissser entraîner à l'épouser, après tout, et alors...
Dieu me punirait de mon parjure !... Ah ! pourquoi
l'ai-je jamais aimé ? pourquoi ne pouvons-nous nous
oublier l'un et l'autre ? Où irai-je ?... oh ! où irai-je ? »

Comme lord Dane sortait du château, Richard Ravensbird l'accosta brusquement. Il semblait l'avoir
guetté sur la pelouse.

« Milord, je dois d'abord m'excuser de vous déranger à une pareille heure ; mais je voudrais vous dire
un seul mot, pour affaires, et...

— Ce n'est ni le lieu ni le moment, Ravensbird, fit
lord Dane d'un ton décisif. Vous savez, je le vois, ce
qui est arrivé.

— Je le sais, mylord ; j'étais, à ce moment-là, au
château où je passais une heure ou deux avec les domestiques, et je suis vraiment peiné que cette mort ait
été si soudaine. J'ai toujours eu une grande vénéra-
tion pour lord Dane.

— Les domestiques ont été plus généreux que leur
maître, alors ; ils vous ont pardonné.

— Je vous ferai observer respectueusement, mylord,
que « pardonné » n'est pas le mot propre, riposta vivement Ravensbird. Le pardon suppose une faute, et
je n'en ai commis aucune.

— Eh bien, que désirez-vous de moi ?

— C'est pour le bail du *Rendez-vous des Marins*. Je n'ai pas une heure à perdre, je le sais, si je veux l'avoir; pas une heure, autrement je ne me serais pas permis de parler à Votre Seigneurie dans un pareil moment. M. Apperly a déjà commencé à rédiger le contrat en faveur de John Michel, sous la condition de l'approbation de lord Dane, bien entendu. Mylord, vous êtes lord Dane, à présent. »

Il prononça ces derniers mots avec une sorte d'énergie mordante. Son ton était dégagé, indépendant, presque impérieux. Et lord Dane ne pouvait manquer d'en être frappé. Il ne parut pas cependant y prêter attention.

« Et vous croyez que je puis vous accorder ce bail?

— J'en suis sûr, mylord; et j'espère que vous le ferez. Votre Seigneurie aura en moi un bon tenancier.

— Assez sur ce sujet, pour ce soir, Ravensbird, répondit sèchement lord Dane. Je vous l'ai déjà dit, le moment n'est pas convenable. »

Ravensbird porta respectueusement la main à son chapeau et se dirigea à grands pas vers Danesheld. Lord Dane suivit la même direction, mais plus lentement. Il était sur le point d'entrer dans son cottage, quand, entendant un bruit de pas derrière lui, il se retourna et aperçut M. Apperly, revenant probablement du château.

« Un triste et terrible événement... et si brusque! s'écria l'avocat, en l'abordant. Votre Seigneurie l'a vivement ressenti, j'en suis sûr.

— Très-vivement, en vérité, Apperly. Je m'y attendais si peu! répondit lord Dane, dont le pâle visage paraissait livide par le clair de lune. Nous ne pouvions espérer qu'il restât bien longtemps encore au milieu

de nous, mais jamais je n'avais pensé à une fin aussi
soudaine.

— Et dire qu'il n'a pas même eu le temps de signer
son testament ! Comme je l'ai fait observer à Votre
Seigneurie, c'est elle qui en profitera ; mais les autres ?...

— Ne parlons pas de cela ce soir, Apperly. De telles
pensées sont loin de mon cœur. — J'aimais mon pauvre
oncle, plus peut-être que ses fils eux-mêmes ne
l'ont jamais aimé, ajouta lord Dane d'un ton de profonde douleur.

— Oh! j'en suis certain. — Quand rencontrerai-je
Votre Seigneurie pour lui parler d'affaires. Il y a plusieurs choses à régler de suite.

— Vous me trouverez au château demain. J'y serai
vers dix heures. — Et jusque-là, Apperly, jusqu'à ce
que j'aie examiné les affaires, laissez en suspens
toutes celles, quelque peu importantes qu'elles soient,
que vous pouvez avoir en mains : baux, locations et
autres.

— Très-bien, mylord. Mais je n'ai rien en mains
pour le moment, excepté le transfert du bail d'Hawthorne à Michel. Ils désireraient, tous deux, le voir
signer en moins de temps qu'il n'en faut pour le rédiger. L'un voudrait quitter le pays tout de suite,
l'autre ne se croit sûr de rien tant que le bail n'est pas
signé. Je puis terminer cette affaire, je présume ?

— Non, pas plus celle-là que les autres.

— Mais, dit l'avocat, surpris, lord Dane ne faisait
aucune objection contre Michel, comme locataire. Il
me l'avait répété ce matin encore. Il en sera de même
de Votre Seigneurie, je suppose.

— La mort de lord Dane doit arrêter, quant à présent, toutes les négociations de ce genre. Laissez tout
en suspens, vous m'entendez. »

La réponse était faite d'un ton décidè et quelque peu brusque, qui n'admettait pas de réplique.

M. Apperly se contenta d'incliner la tête, en signe d'acquiescement, et dit adieu au nouveau pair.

« Peste! il ne manque pas d'une certaine volonté, celui-là! On ne le mènera pas aisément, s'écria l'avocat quand il se trouva seul sur la route; c'est souvent le cas avec ces hommes qu'un événement inattendu élève subitement et sans transition. Il aurait presque mieux valu pour nous d'avoir comme maître l'autre héritier, l'honorable Geoffry. »

Le nouveau pair d'Angleterre, rentré chez lui, monta de suite à sa chambre. Mais au lieu de se mettre au lit, comme c'est généralement l'habitude à une heure aussi avancée de la nuit, il se promena de long en large jusqu'au matin.

CHAPITRE XII

LA COUPE DE MARGUERITE EST PLEINE

En rentrant chez lui, vers onze heures du soir, M. Lester apprit, de la bouche même de Tiffle, la nouvelle de la mort de lord Dane. Jugeant l'heure trop avancée pour se rendre de suite au château, il remit sa visite au lendemain. Il y arriva de grand matin; mais il était plus de midi quand il put voir lady Adélaïde. Elle vint à lui les mains tendues, les yeux presque hagards, les joues brûlantes de fièvre.

«Emmenez-moi, monsieur Lester, oh! emmenez-moi!

Je ne veux pas rester ici, l'hôte de Geoffry Dane. »

Quoique pris à l'improviste, M. Lester se sentit trop heureux pour faire d'objection. Il avait, toute la matinée, envisagé la situation sous toutes ses faces, pesé dans son esprit les conséquences de la mort de lord Dane, eu égard à lady Adélaïde ; et le parti le plus simple à prendre, lui dit-il, était de se marier ce jour-là même, dans la chapelle du château, modestement, aussi simplement que possible, et de s'établir de suite à Danesheld-Hall.

La proposition la fit reculer d'épouvante, et elle la répéta d'un air presque affolé. Son angoisse n'échappa pas à M. Lester, et l'impressionna péniblement. — « Quelle autre solution proposez-vous, alors ? demanda-t-il. Je suis prêt à adopter le parti, quel qu'il soit, auquel vous croirez devoir vous arrêter. »

Quel autre parti pouvait-elle prendre, en effet ? Elle était absolument décidée à ne pas passer une nuit de plus au château, quoique lord Dane eût télégraphié dès la pointe du jour à sa sœur de l'y venir rejoindre sans perdre un instant. Que faire alors ? L'alternative était embarrassante. La grande difficulté consistait surtout à trouver, *hic et nunc*, un domicile, ou du moins une retraite convenable. Lady Adélaïde commençait à céder.

Sophie Collot, heureusement ou malheureusement, donna le conseil de se retirer chez Mme Grant, et cela mit fin à toute hésitation. Lady Adélaïde s'écria, en pleurant, qu'elle ne se sentirait jamais le courage de partir pour l'Écosse ; M. Lester vint à la rescousse, insistant pour faire adopter son plan, avec toute la persuasive éloquence de l'homme amoureux. Il affirma que rien ne s'opposait à ce que les arrangements nécessaires fussent faits dans le plus grand secret. Il était déjà en possession d'une licence spéciale, l'autorisant à ce que la cérémonie eût lieu dans la chapelle du château, et rappela à lady Adélaïde que son oncle lui-même, lord Dane, leur avait conseillé de presser leur union.

« Mais... se marier, quand son corps, à peine refroidi, est encore là... dans ce château ! dit-elle, en résistant toujours. Que dira-t-on quand on nous verra partir pour notre voyage de noces, sans attendre même que le pauvre homme soit enterré ?

— Je ne vous demande rien de semblable ; mais seulement de quitter cette maison pour la mienne. Vous y resterez quelques jours, tout à fait retirée ; puis, après les funérailles, nous irons où il vous plaira d'aller. Vous pouvez, en vérité, venir chez moi comme en visite, si vous le préférez. Vous y serez avec miss Bordillion ; mais je pense, Adélaïde, que ce serait moins convenable pour vous ; je pense qu'il serait préférable d'entrer de suite au Hall comme ma femme et en maîtresse de la maison.

— Oui, vous avez raison. Je me décide, » répondit-elle.

Arrivée à ce point, la discussion ne pouvait durer longtemps, et M. Lester n'eut pas de peine à obtenir un consentement définitif.

Il sortit pour s'occuper des arrangements indispensables.

Sachant à peine s'il marchait sur les pieds ou sur la tête, il s'arrêta en dehors du château. Il fallait qu'il avertît au Hall et y fît tout mettre en ordre pour la réception de cette châtelaine inattendue ; il fallait aussi qu'il vît le pasteur. Par où commencer ? Il hésita un moment, puis courut tout d'un trait chez le clergyman, dont la maison se trouvait à l'autre extrémité de Danesheld.

Le révérend M. James était sorti pour les affaires

de la paroisse : impossible d'indiquer où l'on pourrait
le trouver; mais il rentrerait certainement au moment
du dîner, à deux heures. Squire Lester pria de l'avertir qu'il reviendrait dans la journée, et prit en toute
hâte le chemin de sa propre maison.

Il traversa l'antichambre, le salon, la salle à manger. Personne. Le Hall semblait abandonné. Pas
d'enfants, pas de miss Bordillion. Squire Lester, dans
son impatience, donna un coup de sonnette à ébranler
la maison, et Jones accourut.

« Où est miss Bordillion ?

— Elle est partie, Sir.

— Partie ? Où ?

— Pour la Grande-Croix, Sir, avec M. Wilfrid et ces
demoiselles. Ils ont dîné tout à l'heure, et ne seront
de retour que dans la soirée, pour prendre le thé. »

M. Lester ne put réprimer un mouvement de colère.
La Grande-Croix était une ville assez importante, à
quelque dix milles de distance de Danesheld. Comment prendre les mesures nécessaires pour la réception de sa femme au Hall, en l'absence de miss Bordillion qu'il avait besoin de consulter sur une foule de
détails ?

« Que diable lui a-t-il pris d'aller aujourd'hui à la
Grande-Croix ? s'écria-t-il d'un ton vexé.

— Dame, monsieur, répondit Jones, je pense qu'elle
y est allée tout simplement pour acheter une poupée
à miss Lester. M. Wilfrid a crevé les yeux de la
vieille poupée de mademoiselle hier, et a fait fon-
dre le nez de cire ; miss Maria a tellement pleuré que
miss Bordillion a été forcée de lui promettre d'en
acheter une autre.

— Une nouvelle poupée !... en vérité ! répliqua
M. Lester; m'est avis qu'elle n'est plus d'âge à jouer
à la poupée. En tout cas, ce n'était pas une raison

pour s'absenter ainsi toute la journée sans me consulter.

— J'ai entendu miss Bordillion, Sir, dire aux enfants qu'elle regrettait que vous fussiez sorti de si bonne heure ce matin, avant qu'elle ait pu vous voir. Un quart d'heure plus tôt, vous les trouviez encore ici. Ils viennent à peine de partir.

— Dans ce maudit omnibus, je suppose ?

— Non, Sir. M. Wilfrid les a conduits dans le poney-chaise. Ils devaient prendre le train de deux heures et demie. »

M. Lester tira sa montre. Deux heures dix minutes. Il était trop tard pour les rejoindre. La station du chemin de fer était à une distance de trois milles environ.

« Et qu'est-ce qu'ils feront du poney-chaise ? continua-t-il d'un air presque féroce. Ils le laisseront sur la route, sans doute ?

— Robert a pris l'omnibus du chemin de fer, afin de se trouver à la station assez à temps pour le ramener, » répondit Jones, qui ne comprenait rien à l'irascibilité de son maître.

M. Lester était réellement dans une situation embarrassante. De deux choses l'une : où il lui fallait avertir les domestiques de son mariage improvisé, de l'arrivée de sa femme ce jour-là même, et donner l'ordre de tout préparer pour la recevoir, ou se charger lui-même de tous les arrangements nécessaires. Il lui répugnait de mettre ses gens dans la confidence d'un fait qui devait encore rester secret, mais d'un autre côté, il se sentait absolument incapable de prendre aucune mesure pour la réception de lady Adélaïde, et il aurait beaucoup préféré se décharger de ce soin sur miss Bordillion, plutôt que d'avoir à tout combiner avec ces domestiques paresseux et bavards.

« Prendrez-vous quelque chose, Sir ?

— Prévenez Tiffle de venir me parler à l'instant, »
dit M. Lester sans répondre à la question.

Tiffle entra en frottant ses mains l'une contre l'autre, selon son invariable habitude, et resta à une distance respectueuse de son maître, attendant ses ordres. M Lester gardait le silence; il réfléchissait à ce
qu'il devait ou ne devait pas dire.

« Vous m'avez fait demander, Sir ? »

M. Lester lui donna alors des instructions assez
confuses, sans s'expliquer positivement sur le fait
principal, mais examinant chacune des éventualités
qui pourraient se présenter dans le courant de la journée, et leur cherchant une solution. Bien des femmes
de chambre n'auraient rien compris à son langage
énigmatique ; mais Tiffle avait une intelligence de
premier ordre.

« Les chambres prêtes, à tout événement ; les appartements particuliers de M. Lester, certainement,
tout y serait en ordre ; Monsieur pouvait y compter.
Les choses devaient-elles être replacées comme du
temps de feu Mme Lester ? Les draperies de la toilette
de soie rose... ? »

M. Lester l'interrompit.

« Je ne connais rien à tous ces détails. En l'absence
de miss Bordillion, je vous charge de tout diriger.
Faites comme vous l'entendrez, je m'en rapporte à
votre propre jugement.

— Cela suffit, monsieur. Faudra-t-il préparer le dîner?

— Il m'est impossible de vous le dire maintenant.
Je suppose que oui, cependant. Je ferai en sorte de
vous envoyer un mot dans la journée pour vous indiquer l'heure. Jusque-là, ayez soin de garder le silence
vis-à-vis des domestiques. »

M. Lester monta dans les appartements, y jeta un

coup d'œil, rangea et enferma ses papiers, ses lettres ;
ouvrit la porte et les fenêtres de son cabinet de toilette, qui ne lui servait depuis des années que de fu-
moir, afin que l'odeur du tabac pût s'échapper, et
quand tout fut en ordre, redescendit pour se rendre de
nouveau chez le pasteur.

Trois heures sonnaient. « Comme le temps passe !
pensa-t-il ; déjà trois heures ! » et il se mit à marcher
à pas précipités.

« M. James est-il rentré ?

— Il est rentré, Sir, mais il est ressorti, dit le domestique.

— Rentré et ressorti ! répéta M. Lester.

— Il était de retour moins de cinq minutes après
votre départ, et s'est fait servir immédiatement son
dîner. Il n'est pas resté plus de dix minutes à table, et
est reparti de suite.

— Vous êtes-vous acquitté de ma commission ?

— Certainement, Sir. Je lui ai dit que vous aviez
besoin de lui pour une affaire de la plus grande importance ; il m'a répondu qu'il était obligé de sortir, mais
qu'il rentrerait aussitôt que possible. »

M. Lester jeta autour de lui des regards consternés.
A la moindre anicroche dans les préliminaires, Adélaïde, capricieuse comme le vent, ne pouvait-elle pas
hésiter et revenir sur sa promesse ? Ne pas faire d'elle
sa femme ce jour-là même, maintenant qu'il avait ap-
proché si près de ses lèvres cette coupe de bonheur,
c'était là un sacrifice au-dessus des forces de Squire
Lester. S'il avait su où trouver le révérend pasteur,
il se serait mis à l'instant à sa poursuite ; mais Danesheld était une paroisse d'une grande étendue, comprenant les campagnes environnantes, et dont les habitations étaient trop disséminées pour qu'il pût
raisonnablement tenter l'aventure.

Il laissa quelques mots au crayon pour M. James et se dirigea vers le château.

Les nouvelles qu'il y apprit, en arrivant, le calmèrent et l'irritèrent tout à la fois. Lady Adélaïde s'habillait pour la cérémonie. De ce côté, tout allait bien. Mais que se passerait-il si ce clergyman ne venait pas ? M. Lester était sur des charbons ardents. Il vit lord Dane, et lui demanda s'il conduirait lady Adélaïde à l'autel. Lord Dane répondit négativement, avec le plus grand calme. Il avait quelques affaires à terminer, dit-il, qui le retiendraient loin du château; il était donc forcé, à son grand regret, de décliner cet honneur. M. Lester crut deviner que le nouveau pair considérait comme un manque de procédés à son égard le départ précipité de sa jeune cousine.

Il était plus de six heures quand il retourna à Danesheld-Hall. Il s'habilla, prit à la hâte quelque nourriture, car lady Adélaïde l'avait fait avertir qu'elle ne dînerait pas au Hall, et envoya chez M. James, un des domestiques auquel il fut répondu que le pasteur n'était pas encore rentré, mais qu'il ne pouvait tarder. M. Lester se sentait mourir d'impatience.

Il écrivit quelques mots pour miss Bordillion, et chargea Tiffle de les lui remettre aussitôt son arrivée; puis il fit atteler un landau fermé et retourna au château. Le clergyman n'avait pas encore paru. Le landau fut envoyé au presbytère avec l'ordre d'attendre et de ramener M. James.

Quand squire Lester entra dans la grande salle, où toutes les dispositions avaient été prises pour la cérémonie, la première personne qu'il rencontra fut Cecilia Dane, à qui son frère, fidèle à sa parole, avait télégraphié de se trouver au château dans la journée. Cecilia, excitée par ce voyage précipité et surtout par les nouvelles qu'elle venait d'apprendre, encore plus minaudière et plus *enfant* qu'à l'ordinaire, se précipita à la rencontre de M. Lester et lui demanda, sans autre préambule, si, comme demoiselle d'honneur, elle pouvait décemment accompagner lady Adélaïde, ainsi vêtue de son affreuse robe noire, ou si elle aurait le temps de courir jusqu'au cottage pour se mettre tout en blanc. M. Lester se débarrassa de la pauvre fille avec une parole aimable et sortit pour rejoindre sa fiancée. Que Cecilia fût vêtue de blanc ou de noir, que lui importait, pourvu qu'Adélaïde devînt sa femme? M. Lester craignait encore — et cette crainte ne l'avait pas quitté depuis le matin — qu'elle ne lui échappât, N'en est-il pas toujours ainsi, plus ou moins, quand on est sur le point d'atteindre un but longtemps et ardemment désiré?

Vers dix heures du soir, miss Bordillion était assise, seule, dans le salon du Hall.

Après une journée fatigante, de retour assez tard à la maison avec les enfants, à huit heures passées, elle s'était empressée, aussitôt le thé pris, de les envoyer se coucher, heureuse de goûter enfin un peu de repos. Wilfrid lui-même n'avait pas fait de résistance, — contre son habitude.

Miss Bordillion leva la tête en entendant des pas. C'était le domestique. A sa grande surprise, il se mit à allumer les bougies du lustre et des candélabres; ce qui ne se faisait généralement pas.

« Pourquoi allumez-vous, Jones?

— Tiffle m'en a donné l'ordre, madame. Elle croit avoir entendu la voiture sur la route.

— Est-ce que M. Lester est sorti en voiture, ce soir?

— Oui, madame.

— Mais quel besoin d'allumer toutes ces bougies? Le salon est assez éclairé sans cela. »

Jones ne put que répéter l'ordre donné par Tiffle. Il n'avait pas été mis au courant des événements de la journée (Tiffle s'était tenue bouche close) et, tout en s'apercevant de quelque mouvement inusité dans la maison, il n'avait pas la moindre idée de ce qui se passait.

La voiture était bien celle de M. Lester. Elle s'avança lentement jusqu'à la porte principale du Hall, èt Jones sortit du salon en toute hâte. Une minute après, M. Lester entra, ayant à son bras lady Adélaïde.

Miss Bordillion n'aurait certainement pas été plus stupéfiée en voyant un spectre se dresser tout à coup devant elle. Lady Adélaïde, en entrant, laissa glisser de ses blanches épaules un riche manteau, et apparut en grande toilette : robe de soie blanche garnie d'admirables dentelles, collier de perles, bracelets de perles et gants blancs. Une petite guirlande entourait ses cheveux, sur le derrière de la tête, retenant un voile qui avait tout l'air d'un voile de mariée.

Si miss Bordillion n'eût pas été à cent lieues de se douter de la vérité, et si elle eût regardé attentivement, elle aurait pu remarquer que la guirlande se composait exclusivement de fleurs d'oranger; mais elle était trop émue pour que de petits détails pussent la frapper. Pourquoi lady Adélaïde arrivait-elle au Hall à une pareille heure ? Pourquoi cette toilette, quand lord Dane venait à peine de rendre le dernier soupir ?

« Comment vous portez-vous, miss Bordillion ? Je suis vraiment honteuse de prendre ainsi la maison d'assaut. Il faut me pardonner ; il n'y avait pas moyen d'agir autrement ! »

Elle fit quelques pas à sa rencontre en lui tendant la main. Elle n'avait jamais été plus radieusement bellé. Marguerite Bordillion, par un mouvement machinal, toucha la main qui lui était offerte, et se retourna vers M. Lester, comme pour lui demander une explication. Mais il sembla ne pas la voir. Il regardait lady Adélaïde.

« Le thé est-il prêt, Marguerite ? Vous le désirez de suite, je présume, Adélaïde ?

— Oh ! certainement. »

Marguerite Bordillion sentait son courage l'abandonner ; murmurant quelques mots inintelligibles à propos « d'ordres aux domestiques », elle s'échappa du salon ; mais elle était à peine dans l'antichambre qu'elle se rappela avoir oublié sur le canapé, près de la porte, quelques jouets rapportés par les enfants et qu'il lui semblait peu convenable de laisser au salon. Elle revint donc sur ses pas et ouvrit doucement la porte, afin de ne pas éveiller l'attention.

M. Lester lui tournait le dos, tenant étroitement serrée entre ses bras lady Adélaïde, à laquelle il semblait murmurer de douces paroles. Marguerite, sans prendre les jouets, se retira précipitamment avec un sombre soupçon, non pas encore de la vérité tout entière, mais de quelque chose qui, y ressemblant fort, commençait à lui torturer le cœur.

Au pied de l'escalier, elle se trouva face à face avec Tiffle et Sophie. Cette dernière, la tête nue, semblait être là chez elle, comme si elle eût habité le Hall depuis un an. Tiffle était splendide avec sa vieille robe de soie pourpre, aussi roide qu'elle, et son bonnet à nœuds de taffetas blanc.

« Je viens de montrer à mam'zelle les appartements de sa maîtresse, dit Tiffle, dont les petits yeux gris lançaient des regards furtifs à miss Bordillion, et qui semblait jouir de l'altération de ses traits, — ou plutôt les appartements de Monsieur, ce qui est la même chose maintenant. Mais les bagages ne sont pas encore arrivés au château, et mam'zelle est obligée de les attendre.

— Lady Adélaïde Errol vient-elle pour passer la nuit ici, dans la maison de M. Lester ? demanda Marguerite, plus étonnée que jamais.

— Mylady vient pour tout à fait, madame. Elle est chez elle, répondit Tiffle, en clignotant des yeux et en les fermant à demi, comme si la lumière de la lampe de l'escalier l'eût éblouie, mais en réalité, sans quitter un seul instant du regard miss Bordillion. Elle et mon maître se sont mariés tout à l'heure, et ils rentrent chez eux. Est-ce que la lettre qu'il a laissée pour vous n'expliquait pas ?... Ah ! bonté divine ! s'écria tout à coup Tiffle en fourrant sa main dans sa poche, dire que j'ai oublié de vous la donner, madame. Je vous demande un million de pardons ! M. Lester l'a écrite cette après-midi, avant de partir, et m'avait chargée de vous la remettre moi-même. Je l'avais gardée exprès dans ma poche pour ne pas l'égarer : loin des yeux, loin de l'esprit ! »

L'oubli de Tiffle, on le devine, était prémédité.

Marguerite ne s'évanouit pas, mais elle fut forcée de s'appuyer contre le mur pour ne pas tomber. Quoiqu'elle sentît son sang se figer dans ses veines, elle fit un effort surhumain pour paraître calme, et un faible sourire effleura ses pauvres lèvres sèches quand elle se retourna vers Sophie.

« Mariés ! en vérité ?

— Je n'aurais jamais pensé que ça pût être fait ce soir, miss, dit avec volubilité la charmante Sophie ; ma jeune maîtresse a attendu toute la journée en grande toilette, et le curé — ce que vous appelez le ministre — n'arrivait pas. On ne pouvait pas le trouver. Il n'est venu qu'à neuf heures. Nous ne comptions

plus sur lui. Le mariage a eu lieu dans le grand salon,
le « Hall, » et miss Dane a servi de dame d'honneur,
en robe noire. C'est un présage de malheur, et je ne
me suis pas gênée pour en faire l'observation ; mais
on ne m'a pas écoutée. Il n'y avait rien à dire contre
la toilette de mylady. Elle était toute neuve ; ces derniers événements l'avaient empêchée de la mettre.
J'ai pu me procurer dans la journée des fleurs et un
voile à Danesheld. »

Marguerite Bordillon n'avait plus rien à apprendre.
Cependant Tiffle tint à lui raconter comment son maître
avait eu assez de confiance en elle pour la charger de
tout préparer, et comment, quoique pressée par le
temps et ayant à vaincre toutes sortes de difficultés,
elle avait réussi, avec l'aide des domestiques, à se
rendre digne de cette confiance.

Tiffle, sur ces derniers mots, monta l'escalier, et
ouvrit toutes grandes les portes de l'appartement de
M. Lester ; un flot de lumière s'en échappa et éclaira
vivement le corridor. Marguerite appuya sa tête brû-
lante contre le mur et ouvrit sa lettre.

Elle ne contenait que quelques lignes d'explication
sur le désir d'Adélaïde de quitter immédiatement le
château, dont le nouveau pair d'Angleterre avait pris
possession ; mais elle était écrite dans des termes
d'une si sincère amitié — presque tendres — que la
malheureuse Marguerite, les yeux aveuglés de larmes,
la lut et la relut avec une émotion profonde.

« Marguerite ! »

Elle tressaillit, en reconnaissant la voix de M. Lester. Remettant précipitamment la lettre dans sa
poche et passant la main sur ses yeux et sur son
front, elle s'approcha de la rampe de l'escalier et
répondit :

« Je suis ici.

— Voulez-vous descendre et préparer le thé, Marguerite? La pauvre Adélaïde se sent toute dépaysée; et c'est bien naturel, arrivant aussi brusquement parmi nous; le cas est tout à fait exceptionnel, vous comprenez!

— Je... je n'en ai pas la force, bégaya Marguerite; non, en vérité, je ne peux pas. »

M. Lester lui prit tendrement la main :

« Marguerite, pardonnez-moi. Je vois que le coup est terrible pour vous, et je devine la cause de votre douleur. Vous pensez à la pauvre Catherine; vous m'en voulez de l'avoir oubliée. Vous avez peut-être raison; mais, réfléchissez, Marguerite : elle est morte. Pouvais-je vivre seul, sans affection, sans compagne? Non; que le souvenir du passé ne vous indispose pas contre cette jeune femme que j'ai juré tout à l'heure de rendre heureuse et d'aimer : soyez bonne et généreuse, et venez près d'elle. »

Que pouvait-elle répondre? Il valait mieux, après tout, qu'il la crût troublée par le souvenir du passé.

Presque inconsciente de ce qu'elle faisait, elle s'abandonna machinalement à la main qui l'entraînait doucement vers le salon.

« Je ne savais rien, dit-elle. Tiffle ne m'avait pas remis votre lettre. Vous comprenez alors combien j'ai dû être surprise.

— Tiffle mériterait d'être punie. On n'a pas d'idée d'une pareille légèreté. »

Au moment où ils rentrèrent au salon, Sophie était occupée à débarasser lady Adélaïde de son voile.

« Il me gênait pour m'asseoir, dit celle-ci, comme pour s'excuser, en se retournant vers miss Bordillion. Il est trop long.

— Oterai-je la guirlande en même temps, milady? demanda Sophie.

— Non, certainement; elle ne me gêne pas. »

Sophie sortit, emportant le voile, et lady Adélaïde s'assit près de la table, à côté de miss Bordillion. Avec une vivacité qui ressemblait à la pétulance d'une enfant gâtée, elle retira ses gants et les jeta sur la table. Son geste mit en évidence l'anneau de mariage. C'était la seule bague qu'elle eût aux doigts.

« Serai-je longtemps à m'y habituer ? » dit-elle en lançant un regard à M. Lester.

Il se contenta de sourire, sans répondre.

Marguerite prépara le thé.

Comment réussit-elle à conserver son calme pendant cette mortelle soirée ? Elle ne le sait pas encore aujourd'hui.

Le jour suivant, elle les rencontra tous les deux, involontairement, il est à peine besoin de le dire.

Elle était restée toute la matinée dans sa chambre, gardant auprès d'elle les enfants, excepté l'indiscipliné Wilfrid, qui s'échappa malgré ses ordres formels. Après les leçons du matin, les deux petites filles sortirent pour jouer ; elle les accompagna, espérant que le changement d'air la calmerait peut-être. « Suivez-moi, sans faire de bruit », murmura-t-elle ; et elle les fit sortir de la maison, par l'escalier de service, évitant de prendre le grand escalier, tant elle craignait d'y rencontrer M. Lester et sa femme.

Elles allèrent jusqu'à ce qu'on appelait le « jardin de M. Lester », une grande pièce de terre carrée, près de la maison, mais entourée d'arbres et de massifs qui la cachaient entièrement à la vue. Là, Marguerite s'assit sur un banc rustique, pendant que les deux enfants prenaient leur récréation. Toutes deux, Edith et Maria, étaient très-jeunes pour leur âge, naturelles, simples, *véritablement enfants*. Maria traînait dans une petite voiture sa poupée, majestueusement assise : la nouvelle poupée, achetée la veille à la Grande-Croix, d'une beauté étonnante, aussi grande qu'un baby, avec des yeux bleus et des cheveux dorés et d'une ressemblance vague avec la nouvelle belle-mère, que Maria n'avait pas encore vue. Chose curieuse, lady Adélaïde Errol n'avait jamais rencontré les enfants de M. Lester, quoique habitant depuis si longtemps au château des Dane ; mais M. Lester n'était pas de ceux qui aiment à se faire accompagner dans leurs visites par des babies ou qui leur permettent de paraître dans le salon quand ils reçoivent.

Miss Bordillion leva les yeux en entendant du bruit autour d'elle. Wilfrid avait fait son apparition dans le jardin et, par taquinerie, s'était emparé de la poupée. Les deux petites filles poussaient des cris de détresse. Marguerite, anxieuse d'éviter les querelles ce jour-là, s'avança pour interposer son autorité, et aperçut maître Wilfrid tenant la poupée, la tête en bas, hors de l'atteinte des enfants, et prenant plaisir à les effrayer par des gestes menaçants pour la conservation de leur jouet.

Mais elle avait à peine fait quelques pas que la dispute cessa comme par enchantement ; les petites filles se calmèrent tout d'un coup, Wilfrid remit, en riant aux éclats, la poupée dans sa voiture, et miss Bordillion se trouva bientôt face à face avec lady Adélaïde.

« Je crois avoir perdu mon chemin, dit celle-ci avec un sourire en tendant la main à Marguerite. M. Lester est sorti avec moi, mais il s'est arrêté pour parler à quelqu'un, et j'ai continué à marcher. Êtes-vous tout à fait bien ce matin?

— Tout à fait bien, merci, » murmura Marguerite, en rougissant et en pâlissant tour à tour avec une telle violence que maître Wilfrid, tout absorbé qu'il était, en fut frappé.

L'enfant, le dos appuyé contre un arbre, regardait fixement sa nouvelle belle-mère.

Elle avait repris aujourd'hui ses vêtements de deuil, et portait un manteau-burnous d'étoffe noire très-légère, à glands de soie. Elle était tête nue, ses admirables cheveux dorés — de la même couleur que ceux de la poupée de Maria — retenus dans un filet de soie noire.

« Et maintenant, il me faut faire connaissance avec chacun d'eux, dit-elle en souriant aux enfants. Celle-ci est Maria, continua-t-elle, en montrant du doigt Edith.

— Non, dit Maria toute rougissante, c'est moi qui suis Maria. »

Lady Adélaïde la regarda pendant une minute avec une grande attention, mais sans bienveillance.

« Elle ne ressemble pas à M. Lester.

— Elle ressemble à notre mère, qui est morte, dit Wilfrid, mais en mieux. »

Lady Adélaïde leva les yeux sur lui. « Vous ressemblez à M. Lester, vous. Je vous aurais reconnu entre mille pour son fils. Quel âge avez vous ?

— Quatorze ans.

— Quatorze ans! » Je ne me doutais pas que ses enfants fussent si âgés, se murmura-t-elle à elle-même. « Je ne crois pas m'en être jamais inquiétée, du reste.

— Il reste toujours à la maison, celui-là ? ajouta-t-elle en se tournant vers miss Bordillion.

— Seulement pendant les vacances, en général. Cette fois-ci, c'est un cas exceptionnel. Il est à Rugby. Il y a eu une épidémie à la pension, et l'on a renvoyé les élèves à leurs parents.

— Oh! je ne vous gênerai pas, lady Adélaïde, s'écria le gamin, si c'est ce dont vous avez peur; rassurez-vous, vous ne me trouverez jamais sur votre chemin. »

Elle le regardait gravement, comme si elle eût médité sur ses paroles ; en réalité, elle admirait la merveilleuse beauté de son visage et de ses grands yeux bleus.

« Dois-je en faire le serment, lady Adélaïde ? Je suis prêt, si vous l'exigez. »

Wilfrid, d'une nature susceptible, orgueilleuse et ardente, s'imaginait qu'elle ne le croyait pas. Peut-être aussi ressentait-il, au fond de son cœur, une aussi vive répugnance que miss Bordillion pour le second mariage de son père.

Ces quelques mots semblèrent produire sur elle une impression de mortelle terreur. Ses yeux allaient tour à tour de Wilfrid à miss Bordillion, et de miss Bordillion à Wilfrid, comme pour lire dans leur pensée.

« Pourquoi me dites-vous cela ?

— Je croyais que vous doutiez de ma parole, répondit Wilfrid, qui regardait sa belle-mère aussi ardemment qu'elle le regardait elle-même. — Je ne suppose pas que vous aurez rien à faire pour nous ; miss Bordillion s'occupe de Maria. »

Lady Adélaïde se mit à rire et s'avança vers les petites filles en leur tendant la main. « Laquelle de vous m'indiquera le chemin de la pépinière des rosiers, demanda-t-elle. M. Lester voulait m'y conduire, mais j'ai dû, en tournant de ce côté, lui faire perdre ma trace. »

Les deux enfants, la prenant par la main, partirent avec elle. Wilfrid les regarda s'éloigner.

« Je ne l'aime pas du tout, Marguerite. Elle n'a pas l'air bon.

— Taisez-vous donc, Wilfrid. Est-ce que vous pouvez avoir une opinion de ce qu'elle est, et dire si vous l'aimez ou non avant de la connaître davantage ?

— Vous croyez ? Eh bien ! qui vivra verra. Au revoir, Marguerite, je vais faire un tour de promenade en mer avec le vieux Bill Gand. »

Comme il s'en allait d'un côté, M. Lester venait d'un autre, en quête de sa femme.

Marguerite Bordillion, en l'apercevant, s'avança vivement vers lui, comme si elle eût craint de laisser échapper le moment de lui parler, et l'accosta. Elle avait, pendant toute la nuit précédente, pensé au parti qu'elle devait prendre, et elle ne voulait pas tarder davantage à en faire part à M. Lester.

En quelques paroles rapides et ardentes, — elles semblaient étranges dans la bouche de miss Bordillion ordinairement si calme et si compassée, — les lèvres pâles et frémissantes, elle lui dit son désir... ou plutôt sa prière. Elle lui louerait cette petite maison, libre en ce moment, — le cottage de la falaise, — s'il consentait à l'accepter comme locataire, et elle s'y retirerait pour y vivre avec Edith, dont elle continuerait à faire l'éducation ; elle avait pensé que peut-être M. Lester consentirait à lui confier Maria.

M. Lester, pour toute réponse, partit d'un grand éclat de rire.

« Comment une pareille folie a-t-elle pu vous entrer dans l'esprit, Marguerite ? Le cottage de la falaise ! Mais il n'est pas assez grand pour y loger seulement un chat !

— J'ai cent livres sterling de rente, comme vous savez. De plus, la somme que le major Bordillion a l'intention de consacrer au payement de la pension d'Edith dans une institution de premier ordre pourra m'être laissée, puisque c'est moi qui ferai son éducation. Peut-être aussi voudrez-vous pour celle de Maria...

— Ah ! je le vois, vous avez tout arrangé dans les moindres détails ! interrompit en riant M. Lester.

Que diable se passe-t-il dans votre tête, Marguerite?

— Vous n'avez plus besoin de nous, maintenant. Vous avez votre femme. Wilfrid est la plupart du temps au collége, et Maria se trouvera mieux avec moi qu'à la maison. Comme vous me l'avez fait observer un jour, lady Adélaïde n'a ni l'âge ni l'expérience nécessaires pour se charger d'une pareille tâche, quand bien même elle s'en sentirait le courage.

— Mais ce que je désire savoir, c'est pourquoi vous vous voulez nous quitter. Quel besoin y a-t-il de nous séparer? Vous serez tout aussi à votre aise ici que vous l'avez toujours été. La maison...

— C'est impossible, c'est impossible! interrompit-elle à son tour, en tremblant si violemment que M. Lester la regarda tout surpris.

— Marguerite, que se passe-t-il donc? demanda-t-il après un moment de silence. Que vous ayez de puissantes raisons pour vouloir quitter le Hall, je n'en saurais douter maintenant; pourquoi ne pas me les dire? »

Les lui dire! la malheureuse Marguerite rougit, pâlit, sans avoir la force de prononcer un mot. Soupçonna-t-il enfin la vérité en voyant sa profonde émotion? Peut-être. Marguerite ne le sut jamais. Il garda un visage impénétrable, quoique une vive rougeur se répandît tout à coup sur son front.

« Vous aurez le cottage de la falaise, puisque vous paraissez tant y tenir, dit-il doucement. Mais pour ce qui est de Maria... nous en reparlerons plus tard. »

Elle inclina la tête, et M. Lester, la quittant brusquement, continua son chemin, à la recherche de lady Adélaïde.

CHAPITRE XIII

CHANGEMENTS

Herbert Geoffry, dix-septième baron Dane, succédait aux honneurs et à la haute position de ses ancêtres, avec la ferme volonté de s'en rendre digne.

Le testament, non signé, du défunt lord Dane fut exécuté par lui à la lettre et jusque dans ses moindres détails. Tous les legs qu'il contenait, du premier au dernier, du plus important au plus insignifiant, les moindres désirs qu'il exprimait, lui furent aussi sacrés que si le testament eût été parfaitement en règle. Le nom de lady Adélaïde y figurait pour quinze mille livres sterling ; il s'empressa de remettre la somme à M. Lester.

Mais un grand changement, étrange, inexplicable, s'était opéré chez le jeune lord. Une tristesse insurmontable semblait s'être emparée de lui. Ne sortant presque jamais du château, ne recevant et ne faisant que peu de visites, il vivait pour ainsi dire dans la retraite. Le prodigue sans souci, à la bourse toujours ouverte, était tout à coup devenu, depuis son héritage, un homme prudent, raisonnable, presque avare, et Danesheld acquérait chaque jour, avec stupéfaction, une preuve de plus de ce changement auquel il s'était d'abord refusé à croire.

La plupart des domestiques furent congédiés avec un an de gages, et le service du château fut réorganisé sur l'échelle la plus modeste.

S'il existait au monde quelqu'un qui ne dût pas être satisfait du nouveau pair d'Angleterre, c'était sans

contredit John Michel, qu'il avait refusé comme locataire du *Rendez-vous des Marins*.

M. Apperly, malgré l'avertissement de lord Dane,
avait cru pouvoir passer outre et rédiger le contrat;
mais il se trouva avoir compté sans son hôte. Le par-
chemin était inutilement rempli; le *Rendez-vous des
Marins* appartiendrait à Ravensbird!

« A Ravensbird ! » s'écria-t-il, dans son étonnement,
quand la nouvelle éclata sur lui (« éclata » n'est peut-
être pas le mot propre, car lord Dane lui annonça sa
résolution d'un ton parfaitement calme et sans aucun
signe d'émotion), « *Ravensbird !* mais il est impossible
que Votre Seigneurie ait l'intention de lui consentir
ce bail?

— Oui, c'est mon intention. Ne savez-vous pas
qu'il était un des compétiteurs?

— Oh! je le sais parfaitement. Je ne le sais que
trop. Mais j'aurais cru que Votre Seigneurie le met-
trait à la fin de la liste, ou plutôt ne l'y laisserait
même pas; j'aurais cru...

— Votre opinion et la mienne, alors, Apperly, dif-
fèrent entièrement sur ce point, dit lord Dane gaiement. Je ne puis m'empêcher de penser à l'injustice
dont cet homme a été victime dernièrement; et, à mon
avis, comme lord Dane, je lui dois une réparation; à
part cela même, pourquoi ne lui aurais-je pas loué
la maison? L'argent ne lui manque pas, et il sera un
locataire convenable.

— Ne conservez-vous donc aucun soupçon sur sa
participation au fatal événement de cette malheureuse
nuit?

— Je n'en conserve aucun, et depuis longtemps
déjà. Je crois aussi fermement et aussi pleinement en
l'alibi de Ravensbird, que je crois à votre présence
au château en ce moment. Sans cette conviction, il

n'est pas probable que je lui louerais aucune de mes maisons.

— Ce sera un coup bien terrible pour Michel, grommela Apperly, en pensant à certain billet de banque soigneusement serré dans son bureau.

—Pas plus terrible qu'il n'aurait été pour Ravensbird si j'avais choisi Michel à sa place. En vraie justice, je le répète, il avait droit de compter sur l'auberge. Il est entré en pourparlers avec Hawthorne dès la première heure et avant tous les compétiteurs; et il est venu aussi me demander de parler en sa faveur à lord Dane.

— Lord Dane ne lui aurait jamais consenti ce bail, dit l'avocat d'un air de mauvaise humeur. Il l'avait donné à Michel. C'était une affaire conclue.

— Quoi qu'il en soit, moi, je me décide en faveur de Ravensbird, répondit lord Dane, d'un ton qui n'admettait pas de plus longue discussion ; préparez tous les papiers nécessaires. — Il est souverainement injuste de faire peser la faute d'un homme sur un autre, reprit-il après un moment de silence ; mais, pour vous dire la vérité, je ne puis supporter d'entendre prononcer le nom de Michel. Si son frère, le douanier, n'avait pas perdu la tête, cette nuit fatale, Harry Dane serait très-probablement vivant aujourd'hui.

— Dans ce cas-là, Votre Seigneurie ne serait pas lord Dane, dit impudemment l'avocat.

— Un bien petit malheur, en vérité, en comparaison de sa mort. Je donnerais avec joie tous mes revenus, Apperly, si cela pouvait le rappeler à la vie ! »

M. Apperly eut donc à rédiger de nouveau le bail du *Rendez-vous des Marins*, et à restituer à John Michel son billet de banque.

Cette dernière nécessité fut pour lui presque aussi douloureuse que l'extraction d'une molaire. Il n'avait,

en effet, aucune chance d'obtenir une pareille grati-
fication de Ravensbird, dont il s'était montré l'ennemi
le plus acharné, et qui, dédaignant de le gagner à sa
cause par des présents, ne devait sa victoire qu'à ses
efforts opiniâtres dans une lutte à armes courtoises et
à visage découvert.

M. Apperly, dans sa rage, répéta à John Michel
que le nouveau lord Dane ne pardonnerait jamais à
son frère de s'être conduit comme « un idiot »; et
John Michel, furieux à son tour, courut immédiatement à la station de la douane, où il reprocha amèrement et bruyamment à son frère d'avoir été « aussi
bête » cette nuit-là; ce qui fit presque tomber ce malheureux homme dans une nouvelle attaque d'épilepsie.

Ravensbird paya le prix demandé et, au départ
d'Hawthorne, entra en possession du *Rendez-vous des
Marins*. Lord Dane exigea l'insertion dans le bail
d'une clause assez singulière. Il se réserva, en préve-
nant Ravensbird six semaines d'avance, le droit de
l'expulser de l'auberge. Ravensbird se débattit de
toutes ses forces contre cette prétention exorbitante;
il n'y avait pas d'exemple, objecta-t-il, qu'une pareille
condition eût jamais été imposée à un locataire, et il
désirait connaître le motif de l'exception faite *en sa
faveur*. Lord Dane refusa de s'expliquer, mais main-
tint sa volonté, et Ravensbird, en fin de compte, signa
le bail avec sa clause léonine.

« Ravensbird ne fera jamais là ses affaires, pas
plus, du reste, que tout autre homme non marié, di-
sait-on dans tout le pays. Est-ce qu'une auberge peut
réussir sans une hôtesse? »

Ravensbird entendait ces propos avec une parfaite
égalité d'humeur et sans sourciller. Il n'y faisait pas
attention.

Le lendemain des funérailles de lord Dane, M. et lady Adélaïde Lester quittèrent Danesheld pour se rendre à Paris, qu'Adélaïde ne connaissait pas et que depuis longtemps elle avait le plus grand désir de visiter ; elle se l'était toujours représenté comme un vrai paradis sur cette terre, ni plus ni moins. Mademoiselle Sophie le lui avait affirmé tant de fois, qu'elle avait fini par le croire.

Ce départ donna à miss Bordillion le temps de se préparer au sien. Maintenant qu'*ils* n'étaient plus au Hall, elle n'avait pas de raison pour se presser de le quitter ; il suffirait qu'elle fût installée au cottage de la falaise avant leur retour.

Tiffle avait admirablement manœuvré. En voyant lady Adélaïde arriver à Danesheld-Hall, et malgré tous ses sourires et ses démonstrations de dévouement, l'esprit rempli d'idées de vengeance, elle s'était solennellement promis de donner sa démission ; mais pendant les quelques jours que lady Adélaïde et M. Lester passèrent à la maison avant leur départ pour Paris, Tiffle, après réflexion, commença à comprendre qu'il y avait pour elle un rôle à jouer. Lady Adélaïde était jeune, indifférente, inexpérimentée et facile, par conséquent, à manier. Quand Tiffle viendrait lui demander des ordres, elle dirait sans doute : « Oh! je ne sais rien de tout cela ; faites comme vous vous voudrez ; adressez-vous à miss Bordillion. »

Tiffle se persuada peu à peu qu'avec cette jeune femme à la tête de la maison, elle pourrait agir suivant sa fantaisie, et avec plus de succès encore que pendant le règne déjà si doux pour elle de la timide miss Bordillion. Sans tergiverser davantage, elle se mit donc en devoir de gagner les bonnes grâces de sa nouvelle maîtresse, en arrangeant toutes choses pour

qu'à son retour au Hall elle trouvât la vie facile et
agréable.

Les semaines se passèrent.

Miss Dane habitait encore son ancien cottage, — la
petite maison couverte de lierre, — à son grand désappointement, car le château de Dane lui semblait une
résidence enviable, et il était vraiment étrange, pen-
sait-elle, que son frère ne l'appelât pas à en jouir.
Elle se décida à lui en faire l'observation. Elle venait
souvent passer plusieurs heures de la journée au château, y lunchant, y dînant quelquefois, et y tenant
la place de maîtresse de maison quand arrivaient
des visiteurs; pourquoi alors n'y pas demeurer tout à
fait?

Elle et son frère se trouvaient, ce jour-là, dans le
salon, suivant des yeux une voiture qui descendait
lentement la route, une voiture fermée, de grand
style. Ceux qu'elle contenait venaient rendre leur
première visite au château. C'était monsieur et lady
Adélaïde Lester.

Miss Dane, en grand deuil, les cheveux aussi bouclés que jamais, les joues toujours aussi colorées, semblait absorbée dans la contemplation du magnifique
landau.

C'était la première fois que lord Dane voyait les
Lester depuis leur mariage. Il avait fait visite au
Hall aussitôt leur retour, — remplissant ainsi avec
une rigoureuse exactitude les devoirs que la société
impose, — mais ne les avait pas rencontrés. Leur
séjour à Paris avait duré deux mois, et lady Adélaïde,
après s'être enivrée de tous ces plaisirs si nouveaux
pour elle, semblait heureuse de se retrouver dans un
intérieur tranquille.

« Comme elle est changée, Herbert ! s'écria miss
Dane, après le départ des nouveaux mariés.

— Je n'ai pas remarqué.

— Oh! mais elle l'est, c'est bien évident. Elle est maigrie, pâle et fatiguée. On dirait qu'elle va mourir. »

Il ne répondit pas. Appuyé contre le mur, dans l'embrasure de la croisée, les yeux fixés sur les vagues qui se brisaient contre les rochers, du côté des ruines de la chapelle, ses doigts inconscients jouaient avec sa chaîne de montre. Peut-être son esprit se reportait-il à ces chers rendez-vous avec celle qu'il avait tant et si tendrement aimée... aujourd'hui la femme d'un autre !

« J'espère pour elle qu'elle n'a pas à se repentir de son mariage, continua miss Dane, de sa petite voix gazouillante ; ce doit être charmant de se marier, d'avoir une belle maison et un mari à soi, surtout s'il est joli garçon et pas trop vieux ; mais, grands dieux ! si les choses ne tournent pas bien, après ! Si un pareil malheur m'arrivait, je me ferais faire un berceau de saules pleureurs pour y passer mes journées à pleurer... avec ma guitare. Ce serait une petite consolation, n'est-ce pas, Geoffry ? »

Geoffry se contenta de remuer les lèvres pour indiquer qu'il avait entendu. Mais miss Dane était une de ces heureuses personnes dont rien ne déconcerte le bavardage et qui ne s'inquiètent jamais si on leur répond ou non.

« M. Lester est tout à fait charmant, chacun le sait ; quelquefois, en le regardant à l'église, je me demandais s'il existait au monde une figure aussi réellement belle que la sienne ; mais je ne suis jamais devenue amoureuse de lui, Geoffry ; non, vraiment, jamais. Il avait déjà été marié, tu comprends ; et sa femme était si gentille, quoique délicate ! et puis ses enfants ont presque la moitié de mon âge ! Peut-être

Adélaïde réfléchit-elle à tout cela maintenant, mais il est trop tard. Pauvre fille ! »

Lord Dane prit une lorgnette sur la table, derrière lui, et regarda attentivement un vaisseau au large.

Miss Dane fut frappée de l'expression de tristesse et d'angoisse de son visage. Elle ne l'avait jamais vu aussi pâle.

« Geoffry, comme tu parais changé ! dit-elle en secouant la tête ; mais tu sais que tu l'es réellement ; cela me frappe maintenant. Jamais tu n'as été aussi silencieux, et tu sembles toujours dans les nuages depuis quelque temps. Tu n'a pas dit trois paroles à lady Adélaïde tout à l'heure, j'en suis sûre ; ce n'a pas même été très-poli de ta part. C'est une jeune mariée, tu sais, Geoffry.

— Je causais avec M. Lester.

— Pas beaucoup, Herbert. Je vais te dire ce que tu as. Tu t'ennuies à vivre ainsi seul dans ce grand château, sans une âme à qui parler pendant des heures entières, matin et soir, excepté les domestiques. Et moi, de mon côté, je finis par m'attrister, seule au cottage.

« Ce vaisseau porte le drapeau autrichien, Cecilia ! s'écria lord Dane, lorgnant toujours. Oh ! comme sa construction est bizarre... Tu ne veux pas le regarder ?

— Oh ! Geoffry, j'ai peu souci des drapeaux et des vaisseaux. Si au moins on pouvait distinguer les officiers à cette distance, je ne dis pas ; la vue en serait peut-être agréable. C'est autre chose que je désirerais, Geoffry.

— Eh bien ! voyons, qu'est-ce que tu désires ? demanda-t-il en regardant avec bonté cette pauvre fille qui se tournait vers lui d'un air suppliant.

— Je ne t'ai jamais importuné de mes plaintes,

Geoffry, mais en vérité, il faut que je parle à la fin. Il est à peine convenable, maintenant que tu es le grand lord Dane...

— Qu'est-ce qui n'est pas convenable ?

— De me laisser seule dans ce pauvre cottage, pendant que toi, tu jouis de ce vaste et beau château, continua-t-elle en baissant les yeux et en tortillant les garnitures de crêpe de sa robe, comme font les petites filles de leur sarrau blanc, quand elles se tiennent les yeux baissés devant quelqu'un qui les intimide. Tu pourrais bien me permettre de venir vivre ici avec toi, Geoffry? Il est étrange que tu ne me l'aies pas déjà demandé. Nous ne nous sommes jamais quittés, et je suis ta sœur. Tu n'as que moi, après tout.

— Quand je m'établirai au château, Cecilia, tu l'habiteras avec moi.

— Mais tu y es établi.

— Non. Je vais le quitter presque immédiatement. J'ai pris le parti de voyager depuis la mort de mon oncle ; des affaires à régler ici m'ont seules retenu jusqu'à ce jour. Je ne tarderai pas à partir maintenant.

— Pour combien de temps ?

— Pour un temps indéfini.

— Oh! mon Dieu! s'écria miss Dane.

— Je n'ai jamais eu l'occasion de visiter le continent ; je ne compte pas une ou deux petites fugues à Paris. J'étais trop pauvre, comme tu sais. Rien ne m'empêche aujourd'hui de satisfaire mes fantaisies.

— Et moi, que vais-je devenir? demanda piteusement la pauvre Cecilia.

— Tu seras heureuse au cottage avec tes oiseaux et tes fleurs, Cély, comme à ton ordinaire. Aucune femme au monde n'a un caractère aussi gai et aussi facile à contenter que toi.

— Mais, Geoffry, puis-je rester seule et sans chaperon ?

— Hum ! répondit-il en essayant de sourire, je n'aurais pas trop grande confiance en toi. Tu prendras Mme Knox avec toi, et je t'allouerai le revenu dont vous aurez besoin, quel qu'en soit le montant.

— Je serai heureuse d'avoir Mme Knox, fit miss Dane, aussi facile à contenter qu'un enfant. Et combien de temps seras-tu absent, Geoffry ? — Trois mois ?

— Trois ans, plus vraisemblablement.

— Oh ! Geoffry !... »

Il interrompit son cri de surprise. En réalité, il avait parlé sans penser à ce qu'il disait, et sans intention de fixer une époque aussi éloignée.

« Je ne sais vraiment pas combien de temps pourra durer mon absence, Cecilia. N'ayant pas de plan arrêté, il m'est impossible de dire ce que je ferai et où j'irai ; sois assurée d'une chose cependant : je reviendrai quelque jour, si Dieu le permet ; et à mon retour tu demeureras ici, au château, dont tu seras la châtelaine.

— Comme ce sera charmant !... Mais, Geoffry, tu peux te marier et ramener ici ta femme !... c'est très-possible, tu sais. »

Geoffry Dane secoua la tête.

« Je ne pense pas, dit-il d'un ton décidé... Voyons, Cecilia, pour ce qui te concerne, pendant mon absence ? Tu aimerais avoir un petit poney-chaise, n'est-ce pas ? Il te faudra aussi prendre un ou deux domestiques de plus. C'est indispensable. Tu seras plus confortablement au cottage, tu comprends, que dans cet immense et triste vieux château, sans moi. A mon retour, quand nous l'habiterons ensemble, tu feras la grande dame, alors. »

Cecilia Dane battit des mains en sautant de joie ;

mais au même moment, une pensée lui traversa l'esprit et, toute confuse, elle rougit et baissa la tête.

« Qu'y a-t-il, Cély ?

— Je... puis me marier pendant ton absence, Geoffry. Ne le crois-tu pas ? »

Lord Dane se mit à rire.

« Bien certainement ; mais, Cecilia, — et son ton devint sérieux, — il faut me faire une promesse : c'est de n'épouser personne, je veux dire de ne t'engager à personne avant de m'avoir écrit pour me consulter. Je ne serai jamais guidé, en te conseillant, que par le désir de ton bonheur. Tu as quelque fortune, tu en auras une plus considérable un jour, et tu ne te doutes pas quelles sortes de prétendants l'argent attire la plupart du temps. Aie confiance en Mme Knox comme lorsque tu étais petite fille, et écris-moi constamment... Tu me promets de suivre toutes mes recommandations ?

— Je te le promets sincèrement, Geoffry. Je sais que je n'ai pas beaucoup de tête. Je te promets de t'obéir en tout. »

Elle tiendrait sa promesse, lord Dane n'en faisait aucun doute. Comme elle le disait, elle n'avait pas grand jugement, mais, quoique plus âgée que son frère, elle se laissait facilement guider par lui, et s'en rapportait toujours à son avis avec la foi simple et pure d'une enfant.

Comme miss Dane venait de le remarquer, lady Adélaïde était presque méconnaissable : maigre, pâle et fatiguée à croire qu'elle allait mourir.

Lady Adélaïde semblait rongée par quelque chagrin secret. Qu'elle fût heureuse avec M. Lester, tout le monde devait le croire, d'après les apparences ; il y avait, cependant, dans toute sa personne, une apathie et une insensibilité peu compatibles généralement avec le bonheur parfait. Chose étrange et qu'on n'avait jamais remarquée chez elle auparavant, — quand on l'abordait sans qu'elle s'y attendît, elle tressaillait comme si elle était frappée de terreur, et restait pendant quelques instants agitée d'un tremblement convulsif.

Avait-elle commis une grande erreur en épousant M. Lester, et s'en apercevait-elle maintenant qu'il était trop tard pour la réparer? Lord Dane — en ce temps-là son fiancé adoré — l'avait avertie un jour que sa vie, si elle épousait M. Lester, serait une longue suite de douleurs... et de désirs d'échapper à une existence abhorrée. Avait-il été prophète?

En vérité, il semblait que quelque étrange tourment pesât lourdement sur elle, et que son cœur fût plein de désirs inassouvis. Qu'elle fût désappointée, mécontente, que quelque sombre préoccupation la suivît sans cesse, un observateur attentif n'en aurait pu douter.

De tous ceux qui l'entouraient, M. Lester était le seul à ne rien voir, à ne rien soupçonner.

La passion de ce mari pour sa femme était de celles où l'homme le plus intelligent perd son jugement et sa perspicacité.

Il ne vivait que pour l'aimer, pour satisfaire ses moindres caprices; il lui obéissait comme un esclave. Ses moindres volontés faisaient loi; ses fantaisies les plus futiles, il les accomplissait avec bonheur, sans penser aux conséquences de semblables complaisances et aux exigences qu'elles pourraient entraîner par la suite. Mais M. Lester était trop absorbé dans sa félicité présente pour songer à l'avenir.

Il ne soupçonna pas un instant qu'Adélaïde n'était pas heureuse. Depuis leur mariage, il avait bien remarqué une certaine altération de sa santé, — et cela suffisait, pour cet homme amoureux, à expliquer le

changement de son caractère ; — mais il supposait
qu'en reprenant des forces et en oubliant peu à peu
toutes les commotions dont elle avait été si profondément ébranlée pendant les derniers temps de son séjour au château de Dane, elle retrouverait bientôt son
ancienne gaieté et sa vivacité d'esprit.

« Aucun lien ne l'attache encore au Hall, se disait-il ;
Wilfrid est retourné à Rugby et Maria est avec Marguerite au cottage de la falaise ; c'est une affaire de
temps ; il faut qu'elle s'habitue à son nouvel intérieur. » L'amour de M. Lester pour ses enfants allait
diminuant chaque jour davantage depuis son mariage.
La nouvelle épouse les avait remplacés dans son
cœur ; et il est probable qu'elle aurait eu le pouvoir
de les lui faire oublier tout à fait, si telle eût été sa
volonté. M. Lester, du reste, n'avait jamais éprouvé
pour eux une tendresse exagérée.

« Garderai-je à la maison Maria avec une institutrice, ou la confierai-je à miss Bordillion ? avait-il
demandé à sa femme, après leur retour de Paris.

— Confiez-la à miss Bordillion, répondit sans hésiter lady Adélaïde ; je n'en aurai pas la responsabilité, et nous serons mieux, seuls ici tous les deux.
Elle viendra de temps en temps passer quelques
jours avec nous, cela va sans dire. »

M. Lester envoya donc Maria chez miss Bordillion,
à laquelle il paya une pension équivalente à celle
qu'il aurait payée dans une institution de premier
ordre, et lady Adélaïde resta maîtresse du champ de
bataille.

Un matin Sophie vint trouver mylady, en lui
annonçant son intention de la quitter aussitôt qu'elle
le pourrait sans inconvénients et sans la mettre dans
l'embarras. Lady Adélaïde, surprise et ennuyée, — autant du moins qu'elle était capable maintenant d'être

surprise ou ennuyée de quelque chose en ce monde, — demanda avec quelque aigreur la cause de ce départ, et Sophie avoua sans circonlocutions qu'elle s'était décidée à épouser Richard Ravensbird.

« Comment! Ravensbird tient l'hôtel du *Rendez-vous des Marins?* s'écria lady Adélaïde.

— Oh! mon Dieu, oui, mylady. Depuis trois mois déjà; et il prospère.

— Mais, Sophie, vous ne pourrez jamais, j'en suis sûre, vous astreindre à vivre là, à rester au comptoir et à verser de la bière aux pratiques.

— Ma foi, si! dit Sophie. Pourquoi pas? Je crois que c'est là justement l'existence de mes rêves, mylady.»

Lady Adélaïde laissa échapper un geste de mépris.

« Il n'y a pas à discuter des goûts. Mais vous ne pouvez aimer Ravensbird; il est horriblement laid.

— C'est ce que je ne cesse de lui répéter; mais, au fond, mylady, moi, je ne le trouve pas si laid. Et puis, ajouta impudemment Sophie, ce n'est pas la première fois qu'on verrait une femme plus heureuse avec un mari laid qu'avec un beau. En tout cas, je veux essayer, quand mylady aura trouvé à me remplacer. »

La réplique n'était que médiocrement agréable à entendre, et lady Adélaïde, furieuse, déclara avec hauteur à Sophie qu'elle était libre de partir à l'instant.

Le vieux dicton : « Bouder contre son ventre » est et sera éternellement vrai; et si Sophie avait pris sa maîtresse au mot, celle-ci aurait été fort embarrassée en se trouvant tout à coup privée de ses services, et sans personne pour la remplacer. Mais, sur ces entrefaites, Tiffle entra : Tiffle, avec ses airs respectueux et ses paroles mielleuses. « Si mylady y consentait, elle remplacerait Sophie quant à présent; elle était tout à fait au courant du service d'une femme de chambre, et ses fonctions dans la maison lui laissaient assez de temps pour qu'elle pût s'occuper convenablement de mylady. »

Les amis de Mlle Tiffle auraient été fortement surpris s'ils l'avaient entendue faire une pareille offre. Tiffle, proposer — de son propre mouvement — de se charger d'une double tâche! C'était du nouveau. Mais Tiffle savait bien ce qu'elle faisait : pour débarrasser sans délai la maison de Mlle Sophie Collot et de ses allures indépendantes, elle aurait volontiers usé ses mains à s'en enlever la peau jusqu'aux os ; pour prendre de plus en plus d'empire sur sa jeune et faible maîtresse, elle aurait accepté avec joie les plus pénibles travaux. La présence de Sophie ne lui laissait que peu de chances d'en arriver à ses fins, et Tiffle donna un coup d'épaule pour aider à son départ. Elle avait vécu, depuis l'arrivée de Sophie au Hall, dans un état de rage perpétuelle en voyant l'inutilité de ses efforts à faire reconnaître par cette maudite Française son autorité, sous laquelle les autres domestiques courbaient si humblement la tête.

Lady Adélaïde n'eut garde de repousser son offre. Depuis quelques mois, en effet, elle n'osait plus adresser à sa femme de chambre la plus petite observation et réprimer ses impertinences de langage ; au fond, elle se trouvait heureuse d'en être débarrassée.

Sophie reçut donc la permission de partir aussitôt qu'elle le voudrait.

Quelques jours après, Sophie Collot devint la femme de Richard Ravensbird, et dès le lendemain de son mariage, prit possession de son poste au comptoir, à neuf heures du matin, avec l'aisance et le sang-froid naturels aux dames françaises. Tiffle entra en fonctions comme femme de chambre de lady Adélaïde. Il avait été convenu avec cette dernière que ce n'était là qu'un arrangement provisoire, et en attendant une remplaçante convenable; mais Tiffle se rendit tellement indispensable que sa nouvelle maîtresse ne donna pas suite à son projet; elle lui devint bientôt précieuse. Elle amusait continuellement son apathique indifférence par des babillages et des commérages sans fin sur tout ce qui se passait dans la maison, sur miss Bordillion, et principalement sur maître Wilfrid Lester. Dès le premier jour, Tiffle sembla s'être imposé une tâche : indisposer sa maîtresse contre ce jeune gentleman sans défiance, et elle y réussit.

Des mois se passèrent. Lord Dane était parti pour son grand voyage sur le continent, laissant Bruff et un ou deux domestiques pour la garde du château. Miss Dane demeurait à la petite maison couverte de lierre, avec ses fleurs, sa guitare, son nouveau poney-chaise et Mme Knox, une brave lady entre deux âges qui, jadis, avait été son institutrice. Ravensbird et sa femme prospéraient au *Rendez-vous des Marins*; quant à Tiffle, elle s'insinuait de jour en jour plus avant dans la confiance de sa maîtresse.

Un jour Danesheld fut mis tout à coup en émoi par l'arrivée d'un colporteur escorté des agents de police qui venaient de l'arrêter à la Grande-Croix. Un policeman plein de zèle, ayant cru remarquer une ressemblance entre cet homme et le signalement de celui que tout le monde maintenant supposait être le meurtrier d'Harry Dane, avait, sans hésiter, procédé à son arrestation et l'emmenait à Danesheld.

Cependant Drake, appelé pour le reconnaître, déclara que ce n'était pas là l'homme qu'il avait vu se quereller avec le capitaine Dane, et Squire Lester confirma l'affirmation de Drake. « Les deux individus étaient grands, larges d'épaules, il est vrai, dit Squire Lester, mais leurs visages n'avaient aucune ressemblânce; celui-ci paraissait honnête et inoffensif ; l'autre, au contraire, était d'un aspect sinistre. »

Force fut donc de remettre l'homme en liberté, comme on avait fait autrefois de Ravensbird.

« Trouverez-vous jamais le vrai coupable, croyez-vous, Bent ? demanda M. Lester à l'officier de justice.

— Je ne sais vraiment que penser, monsieur, répondit Bent en secouant la tête ; le gars a réussi à se tirer proprement d'affaire, c'est certain... jusqu'à présent du moins, car tout finit par se découvrir, tôt ou tard. Vous n'avez jamais entendu, je suppose, monsieur, lady Lester faire aucune allusion aux événements de cette nuit ?

— Aucune. Ce ne serait pas un sujet de conversation agréable pour elle.

— C'est très-curieux, mais je ne puis m'ôter de l'esprit que mylady en sait plus long qu'elle ne nous en a dit, continua l'officier. »

M. Lester leva les yeux sur le policeman avec une expression de hauteur mêlée de surprise.

« Lady Adélaïde a prêté serment du contraire, monsieur !

— Oh ! je le sais bien, répondit Bent en mâchonnant le bout d'une paille.

— Alors, il est inutile de remettre cette question sur le tapis. Bonjour, Bent.

— Ah ! je n'ignore pas que c'est inutile, murmura l'officier de police, tout en saluant M. Lester, et je perdrai mon temps à vouloir lui tirer les vers du nez. Mais il y a une chose que je n'ignore pas davantage : c'est que si femme au monde m'a jamais intrigué depuis que je suis dans la police, c'est certainement celle-là, avec ou sans serment. Ah ! mylady Adélaïde, j'en réponds, est une fière trompeuse ! »

CHAPITRE XIV

WILFRID LESTER TOURNE MAL

Neuf ou dix années s'écoulèrent sans qu'aucun événement digne d'être raconté se passât à Danesheld. Six enfants étaient nés du mariage de M. Lester et de lady Adélaïde, sans amener avec eux le bonheur dans la maison. M. Lester était maintenant un homme plein de soucis et d'inquiétudes, sans cesse occupé à chercher les moyens de satisfaire aux lourdes charges qui pesaient sur lui. Sa confiance en sa femme n'avait pas diminué. Il l'aimait comme bien peu d'hommes, arrivés à son âge, sont encore capables d'aimer.

Et elle, lady Adélaïde ? qu'en dire, en vérité ? Qu'elle était une mauvaise épouse ? — Ce ne serait pas exact et pourrait être pris dans un sens impropre, car elle avait été une femme fidèle, rigoureusement fidèle... mais insensible et sans cœur.

Il nous faut à tous, hommes ou femmes, un but dans la vie. Une existence sans but est une existence misérable et désespérée. Lady Adélaïde n'en avait pas. Il semblait qu'aucun lien ne la rattachât ici-bas.

Son ancienne indifférence avait fait place à un état d'ennui chronique que rien ne pouvait vaincre.

Dès les premiers jours de son mariage, elle s'était lancée dans des dépenses folles et y avait entraîné son mari avec elle. Son train de maison, qui aurait été à peine modéré pour le château de Dane, était tout simplement ruineux pour Danesheld-Hall. Mais lady Adélaïde n'avait pas l'air de le comprendre. Sa toilette seule coûtait dix fois plus qu'il n'aurait été raisonnable.

Ils avaient maintenant une maison à Londres et y
passaient, chaque année, dans les plaisirs et les fêtes,
les deux mois de la saison ; chaque année aussi, au
commencement du printemps, ils passaient — c'était
là une règle invariable — un mois à Paris, et lady
Adélaïde déclarait que ce petit voyage était nécessaire
à sa vie. En réalité, le seul moment de l'année où ils
fussent réellement tranquilles était l'automne, qu'ils
passaient à Danesheld.

On peut juger par là si le revenu modeste (compara-
tivement) de M. Lester, 75,000 francs par an, pouvait suffire à de semblables dépenses. Ce n'était même
plus 75,000 francs aujourd'hui, car le capital avait
été peu à peu entamé, et les revenus s'en trouvaient
diminués. De plus, une grande partie de ce capital
appartenait à miss Lester. Les 375,000 francs laissés
par le défunt lord Dane à lady Adélaïde avaient disparu comme une goutte d'eau dans l'océan, et étaient
dépensés depuis bien longtemps déjà.

Les enfants, dont la venue se succéda si rapidement,
ne calmèrent pas l'extravagance et le besoin d'agitation continuelle de leur mère. Aussitôt rétablie d'une
de ses couches, lady Adélaïde donnait une nourrice
au baby et reprenait ses habitudes mondaines. Ce
n'est pas qu'elle n'aimât pas ses enfants : elle avait pour
eux, au contraire, un amour jaloux et exclusif. Mais
elle ne connaissait pas, disait-elle, de pire supplice,
sur cette terre, que d'avoir toujours ses enfants autour
de soi, et excepté à Danesheld, elle n'était presque
jamais avec eux.

Elle les aimait tant qu'elle en devenait souverainement injuste ; — on verra tout à l'heure comment. — Et
cependant elle n'essayait même pas de s'occuper de
leur éducation. Elle les aimait pour les voir paraître
à table, au moment du dessert, avec leurs jolies robes

flottantes, et leurs cheveux bouclés, ou pour les promener dans sa voiture, pomponnés comme de petites poupées. Dans ces occasions-là, elle les gâtait outrageusement et était, pour ainsi dire, leur esclave.

Le pauvre M. Lester ne considérait ses embarras d'argent que comme la conséquence naturelle de l'accroissement de sa famille, et, se lamentant sur son malheureux sort, maudissait les dieux de ne lui avoir pas été plus doux dans la répartition de leurs faveurs.

Tiffle était toujours au Hall, et Tiffle prospérait; elle avait conservé son poste de femme de chambre de lady Adélaïde, et continuait à faire peser sur les autres domestiques son autorité ferme, redoutable et incontestée.

Tiffle avait, dans les premières années du mariage, accompagné sa maîtresse dans ses voyages; mais quand la famille augmenta, elle dut rester au Hall pour surveiller les enfants, et lady Adélaïde prit une femme de chambre française, petite personne aimable et enjouée, qui parlait français aux babies et avait grand soin, pendant les séjours à Danesheld, d'abandonner ses fonctions auprès de madame à l'ombrageuse Tiffle.

Sur un point, Tiffle avait réussi à sa plus entière satisfaction. Grâce à elle, la guerre s'était allumée entre lady Adélaïde et Wilfrid Lester; et quoique les hostilités ne fussent pas ouvertement déclarées, — car Wilfrid ne rencontrait que rarement sa belle-mère, — les mauvaises dispositions des deux parties l'une envers l'autre n'en étaient pas moins accentuées : elles se haïssaient cordialement. Lady Adélaïde, dans son injustice aveugle, considérait Wilfrid comme un véritable intrus dans la maison, comme une sorte de larron qui dépouillerait ses enfants, à elle, si M. Lester lui remettait — et tout portait à croire qu'il en serait ainsi — la part de fortune à laquelle il avait droit. La part légitime de Wilfrid devait être considérable, puisque plus de la moitié de la fortune de M. Lester lui venait de sa première femme.

Wilfrid, de son côté, ressentait—il est à peine besoin de le dire — un profond ennui du second mariage de son père, qui, à ses yeux, avait eu surtout pour résultat d'éloigner sa sœur et lui du foyer paternel. Ils y venaient quelquefois, il est vrai, accidentellement, mais plutôt en visiteurs qu'en enfants de la maison. Ils y avaient l'air d'étrangers, et l'on ne laissait pas échapper une occasion de leur prouver à tous deux qu'on les regardait comme tels, et plus particulièrement Wilfrid, que son père cherchait à éloigner de lui chaque jour davantage, et qui avait la preuve des efforts de lady Adélaïde pour l'en détacher tout à fait. Un pareil état de choses ne pouvait donc qu'envenimer les sentiments du jeune homme à l'égard de sa belle-mère.

Wilfrid fut envoyé de bonne heure au collége, et quand il eut terminé ses études, on lui acheta un brevet d'officier dans un régiment d'élite. « Cela lui fera au moins une position, » dit lady Adélaïde à son mari, « et j'en serai débarrassée ici, » ajouta-t-elle mentalement. Lui faire une position ! Chacun sait à quelles dépenses sont entraînés les officiers dans ces corps d'élite ; dépenses non pas absolument nécessaires, mais rendues inévitables en quelque sorte par des tentations de tous les instants, — auxquelles bien peu ont la force de résister, — par la mode, l'exemple, et la manie de *faire comme les autres*. La solde de ces officiers, comparée à leurs dépenses, est une goutte d'eau dans une rivière. La plupart d'entre eux sont des hommes de rang élevé, quelques-uns de grande richesse ; et ceux qui ne jouissent pas — pour leur malheur — d'une bourse bien garnie n'ont pas de chance d'avancement, car ils sont fatalement destinés à « mal tourner ».

M. Lester aurait dû, avant d'engager son fils dans une telle voie, peser toutes ces considérations, et réfléchir à la maigreur de la pension qu'il pouvait lui allouer.

Il ne le fit pas cependant, et Wilfrid rejoignit son régiment.

Sans soucis, indifférent, bon enfant, attrayant et remarquablement beau, personne plus que lui n'était capable d'avoir des succès dans un tel milieu. Jamais jeune homme ne fut plus populaire que le sous-lieutenant Lester, et jamais non plus — il serait inutile de vouloir pallier le fait — jeune homme ne se livra plus inconsidérément à toutes sortes d'extravagances. L'exemple est contagieux, et le sous-lieutenant Lester n'eut ni le bon sens ni le courage d'y résister. Il se laissa entraîner par la contagion et se ruina. Après quatre ans de plaisirs et d'agitations, Wilfrid fut obligé d'appeler en toute hâte M. Lester à Londres ; il était entre les mains des *Philistins* et venait d'être jeté en prison. Il avoua franchement sa situation à son père, sans rien lui cacher de l'état réel de ses affaires ; il lui fallait de l'argent... beaucoup d'argent.

« Je ne puis t'en donner, dit M. Lester.

— Alors il ne me sera pas possible de rester au régiment...

— Je ne puis rien y faire. Vends ton brevet, et consacres-en le produit à la liquidation de tes dettes. »

Le jeune officier parut consterné.

« C'est une cruelle alternative, dit-il.

— Il n'y en a pas d'autres ; je ne t'ai pas adressé un seul mot de reproche, Wilfrid, comme bien des pères auraient fait à ma place, car je suis à blâmer autant que toi. Je sais quelque chose des tentations auxquelles tu n'as pas eu la force de résister; mais il me semble que les jeunes gens — c'est une nécessité, viens-tu de me dire — dépensent aujourd'hui trois ou quatre fois plus d'argent que de mon temps. C'est là une malheureuse et triste affaire, et une véritable ruine pour toi, car tes projets d'avenir sont brisés. Je t'aiderais, si c'était en mon pouvoir, Wilfrid... oui, en vérité, je t'aiderais de bon cœur; mais je ne le puis pas, même dans la plus modeste proportion. Je suis, comme toi, dans une situation d'argent telle que j'ose à peine en parler.

— Grâce à la longue suite d'extravagances de my-lady, pensa Wilfrid, et l'on parle des miennes!

— Il faut vendre ton brevet, et le vendre sans perdre de temps, continua M. Lester. Je me charge de te faire sortir de prison, je l'espère, du moins; les affaires pourront ensuite se traiter tranquillement. Si la liste que tu viens de me remettre comprend toutes tes dettes, le produit de la vente de ton brevet sera à peu près suffisant pour les liquider.

— Et... après?

— Après?... ah! je ne sais pas. Tu n'aurais pas dû attendre à aujourd'hui pour penser à l'avenir, Enfin!... tu pourras toujours, en attendant, venir passer quelque temps à la maison. Peut-être réussirai-je à t'obtenir un emploi du gouvernement. »

Il fallut bien se soumettre, mais la nécessité de vendre son brevet fut pour Wilfrid un coup terrible. Les fonds réalisés ne suffirent pas tout à fait à payer ses dettes, et M. Lester consentit à s'engager au payement de ce qui restait encore dû. Il est possible que sa conscience lui reprochât de ne pas se conduire précisément comme il le devait vis-à-vis de son fils, — son fils aîné! — et que cette pensée l'eût enfin rendu plus indulgent et plus coulant.

Quant à Wilfrid, il était profondément blessé de la manière d'agir de son père à son égard. Il vit sa carrière brisée, son avenir sans espoir ; et une fois ses affaires arrangées, il retourna au Hall, découragé, accablé, comme un homme déshonoré, s'inquiétant peu de ce qu'il deviendrait.

Le grand train de la maison paternelle ne se soutenait qu'à l'aide de l'argent de sa mère. Sans le second mariage de son père, sans cette nouvelle et nombreuse famille, l'argent lui aurait-il manqué? Wilfrid se regardáit comme une sorte de victime sacrifiée au bonheur personnel de son père!

Lady Adélaïde le reçut presque gracieusement, en apparence; froidement polie, mais d'une politesse qui n'appartenait qu'à elle; Wilfrid ne s'y trompa pas un instant et se sentit plus que jamais « de trop » dans la maison.

Une sorte d'antagonisme s'établit entre sa belle-mère et lui, et naturellement ce fut toujours elle (comment aurait-il pu en être autrement avec M. Lester pour juge du camp) qui triompha dans cette lutte.

Tiffle ne cessait de souffler sur la flamme.

Les années n'avaient pas calmé les préventions de Tiffle à l'égard de Wilfrid, et sa haine — passive pour ainsi dire — contre l'enfant était devenue une haine active contre l'homme.

Wilfrid pour avoir la paix, prit le parti de s'absenter de la maison le plus souvent possible, et pour échapper à l'ennui aussi bien qu'aux hôtes du Hall, chassait ou pêchait presque toute la journée, et allait passer la soirée au cottage de miss Bordillion.

Ce fut un bonheur pour lui, dans un sens du moins, car bientôt — très-tôt — son ennui s'évanouit comme par enchantement, et ce jeune homme indifférent à tout, découragé, qui se demandait quelquefois s'il ne

ferait pas mieux de se jeter lui-même dans l'étang que
d'y jeter sa ligne de pêche, et n'aurait pas fait un pas
pour sauver sa vie, reprit tout à coup son courage et
son énergie, et se mit à espérer. L'existence, qui lui
semblait hier encore si lourde à porter, devint pour
lui comme un paradis plein de soleil et de douces visions. L'avenir, hier encore si incertain, si triste et si
désespéré, se dégagea soudain de ses nuages sombres,
et lui apparut sous les plus tendres et les plus vives
couleurs. Il aimait Edith Bordillion ! Il l'aimait, non
pas de cet amour passager et inconstant qui ne résiste
pas aux épreuves de l'adversité et du temps, mais
d'une de ces passions pures, inaltérables, qui vous
absorbent tout entier et dont les femmes seules sont
ordinairement capables.

Ils ne s'étaient pas vus depuis quatre ans quand il
revint à Danesheld.

Wilfrid n'avait pas une seule fois rendu visite au Hall
pendant le temps passé par lui au régiment. Il rencontrait quelquefois son père et lady Adélaïde à Londres,
accidentellement, et pensait que cela suffisait.

Edith et lui se retrouvèrent donc comme des étrangers.

La charmante petite fille que dans sa jeunesse il
traitait en sœur semblait maintenant une tout autre
personne, et il y avait un monde entre l'enfant si fa-
milière et si rieuse et la belle et élégante jeune femme
d'aujourd'hui.

Après quelques mois de félicité sans mélange et de
rêves dorés, Wilfrid se décida à confier son secret à
son père. La nouvelle troubla étrangement M. Lester.
Il ne pouvait faire aucune objection contre Edith. Elle
était d'une aussi bonne famille que son fils (presque
de la même, pour ainsi dire) et elle hériterait sans
aucun doute d'une fortune convenable à la mort de son

père, le colonel Bordillion, dont elle était fille unique.
Le colonel habitait l'Inde depuis de longues années et,
dépensant peu, avait dû, nécessairement, faire d'importantes
économies. Ce qui troublait et inquiétait
M. Lester, c'était ce qui le regardait personnellement
dans cette affaire. Wilfrid, dans son ardeur d'obtenir
son consentement, protestait que lui et sa jeune femme
vivraient de rien... ou de si peu de chose que ce ne
valait pas même la peine d'en parler. Il n'avait pas
l'intention de tirer à boulets rouges sur son père,
et pourvu que la plus petite pension lui fût accordée,
il se déclarerait satisfait. Edith approuvait de
tout son cœur les assurances de son fiancé.

« Vous êtes, tous les deux, beaucoup trop jeunes
pour vous marier, dit M. Lester.

— J'ai vingt-trois ans, répondit Wilfrid, et Edith
n'a que deux ans de moins que moi. »

Lady Adélaïde fut d'abord favorable au projet. Si le
colonel Bordillion consentait à allouer une rente à sa
fille, et si les deux jeunes gens voulaient bien se contenter
de vivre d'amour au cottage, « eh bien, pauvres
enfants, qu'ils se marient ! Cela aurait au moins une
heureuse conséquence : le départ du Hall de maître
Wilfrid ! Elle insista adroitement auprès de M. Lester,
sans lui laisser voir le désir d'être débarrassée de son
fils, — elle avait toujours été très-circonspecte sur ce
point, — mais en manœuvrant de manière à lui faire,
en fin de compte, partager son opinion.

M. Lester parla donc en ce sens à Wilfrid.

« Mais, de votre côté, vous m'aiderez aussi un peu,
n'est-ce pas, mon père ? observa le jeune homme. Je ne
puis pas vivre absolument aux crochets de ma femme,
quand bien même le colonel Bordillion n'y trouverait
rien à redire. »

M. Lester s'agita, grommela ; au fond, ce n'était

pas un homme intéressé, mais il se trouvait empêtré
dans des embarras d'argent inextricables. Il affirma à
son fils l'impossibilité de lui accorder autre chose
qu'une pension des plus modiques. Il essayerait cependant de la porter jusqu'à trois ou quatre mille francs.
Mais Wilfrid ferait mieux d'écrire au colonel Bordillion et de lui expliquer pourquoi lui, M. Lester, ne
pouvait donner davantage. « Attendons la réponse du
colonel, » ajouta-t-il.

Wilfrild suivit cet avis et, en attendant la réponse
de M. Bordillion, loua un charmant petit cottage, —
le plus petit du pays, — qu'il commença à meubler
des quelques meubles indispensables au ménage le
plus modeste. C'était là un nouvel exemple de la prudence dont ce brave garçon avait déjà donné tant de
preuves !

Pendant ce temps, Edith et lui continuaient à vivre
dans les nuages. Mais, hélas ! avant même l'époque
où ils comptaient recevoir les nouvelles si impatiem-
ment attendues, une lettre du colonel à sa fille arriva
des Indes, faisant prévoir quelque horrible catastrophe. La lettre ne donnait aucun détail particulier.

Le courrier suivant leur apprit la triste vérité. Le
colonel Bordillion était ruiné ! La faillite d'une banque indienne lui enlevait toutes les économies qu'il
y avait placées depuis tant d'années. Il ignorait
quel pourrait être le dividende de la faillite ou même
s'il y en aurait un, les affaires étant dans un désordre
inexprimable.

La lettre contenait en outre quelques lignes à l'a-
dresse de Wilfrid et d'Edith. Le colonel disait qu'il
aurait été heureux de leur mariage et les aurait
bénis de tout son cœur, et même leur envoyait sa
bénédiction, au cas où l'union projetée pourrait encore
avoir lieu ; mais quant à une assistance quelconque

de sa part, quant à de l'argent, il n'y fallait pas compter. Si son vieil ami, Squire Lester, trouvait le moyen
de les soutenir pendant quelque temps, il serait peut-
être en état de faire quelque chose pour eux par la
suite.

Wilfrid Lester resta longtemps plongé dans une
sombre rêverie, tenant d'une main cette lettre sinistre,
et de l'autre, les doigts tremblants d'Edith.

« Aurez-vous le courage de vivre avec cinq mille
francs par an, Edith ? »

Elle lui sourit doucement.

« Je ferai tout ce que vous me demanderez. Papa
ne peut pas être entièrement ruiné, et plus tard il
nous aidera.

— Faites attention, Edith, c'est un engagement,
cela. Vous en rapportez-vous à moi? Je tâcherai de
tirer le meilleur parti possible de notre situation.
Quel que soit l'avenir, voulez-vous le partager avec
moi ?

— Oui, » dit-elle simplement.

Elle avait une foi si entière en Wilfrid, qu'elle l'aurait suivi, les yeux fermés, jusque dans les plus profonds et les plus sombres abîmes.

L'état des affaires au Hall n'était ignoré de personne au cottage, et miss Bordillion, Edith et Maria
Lester ne cachaient pas l'indignation que leur causait
la conduite de lady Adélaïde envers Wilfrid.

Wilfrid alla trouver son père à Scarborough, où il
demeurait momentanément avec sa femme, et plaçant
sous ses yeux la lettre du colonel Bordillion, il lui
demanda ce qu'il y avait à faire.

« Ce serait folie à toi de te marier maintenant, Wilfrid, s'empressa de dire M. Lester.

— Je ne puis renoncer à elle, mon père. Depuis deux
mois, nuit et jour, je n'ai pas eu d'autre pensée, d'autre

rêve, et... il *faut* que je me marie. Je crois que
si vous voulez bien porter les trois mille francs dont
vous m'avez déjà fait la promesse à cinq mille francs,
cela nous suffira pour vivre, en attendant l'arrangement des affaires du colonel. Edith consent à tout.
Il y a du gibier et du poisson à profusion dans le pays,
et les loyers sont presque pour rien à Danesheld.
Cher père ! c'est bien peu de chose, en vérité, ce que
je vous demande ; ne me refusez pas ; souvenez-vous de
vos jeunes années. »

Il avait pris avec émotion la main de son père.

M. Lester se sentit troublé devant ce visage ému,
devant l'ardente supplication de ces yeux bleus profonds ; son front se couvrit d'une vive rougeur, et ce
fut d'une voix mal assurée qu'il répondit :

« Ce serait si terriblement imprudent de ta part,
Wilfrid ! Quel avenir de privations et de misère !
Songe à Edith.

— C'est à elle que je songe, mon père ; je vous im-
plore aussi bien pour elle que pour moi. Edith a
compté sur ce mariage autant que moi. Vous m'avez
dit n'avoir aucune objection contre elle.

— Une objection contre Edith ! grand Dieu, non.
Jusqu'à ce jour, j'ai toujours pensé qu'une telle femme
serait une bonne fortune pour toi ; et je voudrais vous
voir mariés à l'instant tous les deux, si cela était
possible. Cinq mille francs par an, c'est moins que
rien.

— Ce n'est, certes, pas beaucoup, si nous ne devions
jamais avoir davantage. Mais il n'en sera pas toujours
ainsi. Il est impossible que les choses ne changent pas
par la suite. J'obtiendrai quelque place, un jour ou
l'autre, et le colonel, il faut l'espérer, réussira à sauver une partie de sa fortune. Ne me refusez pas, mon
père...

— Eh bien, Wilfrid, je verrai... Je réfléchirai à ce que je puis faire, dit enfin M. Lester. Ce sera terriblement hasardeux !... Mais, après tout, c'est ton affaire, et non la mienne... Comment parviendrai-je moi-même à me procurer tous les ans ces cinq mille francs? je m'en rends à peine compte. Quand repars-tu pour Danesheld ? Demain matin ?... Allons, nous recauserons de cela avant ton départ. »

Wilfrid Lester considéra l'affaire comme arrangée, et se crut sur un véritable lit de roses.

Il rencontra par hasard un de ses amis, ancien camarade de régiment, en congé à Scarborough, et avec l'expansion naturelle aux gens heureux, lui fit part de son bonheur. Ils passèrent ensemble la journée et la soirée à fraterniser. Mais le lendemain matin, Wilfrid, à sa grande consternation, fut reçu par M. Lester avec un regard glacé et des paroles plus glacées encore.

Après avoir mûrement réfléchi, M. Lester trouvait l'imprudence de ce mariage tellement grande qu'il refusait absolument d'y donner son consentement.

Les yeux de Wilfrid lançaient des éclairs.

« Alors, vous ne m'accorderez que trois mille francs, monsieur ?

— Je ne t'accorderai rien du tout, dit M. Lester avec une calme indifférence. Je suis fâché de n'avoir pas vu de suite, hier matin, l'absurdité et l'impossibilité de ton projet. Dans le premier moment, ses conséquences ne m'avaient point frappé. Mais, vraiment, je ne puis donner mon consentement à rien de semblable ; aussi bien pour toi que pour Edith, je ne le puis ni ne le dois. Je vais écrire à lord Irkdale aujourd'hui même, Wilfrid, pour lui demander d'obtenir pour toi une place du gouvernement. Il a rendu quelques services dernièrement, et peut-être ne lui refusera-t-on pas.

— Lord Irkdale, s'il est bien en cour, fera mieux de garder son influence pour lui-même ; il doit en avoir besoin ! s'écria le jeune homme indigné et oubliant toute retenue ; ah ! je sais à qui je suis redevable de ce changement... c'est à lady Adélaïde ! »

Un tel reproche n'était pas fait pour arranger ses affaires. M. Lester lui imposa silence, et ils se séparèrent mécontents l'un de l'autre et dans les termes de la plus grande froideur.

Wilfrid courut comme un fou jusqu'à son hôtel, et épancha sa douleur dans le sein de son sympathique ami. L'officier, qui, quoique fort jeune, était lui-même sur le point de se marier, se sentit ému de l'indignation de Wilfrid, et applaudit sans réserves à sa détermination « d'épouser Edith Bordillion, en dépit de tout ».

« Je n'agirais pas autrement si j'étais à votre place, Lester, dit le capitaine, sur ma parole d'honneur, pas autrement. Et..., mon cher garçon, si un billet de mille francs peut vous être de quelque utilité, je l'ai là, dans ma poche. Vous pouvez le prendre pour autant de temps que vous voudrez ; je vous le prêterai bien volontiers. »

Il n'est pas besoin de demander si l'offre fut acceptée avec empressement. Wilfrid Lester se croyait un homme riche, — ou plutôt croyait qu'il serait riche un jour. Il retourna à Danesheld, triomphant, et n'hésita plus à réclamer d'Edith l'exécution de sa promesse.

Miss Bordillion eut beau supplier, les conjurant de réfléchir à une pareille imprudence — pour ne rien dire de plus — et d'attendre au moins de nouveaux renseignements sur la situation de fortune du colonel Bordillion, Wilfrid ne voulut rien écouter : une voix secrète lui murmurait que s'il laissait échapper l'occasion aujourd'hui, il ne la retrouverait pas de bien longtemps, jamais peut-être ; de plus, comme il le faisait remarquer à Edith, — et il en était convaincu lui-même, — une fois mariés, son père se laisserait attendrir et lui allouerait, au pis aller, les trois mille francs par an.

On prépara donc tout pour le mariage ; non pas précisément pour un mariage secret, mais pour quelque chose d'à peu près équivalent.

Quelques jours plus tard, un jour de septembre, M. et lady Adélaïde Lester rentrèrent à Danesheld-Hall.

Lady Adélaïde, en descendant de voiture, se rendit directement dans sa chambre pour s'habiller avant le dîner. Sa femme de chambre française, Mlle Célina, la débarrassa à la hâte de son chapeau de voyage et de son châle, et commença à procéder à sa toilette, tout en s'excusant de se présenter nu-tête devant mylady : un malheureux accident lui était survenu ; « elle avait égaré la clef de son armoire et se trouvait, par conséquent, empêchée de mettre un bonnet, comme c'était son devoir. Elle comptait sur la bonté de mylady pour lui pardonner. »

Mylady ne paraissait nullement s'inquiéter que Mlle Célina eût ou non un bonnet. Impatiente d'embrasser ses enfants, elle avait eu la déception de ne pas les trouver à la maison, et lady Adélaïde n'était pas d'un caractère, maintenant, à endurer patiemment les plus petites contrariétés.

« Dépêchez-vous de me coiffer, » dit-elle d'un ton de mauvaise humeur.

Ce fut la seule réponse dont elle voulut bien honorer Mlle Célina.

Sur ces entrefaites, Tiffle entra : Tiffle, plus vieillie que sa maîtresse — mais ces figures refrognées et acariâtres se rident généralement avant l'àge — et, suivant son ancienne habitude, marchant avec une lenteur affectée, en frottant ses mains l'une contre l'autre.

« Faites-moi le plaisir de me dire comment vous avez laissé sortir les enfants, sachant que j'étais attendue, Tiffle ?

— Mylady, c'est la faute d'une autre, et non la mienne. Je n'ai pas d'autorité sur miss Lester. Elle est venue cette après-midi et a fait des reproches aux bonnes de garder les enfants enfermés à la maison par un aussi beau temps. Elle a ordonné de les emmener à la promenade... Cela suffit, ajouta Tiffle en s'adressant à Célina, je donnerai moi-même a mylady ce dont elle a besoin. »

La femme de chambre disparut, heureuse de céder sa place à sa supérieure et, probablement, de pouvoir chercher tout à son aise la clef de son armoire.

Tiffle ferma la porte avec soin et revint vers lady Adélaïde, en levant les yeux et les bras au ciel.

« Oh ! mylady ! quelle iniquité ai-je apprise aujourd'hui ? J'en ai été indignée... J'en suis encore tout sens dessus dessous, si j'ose dire... Penser qu'on vous a à ce point trompés, vous et monsieur ! Ces deux misérables sont en train de se marier artificieusement. »

Par intuition, lady Adélaïde comprit de qui elle parlait. Wilfrid ne s'était pas trompé dans ses soupçons. C'était bien sa belle-mère qui avait fait peser sur son père sa volonté et l'avait décidé à s'opposer au mariage. Dans son profond égoïsme, craignant que le nouveau ménage ne fût entièrement à la charge de M. Lester, elle n'avait pu se résoudre à priver ses enfants et à se priver, elle (pour ses caprices et ses extravagances), des trois ou quatre mille francs promis.

« Que me dites-vous-là, Tiffle?

— Mylady, c'est aussi vrai que l'Évangile. Tous les deux, M. Wilfrid et cette charmante nièce de miss Bordillion, sont sur le point de se marier secrètement. Ils vont aller à l'église, tout seuls, ici, à Danesheld. De toutes les impudences que j'ai jamais vues dans ma vie, celle-là est certes la plus forte!... Ici, à Danesheld, mylady!

— Est-ce que miss Bordillion ne s'y est pas opposée? demanda lady Adélaïde, tout interloquée.

— Ah! elle serait plutôt capable de les encourager... cependant, je ne l'ai pas entendu dire. Ce dont je suis sûre, c'est qu'ils sont sur le point de se marier en cachette; grand bien leur fasse! Je ne saurais vous préciser le jour; mais je sais que ça ne tardera pas. Demain, probablement.

— Comment avez-vous appris tout cela? Comment pouvez-vous ainsi être toujours au courant des nouvelles, Tiffle?

— J'ouvre les yeux et les oreilles, voilà tout, mylady, répondit Tiffle avec un air de parfaite innocence.

— Il faut, sur ma parole, que vous écoutiez aux portes ou derrière les haies.

— Mylady, quoi que je fasse, je n'agis jamais que dans votre intérêt et par considération pour vous, pour empêcher tous ces affreux petits serpents de vous étouffer. Quand je vous affirme qu'une chose est vraie, vous pouvez me croire, les yeux fermés... La jeune lady ne tardera pas à changer son nom contre celui de Mme Wilfrid Lester.

— On saura bien l''en empêcher, et sans grande difficulté, fit lady Adélaïde tranquillement. Squire Lester verra cela. — Mes bracelets.

— Avec tout le respect que je vous dois, mylady,

je me permettrai de vous faire observer que rien ne saurait l'en empêcher. M. Wilfrid est son maître, il est majeur. Squire Lester n'a pas plus de pouvoir dans cette affaire que je n'en ai moi-même. Ils avaient, tous deux, pris leur parti aussitôt les mauvaises nouvelles reçues des Indes, et ils feront comme ils ont dit. »

Il y eut un silence. Tiffle agrafait les bracelets.

« Si j'étais à votre place, mylady, reprit-elle, — non pas que j'aie la prétention de donner un conseil à mylady, et, j'en suis certaine, mylady en est bien convaincue, — je laisserais le mariage se faire tout tranquillement. Si on s'en mêle, qui sait si Squire Lester ne se laissera pas persuader, et entraîner peut-être à leur allouer une rente de quelques milliers de francs, au grand préjudice de mylady et de ses chers petits agneaux; au lieu que si le maître apprend la nouvelle quand il n'y aura plus à y revenir, le mariage une fois conclu en cachette de lui, — comme on dit qu'il se fera, — la graisse sera sur le feu, alors, mylady, et le maître ne voudra ni les voir ni leur accorder un centime. C'est, du reste, tout ce qu'ils méritent... et au moins, ces pauvres agneaux ne seront pas lésés. »

La conversation fut interrompue par l'entrée des agneaux eux-mêmes, qui se précipitèrent en criant de joie dans la chambre. Le premier agneau était un grand garçon de huit ans, George, un agneau insupportable et horriblement gâté ; le dernier agneau, un petit baby encore aux bras de sa nourrice. Quatre autres complétaient le troupeau.

Lady Adélaïde fut presque étouffée sous les caresses pendant quelques minutes.

Quant à Tiffle, elle avait disparu. Comme goût, Tiffle éprouvait la plus grande aversion possible pour les agneaux ; comme politique, elle feignait une profonde affection pour ceux-ci.

Il est probable que lady Adélaïde estima bonne à suivre la conduite que Tiffle « aurait tenue si elle eût été à sa place » ; car elle ne souffla mot à son mari du mariage projeté.

Les conséquences de ce silence furent précisément celles prévues par Tiffle. Wilfrid Lester se maria sans que personne songeât à le troubler : ce qu'il considéra comme du meilleur augure pour lui ; mais quand la nouvelle de la cérémonie parvint le lendemain aux oreilles de Squire Lester, la graisse — pour employer l'élégante comparaison de Tiffle — entra en ébullition.

Wilfrid Lester avait caressé le charmant petit projet de se présenter devant son père avec sa jeune femme, de lui confesser humblement la vérité, et d'implorer son pardon et l'oubli de sa faute, mais il n'eut pas le temps de le mettre à exécution. L'herbe lui fut coupée sous le pied.

Comme à Scarborough, il reconnut là la main et l'influence de lady Adélaïde. Il ne se trompait pas, et dans ces deux circonstances M. Lester se laissa absolument conduire et dominer par elle. Aujourd'hui surtout, elle avait excité son ressentiment jusqu'à la rage. L'entrevue du père et du fils fut terrible. Squire Lester lança à la tête de Wilfrid les plus violents reproches ; Wilfrid riposta par certaines réflexions, plus mordantes que polies, à l'endroit de sa belle-mère, et M. Lester le mit finalement à la porte en déclarant qu'il était heureux d'être à jamais débarrassé de sa présence. Les dernières paroles qu'il lui adressa sur le seuil du Hall, Wilfrid étant déjà au milieu de la route, — un passant les entendit, — furent celles-ci :

« Et souvenez-vous-en, monsieur, ni pendant ma vie, ni après ma mort, vous n'aurez jamais un sou de moi. »

Squire Lester courut au cottage de la falaise, situé non pas au bord de la mer, ainsi que son nom pourrait le faire supposer, mais derrière le Hall, à un angle de la forêt. Il entra comme une tempête dans le salon où était assise miss Bordillion.

« Aviez-vous connaissance de cette folle escapade de Wilfrid, Marguerite ?

— Oui, répondit-elle. J'ai tout dit et tout fait pour l'empêcher, mais cela n'a servi à rien.

— Tout dit et tout fait pour l'empêcher ! riposta M. Lester d'un ton auquel il n'avait pas habitué miss Bordillion. Pourquoi ne pas m'avoir averti ? · Vous saviez mon retour depuis la veille au soir, je présume ? Il faut que vous ayez été complice. Votre conduite ne peut s'expliquer autrement.

— Je ne vous savais pas de retour. Mais, quand bien même je l'aurais su...

— Maria les a accompagnés à l'église ? fulmina M. Lester.

— Non. J'allais vous dire, continua miss Bordillion, que quand bien même j'eusse été avertie de votre retour, je ne vous aurais rien dit. Tous les arguments, toutes les persuasions possibles, je les avais employés ; de plus, je ne croyais pas, et je ne crois pas encore, que je fusse en droit d'intervenir entre vous et votre fils. Vous auriez été aussi impuissant que moi à empêcher le mariage, car tous deux y étaient absolument décidés. C'est la plus lamentable des imprudences, je n'en disconviens pas ; mais en dehors de cela, je pense qu'il y a bien des choses à dire de votre côté comme du leur.

— Alors, puisque vous n'avez pas jugé à propos d'empêcher ce mariage, quand vous en aviez le pouvoir, vous les aiderez sans doute de votre bourse, n'est-ce pas, quand ils mourront de faim ? car cela

arrivera fatalement un jour, vous pouvez compter là-
dessus, c'est moi qui vous le dis ! »

Et M. Lester sortit furieux, sans daigner discuter
davantage.

Sans cet emprunt de mille francs, Wilfrid ne se
serait jamais décidé à prendre une détermination aussi
hasardeuse. Mais, avec de l'argent plein les mains,
on voit généralement les choses couleur de rose ! Une
portion des mille francs servit à acheter quelques objets indispensables au petit cottage : le reste fit vivre
le jeune ménage pendant quelque temps.

Ah ! si nous pouvions voir l'avenir comme nous
voyons le passé !

Squire Lester continua à se montrer implacable :
n'adressant pas la parole à son fils quand il le rencontrait, détournant la tête à la vue de sa belle-fille.
Il ne pardonna pas davantage à miss Bordillion, et
les relations entre les deux maisons cessèrent ; Maria
seule ne les rompit pas entièrement. Combien de
temps, sans cet événement, M. Lester aurait-il consenti à laisser sa fille à la garde de miss Bordillion,
on ne saurait le dire ; mais il la reprit avec lui immédiatement, à Danesheld-Hall, et cessa de payer la
pension qu'il avait jusqu'à ce jour allouée pour son
séjour au cottage. Il lui défendit expressément d'approcher de la maison de son frère, sans étendre cependant la prohibition jusqu'à celle de miss Bordillion.

Au printemps de l'année suivante, au mois de mai,
M. Lester et sa femme partirent pour Londres, em-
menant avec eux Maria, pour la présenter dans le
monde ; puis ils retournèrent à Danesheld au mois
d'août.

Pendant leur séjour à Londres, ils avaient rencontré un vieil ami, absent depuis dix ans, lord Dane.

Au grand étonnement de Danesheld, au profond mécontentement de miss Dane, lord Dane n'avait pas une seule fois, en dix ans, honoré le pays de sa présence. Dix ans ! Où avait-il vécu, pendant ces dix années ? Il aurait à peine pu le dire ; évitant de séjourner dans les grandes capitales, il s'était languissamment traîné de petite ville en petite ville, demeurant de préférence dans les villages inconnus.

Il dit en riant aux Lester que cette *saison* de Londres était sa *rentrée dans la vie*. Il revint à Danesheld avant leur retour, et s'installa au château avec un grand train de domestiques ; il confia à sa sœur le soin de tenir la maison, dont elle fut, comme il le lui avait promis, la châtelaine et la maîtresse, et fit sa paix avec le pays pour sa longue absence. Ses manières affables, sans façon, lui gagnèrent bientôt tous les cœurs, et il n'y eut pas un seul cottage, riche ou pauvre, qu'il ne visitât : un seul excepté, cependant, celui de Wilfrid Lester.

On aurait pu penser, peut-être, que l'état de santé de Mme Lester l'avait seul tenu à l'écart, car la pauvre Edith, récemment accouchée d'un enfant, mort peu après sa naissance, courait les plus grands dangers ; il n'en était pas ainsi cependant.

Quand il rencontra pour la première fois Wilfrid, Wilfrid courut à lui les mains tendues, en lui souhaitant cordialement la bienvenue ; mais lord Dane ne l'accueillit qu'avec la plus froide réserve et ne lui toucha la main que du bout des doigts.

« Encore mon père et sa charmante lady ! » pensa Wilfrid.

Cette fois encore il ne se trompait pas. M. Lester et lady Adélaïde s'étaient empressés de répéter à lord Dane, en les exagérant, tous les bruits, vrais ou faux, qui couraient sur Wilfrid.

Quel changement avaient apporté ces douze mois dans la position de Wilfrid? un immense! et des plus tristes et des plus blâmables.

Danesheld commençait à se raconter tout bas d'étranges histoires sur ses faits et gestes : pour tout dire en un mot, il devenait la brebis galeuse du village.

Aussi longtemps que dura le restant de ses mille francs, Wilfrid Lester fut heureux comme un roi. Pas une minute il ne se repentit de ce qu'il avait fait, et la pensée ne lui vint même pas qu'il pût avoir à s'en repentir un jour. Quand l'argent fut épuisé, il acheta à crédit. Mais le moment arriva bientôt où le crédit s'épuisa à son tour. — Il en est généralement ainsi, et Wilfrid, quoique fils aîné de M. Lester, ne trouva pas à la règle d'exception en sa faveur. — Le pauvre garçon commença alors à faire connaissance avec toutes les amertumes et tous les tourments d'une existence réduite à sa plus simple expression.

L'opinion reçue à Danesheld était que son père le déshériterait ; on disait même que c'était chose faite, et M. Lester l'avait répété à qui voulait l'entendre. On n'aime pas, d'habitude, à perdre son argent, et les petits boutiquiers surtout — comme c'était ici le cas — n'ont pas le moyen d'en perdre beaucoup. Il n'est donc pas surprenant que ceux de Danesheld aient tout d'un coup coupé les vivres au jeune ménage.

Wilfrid, dans son ressentiment, dans sa rage sourde contre l'humanité en général, finit par jeter son bonnet par-dessus les moulins, et vécut comme il put, sans souci des moyens, sans se préoccuper des conséquences, en se moquant du « qu'en dira-t-on ».

On est bien près de la chute définitive quand on en arrive là. Il avait passé presque toutes les journées de

l'été à la pêche ; et il n'était déjà question à Danesheld que de filets peu orthodoxes tendus dans les
étangs ; aujourd'hui, le temps de la chasse était venu,
mais Wilfrid ne pouvait en profiter, pour deux raisons : d'abord, parce que l'argent lui manquait pour
acheter un permis, ensuite, parce que, depuis des mois
déjà, il avait mis son fusil en gage.

Les jeunes mariés n'avaient reçu aucun secours du
colonel Bordillion, qui se trouvait dans l'impossibilité
absolue de rien faire pour eux. Dans sa dernière lettre,
le colonel leur annonçait son départ pour une ville dont
il donnait le nom, que personne ne put lire tant il
était long (au moins vingt lettres) et mal écrit. Ils
crurent comprendre, cependant, qu'il s'agissait pour
lui d'un grand voyage, d'autant plus qu'il insistait sur
l'inutilité de correspondre à l'avenir, jusqu'à son retour
à Calcutta, dont il les avertirait.

Tels sont les seuls événements de ces dix dernières
années qu'il soit intéressant de connaître, pour la
suite de ce récit. Le passé était à peu près oublié.
Harry Dane et sa mort, le meurtrier jusqu'alors resté
inconnu, la mortalité frappant à coups redoublés sur
la famille Dane, tout cela n'était plus que de l'histoire
ancienne. Les enfants étaient devenus des hommes
depuis ce temps-là, et les événements dont la généra-
tion précédente avait le plus parlé ne présentaient
pour eux aucun intérêt.

Lord Dane s'élevait de plus en plus dans l'opinion
publique et les honneurs. La lord-lieutenance du
comté venait de lui être conférée, celui qui en était
titulaire depuis la mort du dernier lord Dane ayant
résigné ses fonctions. Cette charge, du reste, n'était
pour ainsi dire jamais sortie, depuis des siècles, de la
famille Dane ; elle ne pouvait donc manquer de revenir à son représentant actuel, le lord fugitif, mais

rentré enfin au bercail et que tout le monde aimait et respectait.

CHAPITRE XV

LORD DANE

La tempête régnait sur les côtes. Le vent n'avait pas cessé de souffler depuis une dizaine de jours (on était au commencement de septembre), mais il semblait aujourd'hui redoubler de force et de violence. Jamais, de mémoire d'homme, le temps n'avait été plus épouvantablement mauvais. Jamais les arbres ne s'étaient courbés comme aujourd'hui sous l'ouragan. Le soleil disparaissait derrière l'horizon avec des lueurs sinistres, les oiseaux de mer volaient, affolés, en poussant des cris rauques, les vagues s'élevaient en montagnes énormes : tout présageait une nuit terrible.

Maria Lester, assise devant la glace de sa chambre, s'habillait pour le dîner. Rarement miroir refléta un plus charmant visage. Ses traits, comme ceux des Lester, fins et délicats, le rose tendre de ses joues, ses yeux noirs d'une douceur pénétrante, ses cheveux noir-bleu d'une soyeuse finesse, sa taille élégante et gracieuse, ses manières tranquilles et sans prétention, faisaient d'elle la plus adorable des femmes.

Personne ne doutait qu'une si délicieuse créature ne se mariât de bonne heure, *si on le lui permettait*. Agée de vingt ans maintenant, elle avait déjà reçu une offre de ce genre pendant son séjour à Londres, ou pour mieux dire, M. Lester l'ayant reçue pour elle, avait pris sur lui de la repousser de la façon la plus sommaire. Maria, quand elle le sut, se mit à rire et se contenta de répondre à son père qu'elle lui était, en vérité, très-obligée. « Si on le lui permettait ! » Les mauvaises langues de Danesheld prétendaient que la permission ne viendrait jamais. Les grandes dépenses de M. Lester et son revenu insuffisant pour y pourvoir n'étaient un secret pour personne dans le pays, et l'on ne se gênait pas pour en parler tout haut. Comment raisonnablement supposer qu'il consentirait à se séparer de sa fille, quand, par son mariage, il se verrait privé d'un revenu de vingt mille francs ? Toutes les probalités étaient contre.

Maria terminait à peine sa toilette — elle portait ce soir-là une robe de soie violette toute simple, garnie seulement au bas de la jupe et aux manches de petites dentelles blanches — quand, brusquement, retentit au dehors un bruit plus semblable à un coup de canon qu'à une raffale de vent. Elle s'approcha de la fenêtre pour jeter un regard sur la mer, au loin, et recula en frémissant, à la vue des flots furieux et de la violence de la tempête.

« Mon Dieu ! s'écria-t-elle en levant les mains vers le ciel, d'un air suppliant, protégez ceux qui sont en mer cette nuit ! »

Lady Adélaïde, en admirable toilette de soirée, était déjà descendue au salon quand Maria y entra.

Depuis longtemps les toilettes de lady Adélaïde avaient cessé d'être un sujet d'étonnement à Danesheld-Hall, quoiqu'elles fussent ridiculement absurdes. On y était accoutumé. Chaque soir, pour dîner, même en famille, entre eux, lady Adélaïde apparaissait vêtue comme pour le bal. M. Lester, dans les premiers jours de son mariage, avait encouragé cette habitude (avant ses embarras d'argent), et le pli en était pris. Peut-être entrevoyait-il maintenant les conséquences d'un pareil luxe.

Maria s'assit sans que sa belle-mère daignât lui adresser la parole, et suivant son habitude, ne se considéra pas comme chez elle. L'indifférence de lady Adélaïde, c'était encore ce que la pauvre fille pouvait désirer de mieux.

M. Lester entra au salon au moment même où l'on annonçait le dîner, à six heures précises. Il offrit son bras à sa femme et passa dans la salle à manger, suivi de Maria.

Aucun invité au Hall ce jour-là; le dîner fut bientôt fini. Au dessert, les enfants firent irruption dans la salle et, suivant leur coutume, se bourrèrent de friandises.

Le vent soufflait toujours avec une violence croissante. Une épouvantable raffale ébranla la fenêtre. M. Lester ne put réprimer un mouvement de frayeur.

« Comment cela se passera-t-il en mer, cette nuit? s'écria-t-il.

— J'ai cru un instant, aujourd'hui, que les poneys seraient précipités du haut des falaises, dit nonchalamment lady Adélaïde... Ada, eh bien, qu'as-tu? Tu as donc trop mangé? Prenez-la sur vos genoux, Maria.

— Comment! vous vous êtes aventurée sur la fataise aujourd'hui? demanda M. Lester. Ce n'est pas ce qu'on peut appeler de la prudence, cela, Adélaïde.

— Je suis rentrée de suite, en m'apercevant de la violence du vent... Vous n'avez pas chassé, je présume.

— Impossible, avec un ouragan pareil. Dane était venu me chercher cependant; mais je lui ai ri au nez. Il nous rendra visite ce soir, Adélaïde. Il me l'a promis, du moins. »

Elle fronça tout à coup les sourcils; son front se rembrunit; mais elle se remit presque aussitôt, et sa voix reprit son expression d'indifférence habituelle.

« Il est probable que le mauvais temps le retiendra au château. Maria, est-ce qu'Ada s'est endormie? »

Maria Lester baissa vivement les yeux sur la petite fille qu'elle tenait dans ses bras. L'enfant s'était assoupie, la bouche pleine et un morceau de gâteau dans la main.

« Il est temps de la coucher, dit M. Lester. Le vent l'a fatiguée; ce n'est pas étonnant, j'en suis moi-même exténué. Monte-la dans sa chambre, Maria. »

Quand Maria entra dans la *nursery*, la bonne était en train de déshabiller le plus jeune enfant; deux autres se roulaient en criant sur le tapis.

« Tenez, nourrice, en voilà une qui vient de s'endormir dans mes bras.

— Insupportable petite guenon! répondit la nourrice; il faudrait avoir huit bras pour les déshabiller. Ils veulent tous se coucher à la fois.

— Mais où est Suzanne, ce soir?

— Oh! Suzanne! est-ce que Suzanne reste jamais ici le soir?... Je vous demande bien pardon, miss Lester, de vous répondre comme ça, dit tout à coup la bonne; mais je suis tellement agacée par cette Suzanne, je suis mise à une si rude épreuve que j'en oublie à qui je parle. Une fois les enfants au dessert, Suzanne estime qu'elle n'a plus rien à faire, et elle file. Elle reste toujours dehors deux mortelles heures, en me laissant tout sur le dos. Je ne peux cependant pas quitter la chambre des enfants pour aller à sa poursuite; et j'ai beau sonner et resonner, c'est comme si je chantais. Célina vient m'aider ordinairement; ce soir, elle n'a pas eu le temps.

— Où Suzanne va-t-elle?

— Ah! est-ce que je sais? Je n'ai pas plus de pouvoir sur elle que sur cet horrible vent, qui, s'il continue, va mettre la maison en pièces.

— Pourquoi ne vous plaignez-vous pas à lady Adélaïde?

— Je lui ai déjà parlé; ça ne m'a servi à rien. Suzanne a toujours quelques bonnes excuses à donner à mylady, et Tiffle la soutient. C'est sa nièce, vous savez; et j'ai idée que si elle sort ainsi, c'est par ordre de Tiffle. La vérité, miss Lester, voyez-vous, c'est que Tiffle est la véritable maîtresse de la maison, et ça m'est parfaitement indifférent qu'on m'entende le dire... — Vous, horrible petit singe, voulez-vous bien ne pas pleurer, je vais vous prendre dans un instant. »

Miss Lester sonna, et ne recevant pas de réponse, sonna de nouveau. Cette fois le coup de sonnette était si violent et si impératif, que Tiffle crut de son devoir de monter, pour *laver la tête* à la nourrice. Elle entra, furieuse, en demandant le motif de tout ce vacarme.

« C'est moi qui ai sonné, interrompit sévèrement miss Lester, j'ai sonné pour Suzanne. »

Tiffle se tut, comme par enchantement. Ses manières devinrent tout à coup d'une exquise douceur. Elle était aussi adroite que fausse, cette brave Tiffle!

« Pour Suzanne, miss? Est-ce que la nourrice a besoin d'elle? Je viens à l'instant de l'envoyer faire une petite course pour moi, croyant les enfants dans la salle à manger, et sa présence inutile dans la *nursery*. Aussitôt son retour, je lui dirai de monter, miss.

— Vous voyez qu'elle est nécessaire ici, Tiffle, répondit gravement miss Lester. Voilà trois enfants qui devraient être déshabillés tout de suite, et il est impossible à une seule personne de faire toute la besogne. La nourrice me dit que Suzanne sort tous les soirs à cette heure-ci. J'en avertirai lady Adélaïde.

— Faites excuse, miss Lester ; mais c'est bien inutile ; my-lady a une confiance illimitée en moi et en Suzanne.

— Cela peut-être, Tiffle ; il est bon cependant de lui faire savoir que les enfants sont négligés. Envoyez Suzanne ici aussitôt son retour. »

Miss Lester rentra dans sa chambre. Elle y resta quelques instants, debout devant la fenêtre, à écouter les hurlements de la tempête. Le soleil s'était couché, mais ses dernières lueurs répandaient à l'horizon une vive lumière, et la lune se levait. Ce n'était pas encore le crépuscule. « Je pense que je puis m'aventurer à sortir, se disait Maria à elle-même ; bien enveloppée dans mon manteau, le vent n'aura pas de prise sur moi. Il *faut* que je voie Marguerite. Il *faut* que je sache si elle a appris quelque chose de cette affaire... J'en suis malade ! Papa me demandait, au dîner, pourquoi je ne mangeais pas? comment pourrais-je manger, avec cette horrible crainte qui me torture?... Oui, j'irai... ; j'irais... rien que pour éviter lord Dane. »

Elle mit un chapeau de paille qu'elle serra fortement sous son menton, s'enveloppa dans un manteau et descendit avec précaution l'escalier.

Un domestique se trouvait dans l'antichambre au moment où elle la traversa.

« James, dit miss Lester, si l'on me demandait, vous diriez que je suis allée prendre le thé avec miss Bordillion. »

Quand M. Lester avait annoncé à sa femme la visite probable de lord Dane pour le soir, il avait parfaitement remarqué son froncement de sourcils et son air de mauvaise humeur, quelque passagers qu'ils eussent été, et aussitôt après le départ des enfants il dit brusquement :

« Est-ce que vous avez quelque prévention contre lord Dane, Adélaïde ?

— Des préventions contre lord Dane ? moi !

— Il m'a semblé une ou deux fois déjà que vous aviez un air ennuyé quand je vous annonçais sa visite.

— Ah ! grand Dieu, non ! que lord Dane vienne ou ne vienne pas, c'est là une chose qui m'importe peu, » répondit-elle, en faisant un effort pour conserver son indifférence habituelle, et en détournant la tête pour cacher sa rougeur.

« Je ne m'étonne pas qu'il aime tant à nous rendre visite, ajouta M. Lester. Le château doit être pour lui d'une tristesse mortelle ; n'avoir jamais pour société que cette pauvre stupide Cecilia, ce n'est pas fort gai, en effet. Comme votre cousin...

— Il n'est pas mon cousin.

— A proprement parler, non ; mais vous l'avez toujours considéré comme tel ; et vous savez, ma chère femme, vous êtes capricieuse, à l'occasion.

— Capricieuse ! oui, c'est bien possible. Quand vous m'avez épousée, George, vous m'avez prise, ne l'oubliez pas, avec mes faiblesses et mes défauts. Je ne pense pas qu'ils aient diminué avec l'âge.

— Dane ne vous a donné aucun sujet de plaintes, alors ?

— Pas le moindre... Comme le vent est épouvantable ! Nous aurons une horrible nuit ! »

La conversation prit un autre tour, et peu après lady Adélaïde passa dans le salon, laissant son mari dans la salle à manger.

Elle ne s'assit pas, et commença à se promener de long en large avec agitation, tantôt prenant une rose dans un verre de cristal, tantôt jetant un coup d'œil distrait sur le titre d'un livre nouveau, non coupé, sur la table ; tantôt s'arrêtant devant une glace de trumeau, non pour s'y regarder, mais comme absorbée dans un rêve pénible.

Il y avait des moments dans la vie de lady Adélaïde où son présent et son passé lui apparaissaient sous leurs vraies et sombres couleurs. Son mariage avec M. Lester avait été une grande erreur, et elle faisait de son mieux aussi pour échapper à quelque horrible fantôme qui toujours, de près ou de loin, la suivait, et qui, ce soir-là, semblait se rapprocher d'elle, menaçant.

Le passé, tel qu'il aurait pu être, lui apparut en ce moment, et, frémissante, elle passa sa main sur son front, où perlaient de larges gouttes de sueur. Ah ! si le sort lui eût été plus doux, elle aurait pu peut-être être meilleure ! elle aurait pu aimer ses semblables ! elle n'aurait pas fermé son cœur à tous les bons sentiments, elle ne serait pas devenue, de jour en jour, plus cruelle, plus égoïste et plus fausse !

Un léger mouvement près de la porte la fit tressaillir, et elle se retourna vivement, en regardant par-dessus son épaule avec ce regard épouvanté dont elle ne pouvait jamais se défendre au moindre bruit inattendu, comme si elle eût craint que le fantôme redouté ne se dressât tout à coup devant elle.

C'était seulement Tiffle, — Tiffle qui entra doucement en s'excusant de déranger ainsi mylady.

« Mylady, je vous demande mille pardons d'avoir osé venir vous troubler ici ; mais j'ai pensé que je pouvais prendre la liberté de m'informer si vous ne désireriez pas avoir du feu dans votre cabinet de toilette : le vent devient à chaque instant plus violent.

— Du feu ! Non, je ne crois pas, il fait chaud ; du reste... comme vous voudrez ; peu m'importe.

— Alors je l'allumerai, mylady s'en trouvera mieux. »

Tiffle fit une sorte de révérence, comme si elle allait prendre congé ; mais, au lieu de sortir, elle se rapprocha plus doucement encore de lady Adélaïde et lui dit très-bas :

« On assure que le garde-chasse ne passera pas la nuit... Mylady m'excusera d'avoir tardé à l'en informer ; et, mylady... continua-t-elle en baissant la voix, vous savez, le maigre vu avec les autres, c'était M. Wilfrid Lester. Ce ne sera agréable pour personne, si Catley meurt.

— Tiffle, il m'est impossible de croire à cette histoire, fit lady Adélaïde en s'asseyant sur le canapé et en regardant la domestique d'un air de doute ; il n'est pas assez imprudent pour s'être laissé entraîner dans une pareille aventure. Eh bien ! mais ce serait pour lui la déportation, ni plus ni moins ! Plus j'y pense, et moins j'y crois. Pour l'amour de Dieu, Tiffle, soyez prudente, et faites en sorte que M. Lester ne sache rien de cette affaire. Mais comment êtes-vous si bien instruite ? Il faut que vous soyez sorcière.

— Mylady, faites excuse, je ne sais pas si je suis sorcière ; mais, en tous cas, je vous ai toujours bien renseignée, dit Tiffle en cherchant à adoucir sa face de vinaigre : quand je vous ai annoncé le mariage des deux tourtereaux, est-ce que je me trompais, mylady ? me suis-je trompée encore en vous affirmant, il y a huit jours, qu'il sortait la nuit avec un fusil, quoique son fusil, tout le monde le sait, soit chez le prêteur sur gages ?... et — pour ne pas parler d'autres circonstances, qu'il ne me serait peut-être pas difficile de me rappeler — je me permettrai de dire que je connais trop bien mes devoirs envers mylady pour lui répéter des nouvelles dont je ne serais pas certaine, ou lui conter des histoires en l'air.

— Mais Tiffle, comment pouvez-vous être au courant de pareilles choses ? Vous devez certainement avoir quelque agent de police à votre disposition.

— Mon agent de police, mylady, c'est mes bons yeux et mes oreilles, toujours ouverts pour le bien de ces doux chérubins, de ces pauvres chers agneaux qui dorment là-haut, dans leurs petits lits bien chauds. Si on laissait faire M. Wilfrid et miss Lester, ils ne seraient pas longs à piétiner sur eux. Mais jamais ! Heureusement, j'ai des oreilles pour entendre, et une langue pour parler ! »

D'un signe de la main, lady Adélaïde fit comprendre à Tiffle que la conversation devait en rester là, et Tiffle disparut comme par enchantement. Lady Adélaïde retomba bientôt dans sa rêverie.

« Pour quelle raison me hante-t-il maintenant ? Pourquoi me poursuit-il sans cesse ? se disait-elle tout bas. Dix ans ! dix longues et mortelles années ! J'ai eu le temps d'oublier cependant ! Est-ce depuis que je l'ai revu que cette horrible crainte m'obsède ainsi ? Non : car je ne l'éprouvais pas à Londres, et cependant nous nous rencontrions là aussi souvent qu'ici ! C'est seulement depuis mon retour à Danesheld ; et cette nuit je suis plus épouvantée que jamais. — J'ai un affreux pressentiment que le passé va être fouillé de nouveau, et que ma faute...

— Lord Dane, Milady, » annonça Tiffle.

Lord Dane était plus changé que lady Adélaïde. Comment reconnaître en cet homme de trente-huit ans, à la stature élevée, à l'air sévère, aux cheveux grisonnants, au front déjà ridé par les soucis et les chagrins, le jeune homme si élégant et si svelte d'il y a dix ans? Il était très-beau encore cependant, plus beau même, dans la vraie acception du mot, qu'il n'avait jamais été. La noblesse de ses traits, la dignité

de son maintien rappelaient celles des Dane, ses ancêtres. Mais les rides de son front, pourquoi étaient-
elles si profondes ? Au comble des honneurs et de la
richesse, — car ses coffres s'étaient remplis jusqu'aux
bords pendant sa longue absence, — n'ayant rien à
désirer dans la vie, pourquoi cet air soucieux et cette
tristesse que rien ne pouvait dissiper ?

Lady Adélaïde se leva pour le recevoir. Ils s'étaient
rencontrés mainte fois depuis quelque temps ; mais
lord Dane, en l'abordant ce soir, ne put s'empêcher de
remarquer combien le temps avait eu peu de prise
sur elle. Il lui sembla revoir la belle et séduisante
jeune fille de ses jeunes années et de ses jeunes
amours !

« Quelle terrible nuit ! s'écria-t-elle, en se rasseyant
et en indiquant un siége auprès d'elle.

— Terrible ! Le vent souffle droit sur les côtes.
J'espère que nous n'aurons pas de désastres en mer.

— Vous êtes venu à pied ?

— A pied ? Oh ! certainement ; ce n'est pas loin.

— Je pensais au mauvais temps.

— Oh ! je suis fort contre la pluie et le vent, quelque
violents qu'ils soient ; mes neuf ou dix ans de voyages
m'ont rendu grand service sous ce rapport.

— Je me suis toujours demandé avec étonnement ce
qui avait pu vous retenir ainsi dix ans à l'étranger...
Quelle attraction y trouviez-vous donc ? et cependant
vous n'êtes jamais resté longtemps dans la même
ville ?

— J'ai voyagé partout, dans tous les coins de l'Eu-
rope ; mais je n'en suis pas sorti... ah ! pardon... oui,
excepté pour explorer la Turquie d'Asie.

— Mais quels attraits une pareille existence avait-
elle pour vous, lord Dane ? voilà ce que je voudrais
savoir.

— Aucun. Est-ce que rien a de l'attrait pour un homme dont l'esprit est perpétuellement agité et que le sommeil a fui. J'errais çà et là, convaincu que ma vie se passerait désormais sans but, et certainement sans attraction.

— Une conviction bien téméraire... à votre âge, et ayant un tel avenir devant vous ! dit-elle d'un ton de gaieté affectée.

— Oui, vous avez raison, et depuis je me suis aperçu de mon erreur.

— De quelle manière ?

— Je revins en Angleterre, insouciant de tout, ne sachant pas, en vérité, si j'y resterais huit jours ou si j'y demeurerais à jamais; mais bientôt après, les vieilles fibres de mon cœur, que j'avais crues mortes et bien mortes, se mirent à tressaillir de nouveau; c'est ici, dans ce pays où je suis né, où j'ai vécu mon enfance, que j'ai retrouvé ce qui fait le charme et le but de la vie, et je pense que maintenant je pourrai être heureux, et pour jamais. »

Elle leva la tête et le regarda curieusement. Lord Dane continua :

« Quand j'eus conscience de ce qui se passait en moi, je voulus d'abord résister; je combattis de toutes les forces de mon cœur le sentiment dont je me sentais envahi; mais plus je luttais, moins je réussissais à le vaincre. Il devint bientôt mon maître, le maître de chacune de mes actions, le maître de ma vie, me dominant jour et nuit. Ah! je vous le jure sur ce qui m'est le plus sacré, j'avais cru jusqu'alors mon cœur incapable d'aimer désormais, je me croyais mort à l'amour, je croyais que « l'oiseau n'avait plus de voix »; je suis presque honteux de l'avouer, maintenant. »

Elle tressaillit et se redressa légèrement sur son

fauteuil. Ses joues étaient brûlantes ; les paupières à demi baissées, elle regardait lord Dane avec un étonnement croissant. Il se rapprocha d'elle et reprit avec une certaine agitation :

« Depuis deux ou trois semaines, j'avais toujours l'intention de vous parler, mais, je vous l'avoue franchement, je me sentais mal à l'aise pour le faire. Quand, par hasard, je me trouvais seul avec vous et que mon aveu était sur le point de m'échapper, un sentiment que je ne saurais définir, mais que vous comprendrez peut-être, une soudaine répugnance à m'expliquer me saisissait et arrêtait les paroles sur mes lèvres. Mais ce soir, pendant le trajet du château ici, je me suis fait serment à moi-même de vous tout avouer, si l'occasion s'en présentait. Pardonnez-moi pour ce que je vais vous dire, pardonnez-moi pour ce que je vais vous demander, et que votre cœur plaide ma cause, Adélaïde ; — pardonnez-moi encore, si je m'adresse à vous avec la familiarité de nos jeunes années ; — que je vous gagne à ma cause, et je suis sûr du succès. »

Il parlait de ce ton tendre et pénétrant qui jadis avait été pour elle la plus douce des musiques ; il prit sa main dans les siennes avec une vivacité suppliante. Adélaïde, frémissante au souvenir des jours heureux, la tête troublée, ne comprit pas sa pensée. Elle crut qu'il s'agissait d'elle, quand il lui demandait seulement d'intercéder en sa faveur, auprès d'*une autre*. Après quelques instants de lutte intérieure et de profonde émotion, son visage reprit une expression de froideur implacable.

« Avez-vous oublié qui je suis ? demanda-t-elle fièrement, non pas cependant comme si elle se sentait offensée, mais plutôt comme si elle pensait que réellement il l'avait oublié ; revenez à vous, lord

Dane. Je suis la femme de M. Lester, et la mère de ses enfants. »

Lord Dane laissa tomber sa main ; et un rire involontaire lui échappa avant qu'il eût eu le temps de le réprimer.

« Quand vous m'avez repoussé pour épouser George Lester, lady Adélaïde, j'ai parfaitement compris que tout était à jamais fini entre nous. Croyez-moi, j'ai accepté à l'instant même le fait comme irrévocable, et depuis lors, pas une minute, je n'ai pensé que vous pourriez m'accorder vos faveurs, quels que fussent les circonstances ou les changements que les hasards de ce monde pourraient produire. Je vous demande mille fois pardon de ne pas m'être expliqué en des termes assez clairs pour être compris. Je vous ai simplement demandé vos bons offices en ma faveur auprès de votre belle-fille, Maria Lester. »

Lady Adélaïde était rouge de confusion et de honte.

Jamais femme n'était tombée dans une plus humiliante erreur ! Elle se serait battue pour sa ridicule sottise, elle aurait volontiers frappé lord Dane ! Quand elle ouvrit la bouche pour répondre, elle fût incapable d'articuler un mot.

Qu'avait-elle à lui reprocher, après tout ? Il s'était expliqué sans réticences ; l'idée ne lui était même pas venue qu'elle pût se méprendre à ses paroles. Ses pensées appartenaient tout entières à Maria Lester, et lady Adélaïde n'était plus rien pour lui ! Le coup cependant n'en frappa pas moins violemment la malheureuse femme. Ah ! pensa-t-elle tout bas avec rage, mon humiliation et ma honte le vengent amplement de tout ce que je lui ai fait souffrir dans le passé !

« Oui, je voudrais obtenir la main de miss Lester, et si je m'adresse à vous en ce moment, c'est que, je le sais, vous avez assez d'influence sur votre mari

pour le décider à me l'accorder. On ne cesse de me
répéter qu'il est temps de me marier. Je reconnais
qu'on a raison. En dehors même de tous les rêves dans
lesquels mon cœur se complaît, j'avais compris déjà
que le mariage devenait une nécessité pour moi, dans
l'état de solitude où je me trouve : car la pauvre Cecilia m'est de bien peu de ressource comme société.
Mais ce n'est pas un tel motif qui me décide, et avant
mon départ de Londres, mon choix s'était fixé sur
miss Lester... Je n'ai jamais rencontré de jeune fille
plus accomplie, ajouta-t-il avec emphase, et j'espère
qu'elle consentira à devenir lady Dane. Je m'adresse
donc à vous, comme à une vieille amie, en vous demandant de prendre à cœur mes intérêts et de parler en
ma faveur à miss Lester. »

Tout s'expliquait enfin ! et les fréquentes visites de
lord Dane au Hall, depuis quelque temps, qui l'avaient
si fort étonnée, et son empressement, auquel sans
doute elle attribuait un tout autre motif ! Son sang
brûlait. Elle s'efforça cependant de maîtriser son émotion, et relevant fièrement la tête :

« Pourquoi vous adresser à moi plutôt qu'à M. Lester, lord Dane? »

Lord Dane le lui expliqua de son mieux et en prenant toutes les précautions possibles. — Le sujet était
délicat. — Comme tout Danesheld, il savait que la
perspective d'être privé de la jouissance de la fortune
de sa fille serait pour M. Lester un insurmontable
empêchement à consentir à tout mariage qui se pré-
senterait pour elle. Lord Dane, cependant, voulait
Maria pour elle-même, et non pour sa fortune. Il se
souciait fort peu que M. Lester gardât l'argent, et il
offrait au contraire de reconnaître à Maria une dot
considérable, qui remplacerait amplement celle dont
son père aurait eu à lui rendre compte.

C'était là ce qu'il avait désiré dire d'abord à lady Adélaïde; car il n'ignorait pas combien M. Lester était chatouilleux sur les questions d'argent, et il pensait que cette communication serait mieux reçue par lui, de la bouche de sa femme que de la sienne.

Le sentiment de lord Dane était généreux et délicat, et lady Adélaïde ne pouvait qu'en être touchée. Elle s'adoucit peu à peu.

« Naturellement, ces arrangements devront être réglés par des hommes de loi, observa lord Dane; vous serez mon avocat auprès de la fille et du père, n'est-ce pas, chère lady Adélaïde ? »

Lady Adélaïde ne fit pas de réponse immédiate. Un poids accablant semblait peser sur elle et l'étouffer. Tout d'un coup, elle se leva de son fauteuil, dans un état d'agitation irrésistible, s'approcha vivement de la fenêtre et, entr'ouvrant les rideaux, se mit à regarder la tempête de la nuit.

Lord Dane ne la quittait pas des yeux. « A-t-elle donc encore dans le cœur un reste d'amour pour moi ? » se demandait-il tout bas, « ou ne se pardonnerait-elle pas et ne me pardonne-t-elle pas à moi-même la malheureuse méprise de tout à l'heure ?

— Maria est trop jeune pour vous, lord Dane, dit-elle brusquement, sans quitter la fenêtre et sans se retourner.

— C'est là une question, — je vous demande bien pardon, lady Adélaïde, — c'est là une question dont elle et moi devons être seuls juges.

— Vous avez le double de son âge.

— Pas tout à fait. »

Il y eut un long silence, que rompit enfin lady Adélaïde.

« Je préférerais rester neutre dans cette affaire, lord Dane, dit-elle en revenant s'asseoir sur le canapé.

Si je ne fais rien pour seconder vos efforts à réussir
auprès de miss Lester, je vous promets de ne rien
faire, au moins, pour les entraver. Adressez-vous directement à M. Lester, parlez-lui avec la franchise et
la délicatesse dont vous avez usé envers moi, et je suis
certaine qu'il vous écoutera. Il est, cela est vrai, très-
susceptible pour tout ce qui touche aux affaires d'argent, et ses dernières discussions avec son fils n'ont
fait que rendre plus vive encore cette susceptibilité...
C'est à lui seul de prendre une détermination. Maria
est sa fille et non la mienne ; et décidément, je préfère ne pas intervenir. Votre démarche réussira ou ne
réussira pas ; mais je ne veux être pour rien soit dans
votre succès, soit dans votre échec.

— Vous ne prendrez pas parti contre moi ?

— Je viens de vous le dire. Je garderai une stricte
neutralité. »

Lord Dane s'inclina. Dans le fond de son cœur, il
avait craint de l'avoir contre lui... et contre Maria ;
et ce fut cette secrète crainte qui le détermina sans
doute à s'ouvrir à elle d'abord, et de tenter de la
mettre dans ses intérêts. Peut-être ne s'était-il pas
attendu à une plus grande concession de sa part.

« Miss Lester est-elle à la maison, ce soir ?

— Oui ; mais je ne sais ce qu'elle est devenue, dit
lady Adélaïde en sonnant. — Avertissez miss Lester
qu'on l'attend au salon, ajouta-t-elle en s'adressant au
domestique qui était accouru au coup de sonnette.

— Miss Lester est sortie, mylady.

— Sortie ! par un temps pareil !

— Elle est sortie tout de suite après le dîner, mylady.
Elle m'a dit qu'elle allait prendre le thé chez miss
Bordillion.

— Ah ! cette Maria fait des choses auxquelles personne au monde ne penserait jamais, s'écria lady Adé-

laïde après que le domestique eut refermé la porte. Quelle idée de se promener sur les routes par une semblable tempête !

— Il y avait sans doute pour elle nécessité absolue, observa lord Dane, très-surpris lui-même.

— La nécessité absolue de donner satisfaction à quelque caprice, ou peut-être une promesse faite à cet antique spécimen des convenances sur cette terre, miss Bordillion, répliqua d'un ton dédaigneux lady Adélaïde. Je m'étonne que M. Lester ne défende pas à Maria d'aller au cottage, après la conduite de cette femme à l'égard de Wilfrid et de sa nièce, au moment de leur mariage... A propos de Wilfrid Lester, comment va votre garde-chasse ? On m'a assuré qu'il se mourait.

— Non, il va mieux, au contraire, et j'espère encore qu'il s'en tirera. Il était presque bien ce matin ; malheureusement, la police est venue l'interroger, et il en est résulté pour lui une grande fatigue. J'aurais désiré que ces messieurs missent un peu moins d'empressement à intervenir dans cette affaire. Catley n'était pas en état de répondre à leurs questions.

— A-t-on fini par découvrir les coupables ?

— Pas un seul. Catley soupçonne un ou deux individus, mais il n'est sûr de rien, et la police ne peut pas agir. Les drôles resteront donc encore une fois impunis.

— J'ai idée que vous êtes porté à l'indulgence. »

Lord Dane se mit à rire. Il ne savait pas, en vérité, s'il y était ou non porté, et toutes ces affaires de braconnage l'intéressaient réellement fort peu. « M. Lester est-il dans la salle à manger ? demanda-t-il.

— Je le présume ; je l'y ai laissé. Il faut qu'il se soit endormi. »

Avec un mot d'excuse pour la quitter sitôt, lord

Dane prit congé d'elle, et sortit à la recherche de M. Lester, qu'il trouva non dans la salle à manger, mais dans son cabinet de travail, assis devant son bureau encombré de papiers qu'il examinait d'un air préoccupé et soucieux.

Lord Dane s'assit en face de lui et fit tranquillement sa demande, en glissant légèrement sur les arrangements dont il avait fait part à lady Adélaïde.

Sans cet obstacle qui se dressait infranchissable devant lui, M. Lester aurait sauté sur cette offre inattendue. C'était une chance qu'il n'avait jamais osé espérer pour Maria. Pensif, perplexe, il gardait le silence. D'un côté, il lui était absolument impossible de se priver de la fortune de sa fille ; de l'autre, il comprenait également l'impossibilité d'accepter un arrangement semblable à celui que proposait lord Dane. M. Lester avait toujours tenu grand compte de l'opinion de ses voisins, c'était un homme esclave du *qu'en dira-t-on*, et il se demandait ce que le monde penserait de lui, s'il acceptait une pareille offre.

« J'espère que vous ne me refuserez pas, monsieur Lester. Je puis constituer à votre fille le douaire le plus considérable ; et je l'aime comme je n'aurais jamais cru pouvoir aimer personne.

— Je vous remercie de votre proposition, lord Dane ; elle nous honore ; mais de telles affaires méritent un sérieux et mûr examen. Voulez-vous m'accorder une semaine ou deux de réflexion ?

— Si longtemps !

— Mieux vaut attendre dix jours que recevoir immédiatement une réponse négative.

— Certainement. Mais pourquoi une réponse négative ?

— En vérité, je ne suis pas préparé à discuter avec vous sur ce point en ce moment, dit M. Lester en se

levant. Il faut que vous me promettiez de me laisser
le temps de réfléchir, et de ne rien dire à Maria. Allons
retrouver lady Adélaïde. »

Il jeta un rapide coup d'œil sur ses papiers d'affaires,
éteignit la lampe et ferma à clef son cabinet. Au même
moment, la porte d'entrée de la maison s'ouvrait et
Maria se précipitait dans l'antichambre, tête nue, son
chapeau de paille à la main.

« Oh ! père, quelle nuit ! s'écria-t-elle, essoufflée,
haletante, et regardant d'un air comique le désordre
de sa robe et de ses jupons ; mon voile a été emporté
Dieu sait où, et j'ai été bien heureuse de sauver mon
chapeau. Vois un peu mes cheveux !... Oh ! n'est-ce
pas lord Dane ? Oh ! je vous en prie, ne me regardez
pas ! »

M. Lester, étonné, lui demanda ce qui avait pu la
décider à sortir par une pareille tempête.

« Je ne croyais pas le vent si violent, papa, et j'ai
été chez miss Bordillion. Elle n'a pas voulu me garder et m'a fait accompagner par Mary et le vieux
jardinier ; je serais curieuse de savoir comment ils s'y
prendront pour s'en retourner. Le vent augmente de
minute en minute. »

Et riant au souvenir de son escapade, Maria jeta
sur une des banquettes de l'antichambre son chapeau
et son manteau, releva ses cheveux sur son front, et
entra au salon, au bras de lord Dane.

CAAPITRE XVI

ÉCONOMISANT LE SUCRE ET LE BEURRE

Miss Lester, en quittant la salle à manger après le dîner, — un peu avant l'entretien de lady Adélaïde et de lord Dane, — avait longé le Hall jusqu'à ce qu'elle arrivât à une route solitaire. Les pâturages dépendant de la propriété de son père se trouvaient à droite; les grands bois sombres à gauche. Deux routes conduisaient chez miss Bordillion : celle que suivait en ce moment Maria, et une autre à travers le bois. Le vent soufflait avec une telle violence qu'il était à peine possible de se tenir debout, mais Maria le supportait bravement, se raccrochant de temps en temps, comme elle pouvait, au tronc d'un arbre de la route pour ne pas tomber. Elle eut bientôt atteint l'entrée du bois et se décida à suivre le chemin qui le traversait, pensant avec raison y être plus à l'abri du vent que par celui qu'elle avait suivi jusque-là, à ciel découvert.

Quoique née et élevée à la campagne, et accoutumée à l'obscurité des bois, Maria ne put se défendre d'une certaine angoisse en se trouvant seule, par cette tempête, dans cette sombre allée. Le vent, là, ne l'empêchait pas d'avancer, mais il sifflait avec une telle violence au-dessus de sa tête que les arbres semblaient à chaque minute devoir se briser, et que les rafales, s'engouffrant dans les branches, les faisaient craquer avec un bruit sinistre. Maria commençait à se rappeler, en tremblant, une certaine histoire qu'elle avait lue, dans un livre allemand, où une petite fille traversant une immense et sombre forêt, avait...

Tout à coup un homme sortit brusquement d'un fourré et sauta sur la route, devant elle. Maria poussa un cri perçant, mais aussitôt elle éclata de rire. C'était seulement son frère !

Grand et svelte jeune homme de vingt-quatre ans, Wilfrid était toujours aussi beau que dans son enfance : les yeux bleu foncé, les cils longs et noirs, les cheveux châtain sombre. Mais l'air joyeux et franc de l'enfant avait fait place à l'indifférence et, en quelque sorte, à l'apathie de l'homme désillusionné de tout, et ne comptant plus sur rien en ce monde.

« Que je suis stupide ! s'écria Maria. Mais tu n'aurais pas dû m'effrayer ainsi, Wilfrid.

— Je n'en ai pas eu l'intention. Qui aurait pu se douter que tu te promênerais dans les bois ce soir ? Ce n'est pas raisonnable, Maria.

— Il n'est pas encore très-tard. Je vais chez Marguerite, et j'ai choisi cette route comme étant la plus couverte. Jamais je n'aurais pu résister au vent dans la campagne. »

Il s'était mis à marcher à côté d'elle. Maria semblait contrainte et mal à l'aise. Elle jetait des regards à la dérobée sur le fusil que son frère tenait à la main.

« C'est ton fusil, Wilfrid ? demanda-t-elle enfin.

— C'en est un qu'on m'a prêté, » répondit Wilfrid d'un ton bref.

Un silence.

Maria sentait cent questions se presser sur ses lèvres. Elle n'osait pas parler.

« Je m'étonne qu'on t'ait laissée sortir par une telle nuit, dit Wilfrid. Je ne me souviens pas d'en avoir jamais vu de semblable.

— Je n'ai pas demandé de permission. Je suis sortie sans avertir. Comment va Edith ? »

Elle lui avait adressé cette question avec une certaine hésitation. Wilfrid en fut blessé. Son esprit était dans un de ces états d'énervement et de susceptibilité que produit souvent cette lutte sourde avec la société...

« Ah! c'est vrai !... c'est une haute trahison, n'est-ce pas, que de demander de ses nouvelles? Est-ce qu'on ne t'a pas défendu de prononcer même son nom? Allons! Maria, avoue. Tu ne m'en diras jamais plus que je n'en soupçonne. »

Maria se taisait.

« On t'a peut-être aussi interdit de me parler, si par hasard tu me rencontrais? continua-t-il.

— Non, Wilfrid, ce n'en est pas encore arrivé là. Dis-moi comment vous vivez. Edith se porte-t-elle mieux ?

— Nous ne vivons pas du tout... à moins que végéter ne soit vivre. Tout va de plus mal en plus mal à la maison, et Edith ne fait pas exception. Jamais elle ne se rétablira tant que les choses seront ce qu'elles sont. S'il y a une justice au ciel...

— Oh! tais toi, Wilfrid, cela ne te porterait pas bonheur.

— Ni malheur non plus. Enfin, comme tu voudras, Maria... La prochaine défense, je présume, sera de m'adresser la parole.

— Ne serait-ce pas un peu ta faute, Wilfrid?

— Oh! naturellement, c'est toujours moi qui ai tort, et eux raison ; mais j'avoue que je ne m'attendais pas à te voir prendre leur parti contre moi.

— Tu me maltraites sans motif, Wilfrid. Tu sais bien que je t'aime plus que personne au monde... plus que notre père même, quoique je sente que c'est mal de ma part, et que je ne devrais pas l'avouer.

— Il ne te manquerait plus que de l'aimer plus que moi ! s'écria impudemment Wilfrid ; a-t-il jamais rien fait pour se faire aimer de nous ? Sans cesse et exclusivement occupé de sa lady et de ses enfants, ne nous témoignant, à toi ou à moi, ni tendresse ni même l'affection la plus vulgaire...

— Nous ferions mieux de changer de conversation, » interrompit doucement Maria.

Wilfrid se contenta de faire un geste plus méprisant encore que ses paroles, et dédaigna de répondre.

« Tu me disais que peut-être on me défendrait de te voir Wilfrid. Si cela arrive, la faute en sera à toi, t'ai-je répondu, continua Maria, faisant un effort désespéré sur elle-même pour avoir le courage de parler ; quelles sont ces histoires qu'on se raconte tout bas à ton sujet ?

— Des histoires ?

— Que tu te livres à des actions blâmables, braconnant le gibier et le poisson, sortant la nuit avec des hommes mal famés. On parle... Elle s'arrêta en tremblant légèrement, puis dit très-vite : on parle d'une attaque contre le garde de lord Dane.

— Le pays ne parle pas d'autre chose, à dix milles à la ronde, répondit négligemment Wilfrid.

— Mais on dit... quelques personnes disent... que tu en étais.

— Oh ! vraiment !... vraiment ! ah ! il paraît décidément que j'ai bon dos aujourd'hui. Qui a dit cela ?

— Je ne sais pas.

— Qui te l'a dit, à toi ?

— Je ne sais comment on en a parlé au Hall... Tiffle, je crois. Lady Adélaïde m'en a dit deux ou trois mots, et j'ai été si terrifiée que je n'ai pas osé lui faire de questions. Peut-être ne m'aurait-elle pas répondu si je lui avais demandé des détails. Oh ! Wilfrid, viens au Hall démentir cette horrible nouvelle, si tu peux !

viens la démentir à notre père, pour qu'il puisse faire
cesser tous ces bruits.

— Si je peux ?... qu'entends-tu par là, Maria ? Est-
ce que tu crois, vraiment, que je sors la nuit pour
assassiner des gardes-chasse ?

— Alors viens t'expliquer au Hall.

— Pas pour un empire ! L'entrée du Hall m'a été
défendue. Mais rassure-toi, Maria, et laisse lady
Adélaïde et Tiffle dire ce qui leur plaît. J'ai bon dos,
je te le répète.

— On parle de trébuchets et de filets à prendre en
masse le gibier, qu'on va vendre ensuite.

— Ah ! je comprends. On fait de moi un vrai bra-
connier. Eh bien, Maria, laisse mon père et sa femme
se réjouir du scandale. Que jamais l'on me déporte ou
qu'on me pende, ils auront au moins la satisfaction de
penser que c'est à eux que je suis redevable de mon
sort ! Comment mon père croit-il que je puisse vivre,
continua Wilfrid après un moment de silence, quand
il me refuse même de quoi acheter du pain ? Mets
Edith en dehors de la question, — Marguerite subvient
à ses besoins, — est-ce que si je ne m'étais pas marié,
il ne m'aurait pas alloué une pension, quand elle n'aurait été que de deux mille francs par an ? Eh bien !
qu'il me la fasse aujourd'hui, cette pension, je ne lui
en demande pas plus ! Mais je crois, ma parole d'honneur, que leur plus grand désir est de me voir mal
tourner ; c'est celui de lady Adélaïde, au moins, j'en
suis bien sûr.

— Te voilà, ce soir, dans les bois, avec un fusil,
Wilfrid.

— Et après ?... est-ce que je puis m'en servir, par
une telle tempête ?

— Mais le fait seul de le porter te ferait condamner.
Tu n'as pas de permission de chasse.

— Si, j'en ai une. »

Maria crut qu'il mentait, et elle baissa la tête, toute confuse.

« J'en ai acheté une : Marguerite m'a donné l'argent nécessaire, »

Maria allait répondre, quand elle s'arrêta tout à coup, effrayée.

« Qu'est-ce qu'il y a là ? murmura-t-elle en montrant les arbres à quelque distance.

— Je n'ai rien entendu que le bruit du vent.

— Je n'ai pas entendu, j'ai vu : deux yeux, là-bas, entre les arbres, qui nous regardaient ; je crois que c'était un enfant, je l'ai vu s'enfuir. »

Wilfrid Lester courut à l'endroit indiqué et écarta les branches des buissons. Il n'y avait personne.

« Tu dois t'être trompée, Maria. »

Ils furent bientôt hors du bois. Un peu plus loin, sur une route découverte, se trouvait le cottage de miss Bordillion; à gauche, un chemin de traverse conduisait au chalet habité par Wilfrid. Le cottage et le chalet étaient situés à peu de distance l'un de l'autre, mais un détour de la route empêchait de voir ce dernier de l'endroit où Wilfrid et Maria se disaient adieu en ce moment.

Ils allaient se séparer, quand un enfant, à l'aspect étrange, passa en courant devant eux. D'une agilité surprenante, sans cesse agité de mouvements presque convulsifs, il avait l'air d'un serpent, le visage vieillot, comme l'ont quelquefois les enfants contrefaits, rusé et plein de finesse, les yeux faux. Il n'était pas précisément contrefait, mais seulement rabougri. Agé de près de quinze ans, il en paraissait à peine dix.

« Eh bien ! Shad, où décampes-tu comme ça ? » s'écria Wilfrid.

Le gamin s'arrêta. Baptisé sous l'aimable nom de

Shadrach, on ne l'appelait jamais dans le pays autrement que Shad. Personne ne connaissait son nom de famille, et l'on se demandait même s'il en avait réellement un. Un beau matin, quelque treize ou quatorze ans auparavant, on avait vu dans la cabane de la vieille Goody Bean un marmot qui semblait y avoir poussé, comme un champignon, pendant la nuit. D'où sortait-il ? La vieille Goody prétendait que c'était le fils de sa fille, absente de Danesheld depuis plusieurs années ; mais Goody Bean n'avait pas une grande réputation de véracité et, en cette circonstance, personne ne crut à son affirmation :

« S'il vous plaît, monsieur, je retourne à la maison. Je viens de ramasser du bois pour grand'mère. »

Il parlait avec la candeur et la naïveté d'un enfant. Mais en regardant son visage d'une expression si spirituelle, on se demandait si cette candeur n'était pas feinte. De deux choses l'une, ou Shad était le jeune gentleman le plus pur et le plus innocent, ou le drôle le plus étonnamment rusé qui existât au monde.

« Avez-vous été ramasser ceux-là dans le bois, Shad ? demanda miss Lester, en indiquant quelques morceaux de fagot que le jeune gars tenait à la main.

— J'ai été seulement de l'autre côté de la haie, miss. Je n'aime pas le bois quand les arbres sont secoués par le vent.

— Vous n'êtes pas entré dans le bois ? continua Maria en le regardant en face.

— J'y étais hier, miss.

— Je vous parle de ce soir.

— Non, dit-il en agitant la tête pour accentuer sa dénégation. Grand'mère m'avait ordonné d'aller dans le bois pour lui ramasser une bonne fagotée ; mais je n'ai pas osé y entrer quand j'ai entendu le vent ; et je m'attends à être battu à cause de ma désobéissance. »

Et il s'en alla, clopin-clopant. Miss Lester se tourna vers son frère :

« Wilfrid, c'était lui qui nous surveillait.

— Très-vraisemblablement. Il est encore plus menteur que sa grand'mère, et ce n'est pas peu dire... Allons! Eh bien, qu'est-ce qui lui prend, à celle-là? »

Wilfrid venait d'apercevoir sa domestique tournant l'angle de la route, de toute la vitesse de ses jambes et le visage bouleversé. Quand la femme vit son maître, de loin, elle ralentit le pas et l'appela d'un air effrayé.

« Que se passe-t-il donc, Sally? La maison est-elle en feu?

— Monsieur, répondit Sally d'un ton bourru, la maison n'est pas en feu; mais ma maîtresse vient de s'évanouir, et je suis venue vous chercher; je ne suis pas sûre qu'elle ne soit pas morte! »

Wilfrid partit comme un trait; puis il s'arrêta tout à coup et revenant précipitamment sur ses pas, il dit à sa sœur :

« Ne veux-tu pas venir aussi, Maria? au nom de l'humanité! Que tu entres dans ma maison, et que tu dises un mot de consolation à Edith, — succombant en ce moment peut-être... faute d'aide et de soins, — monsieur et lady Adélaïde Lester n'en mourront pas, sois tranquille! Juge entre eux et moi, Maria. »

Il y avait dans son ton une expression d'amère ironie; Maria cependant n'y prit pas garde, et, n'écoutant que son cœur, suivit Wilfrid. Le cottage était à deux pas : un petit cottage plus que modeste, sur la lisière du bois. La cuisine faisant face à la route, et le salon sur le derrière de la maison. C'était dans cette dernière pièce que Sally avait laissé Edith mourante.

Mais ce n'était qu'un évanouissement passager, et elle revenait déjà à elle quand ils entrèrent. Edith,

depuis sa maladie, perdait souvent connaissance;
aujourd'hui cependant son évanouissement s'était tellement prolongé que la domestique Sally (on l'appe-
pelait quelquefois Sarah par politesse, quoique son
nom de baptême fût réellement Sally) avait pris peur.

Maria, à laquelle l'entrée de la maison de son frère
était interdite par ordre de M. Lester, n'avait pas vu
sa belle-sœur depuis de longs mois. Frappée du changement qu'elle trouvait en elle, de sa pâleur, de l'altération de ses traits et de l'amaigrissement de son
corps, Maria ne put maîtriser son émotion et se jeta
en sanglotant dans les bras d'Edith, qui, surprise de
sa présence au cottage et gagnée elle-même par
l'émotion, fondit aussi en larmes. Wilfrid, inquiet des
suites d'une trop vive secousse pour Édith, dit un mot
tout bas à sa sœur. Maria comprit et, après quelques
calmes paroles d'adieu, sortit du salon.

« Sally! s'écria-t-elle en entrant dans la cuisine,
qu'est-ce qui a pu réduire votre malheureuse maîtresse
à un pareil état de maigreur?

— La faim... oui, miss, la faim! répondit Sally du
ton brusque qui lui était habituel.

— La faim! répéta Maria, en la regardant avec un
étonnement mêlé d'épouvante. La faim! Comment!
voilà où les choses en sont ici?

— Ah! elles ne sont pas beaucoup mieux; et c'est
comme ça déjà depuis quelque temps, au moins en ce
qui la concerne, dit Sally en indiquant d'un signe de
tête la porte du salon; mon maître et moi, nous pou-
vons nous contenter de mets grossiers: de pain et de
fromage, de pain et de lard, quelquefois d'un morceau
de viande ou de pommes de terre et d'oignons cuits à
l'étuvée, comme en Irlande; nous arrosons tout cela
de bonne eau claire pour le faire passer, et nous ne
nous en portons pas plus mal; mais, pour elle, est-ce

possible une pareille nourriture? Elle ne pourrait pas plus avaler toutes ces choses-là que les casseroles ou le four prussien où on les fait cuire. Quand les gens sont délicats et souffrants, il leur faut de la bonne nourriture : du bouillon et des gelées, des huîtres et des blancs de poulet, ou bien une jolie tranche de grillade de bœuf avec un ou deux verres d'excellent vin. Voilà ce dont ma pauvre maîtresse aurait besoin. Et à défaut de tout cela, elle va mourir ! »

La porte du salon s'ouvrit.

« Sally, est-ce que miss Lester est partie? Si elle est encore ici et qu'elle veuille m'attendre un instant, je l'accompagnerai chez miss Bordillion. »

Maria mit son doigt sur ses lèvres. « Ne lui dites pas que je suis encore là, Sally, murmura-t-elle. Il ne faut pas qu'il quitte sa femme pour moi.

— Miss Lester est partie, maître.

— Alors venez, Sally. Votre maîtresse a besoin de vous. »

Sally courut au salon. Maria profita du moment pour s'échapper et prit en toute hâte (aussi vite du moins que le vent le lui permettait) le chemin du cottage de miss Bordillion.

Jamais, dans sa vie, Maria ne s'était sentie plus péniblement et plus profondément émue. Souffrant... mourant du manque de nourriture convenable! Maria Lester avait lu de pareilles horreurs dans les romans et quelquefois dans les journaux, mais qu'elles fussent là, palpables, devant elle, et qu'une femme de son rang, de sa classe, que la femme de son frère en fût victime, c'était là une chose qu'elle n'aurait jamais crue possible.

Deux convictions se dégagèrent peu à peu du chaos de ses idées : la conviction de l'effrayante responsabilité qui pesait sur ceux dont, au fond de son âme, elle osait à peine prononcer le nom; et l'autre, de l'impuissance où elle serait de rien changer à l'état des choses.

Elle arriva bientôt au cottage de la falaise, jolie petite maison blanche, aux fenêtres garnies de persiennes vertes. Miss Bordillion était aujourd'hui une femme encore charmante, à l'air calme et doux. Ses cheveux seuls portaient les traces du combat amoureux dont son cœur avait été le théâtre. — Ils avaient blanchi avant l'âge.

Miss Bordillion fut surprise de voir entrer Maria, et s'interrompit de prendre son thé, en la regardant d'un œil interrogateur. Maria ôta son châle et son chapeau et s'assit à côté d'elle, près de la table. A ce moment, la servante entra, apportant une tasse et une soucoupe, et un peu de beurre qu'elle posa devant Maria.

« Vous preniez donc votre thé sans beurre, Marguerite?

— Oui. J'essaye quelque fois de rôties sèches. »

Mais Maria se rappela que miss Bordillion n'avait jamais été friande de rôties sèches, et qu'elle avait toujours eu au contraire un goût très-prononcé pour le beurre, puis elle la vit se lever et tranquillement se diriger, sans faire semblant de rien, vers le buffet, où elle prit le sucrier, qu'elle revint poser sur la table. Une pensée traversa tout à coup l'esprit de Maria.

« La famine est donc ici comme là-bas, Marguerite? dit-elle avec émotion. »

Il fallut bien tout avouer, car Maria devint pressante. Ce n'était peut-être pas la famine, mais la plus stricte économie, la privation de tout ce qui n'était pas absolument nécessaire. Depuis le départ de Maria et d'Édith, un an auparavant, miss Bordillion avait été réduite à ses propres ressources : deux mille cinq

cents francs par an, dont elle aurait pu vivre peut-
être, elle et sa servante, mais malheureusement tout
à fait insuffisants aujourd'hui qu'elle avait à sa charge
Wilfrid et Edith.

« Vous les aidez donc! Marguerite? s'écria Maria.

— Autant que je puis. Il le faut bien, puisque tout
le monde les abandonne.

— Comment ne m'en suis-je pas doutée? bégaya
Maria. Wilfrid m'a bien dit un mot, ce soir, à ce sujet;
mais je pensais, vraiment, l'avoir mal compris. Votre
revenu est si peu de chose !

— Ma chère enfant, comment supposez-vous donc
qu'ils aient vécu? Aucun ménage ne peut aller longtemps sans argent comptant. Pendant quelques mois,
après leur mariage, je me tins à l'écart, ne voulant
pas qu'ils pussent voir, dans ma présence chez eux,
une approbation de leur conduite imprudente. Petit à
petit, l'argent — le peu qui leur restait — se dépensa;
alors ils vendirent un à un tous leurs bijoux de famille,
— d'une bien modeste valeur, hélas! — leurs effets
personnels et quelques-uns de leur meubles; puis ils
achetèrent à crédit. Mais quand leur crédit fut épuisé,
Maria... que faire? Un jour, je rencontrai Edith;
c'était trois mois à peu près avant la naissance de son
baby, et elle me parut si faible et si chancelante que
je lui donnai le bras pour retourner au chalet; et là,
Sally m'éclaira sur le véritable état des choses. Cette
fille vaut son pesant d'or.

— Qui ?

— Sally.

— Oh ! Marguerite ! Elle a toujours été une si insupportable vieille ! s'écria Maria, dont la pensée se
reporta tout à coup à la tyrannie de Sally sur Edith
et sur elle dans leur enfance.

— « Noble lame, vil fourreau », comme dit le grand

pote français [1]. C'est un cœur d'or. Elle avait quelques économies, pas beaucoup, car elle a soutenu sa mère et sa sœur infirme, — eh bien, elle les a dépensées jusqu'au dernier sou pour Edith, à l'époque de la naissance de l'enfant.

— Pauvre femme ! dit Maria, cela me réconcilie avec elle... Mais, Marguerite, ne pensez-vous pas qu'on agit bien mal à l'égard de Wilfrid ? Les marchands pourraient, il me semble, lui accorder un peu plus de crédit !

— Il leur doit déjà.

— Si peu de chose ! Quelque misérable somme ! Il est le fils aîné de la famille, après tout, et il faudra bien qu'un jour ou l'autre, le domaine lui appartienne !

— Il faudra ? »

Marguerite avait appuyé sur le mot avec une force significative qui fit vibrer dans le cœur de Maria la corde sensible.

« Ce serait si injuste, Marguerite, dit-elle en rougissant, d'en déshériter Wilfrid. Il est l'aîné, il a été pendant bien longtemps le fils unique ! et puis... une grande partie de la fortune ne vient-elle pas de notre mère ? Ah ! je suis certaine que papa ne voudra pas en priver Wilfrid.

— Les marchands n'en paraissent pas aussi certains que vous, répondit miss Bordillion d'un air contraint.

— Pourquoi ne m'avoir jamais parlé de cela, Marguerite ?

— Je n'aurais garde de faire aucune réflexion sur lady Adélaïde.

— C'est sa faute, vous croyez ?

1. Victor Hugo, *La Esmeralda*.

— Je ne le crois pas, j'en suis sûre. Elle seule est cause des embarras d'argent de M. Lester ; et bien certainement elle l'excite contre son fils. Maria, je prévois qu'elle ne permettra jamais à M. Lester de venir en aide à Wilfrid ou même de lui léguer l'argent de sa mère.

— Il faut qu'elle soit terriblement injuste. Dans les petites choses, elle l'est, je le sais ; mais dans celle-ci !... Elle n'a donc pas de conscience, Marguerite ?

— La conscience est un objet fort élastique, en général, répondit miss Bordillion en souriant. Et maintenant, Maria, je désire ne pas parler davantage de lady Adélaïde ; je suis même étonnée de m'être laissée aller à en dire tant. Ce qui se passe n'est un secret pour personne à Danesheld ; et l'on ne peut pas raisonnablement s'attendre à ce que les boulangers et les bouchers oublient leurs intérêts pour être agréables à Wilfrid.

— Et vous vous êtes privée de sucre et de beurre, vous, ma bonne Marguerite, afin de venir en aide à Wilfrid et à sa femme ? »

Marguerite s'était privée de bien d'autres choses ; mais elle répondit à la remarque d'un air indifférent.

« C'est là une bien petite abnégation, et qui ne vaut certes pas la peine qu'on s'en occupe, Maria. Soyez assez aimable pour me garder le secret.

— Pourquoi serait-ce un secret ? Avez-vous peur de mécontenter papa ?

— Oui ; quoique non pas peut-être dans le sens que vous croyez. Je ne voudrais pas le mécontenter, et j'ai raison de ne pas le vouloir. Réfléchissez : je demeure dans une de ses maisons sans payer de loyer ; quand je lui ai demandé, après votre départ, de fixer la somme que je lui devrais pour le cottage, il m'a ri au nez. Mais ce n'est pas là ce qui m'arrête. Ma crainte, la voici : si l'on savait que moi ou tout autre aide Wilfrid, on ne serait que plus sévère et plus impitoyable pour lui au Hall.

— Marguerite, que vont-ils devenir ?

— Qui pourrait le dire ?... Je suis effrayée quand j'y pense. Vous comprenez, Maria, en mettant même de côté les considérations d'argent, personne ne tend la main à Wilfrid pour le tirer de l'horrible position où il se débat aujourd'hui. On avait parlé d'une place du gouvernement, mais comment l'obtenir maintenant que son père ne la demande plus pour lui ? Ah ! je voudrais que lord Dane fût son ami !

— Et pendant ce temps, ils n'ont rien à manger !

— A l'exception du peu que je puis leur donner. Avec deux élégantes maisons à faire vivre de deux mille cinq cents francs par an, continua Marguerite, en essayant d'être gaie, vous ne devez plus vous étonner, Maria, que le sucre et le beurre soient des objets dont je ne puisse m'approcher qu'avec les plus grandes précautions... Le pire de tout cela, ajouta-t-elle en redevenant tout à coup sérieuse et grave, c'est que Wilfrid considère comme la plus barbare injustice la conduite, non-seulement de son père, mais de tout Danesheld à son égard, que son cœur s'aigrit... et que les conséquences seront peut-être terribles. »

Ces mots rappelèrent à Maria le but de sa visite.

« Marguerite, je voulais vous demander... avezvous entendu parler de ces histoires sur Wilfrid ?... qu'il... qu'on l'a vu la nuit sur les terres de lord Dane?

— Taisez-vous, interrompit miss Bordillion, en jetant des regards effrayés autour d'elle.

— Alors, on vous l'a dit, à vous aussi ! Oh ! Marguerite, vraiment... est-ce que vous y croyez ?

— Je ne crois rien, Maria. Toutes les rumeurs, en général, ont autant de chances d'être fausses que

d'être vraies. Ce que nous avons de mieux à faire est
de les ignorer.

— Marguerite, j'ai affronté cette terrible nuit pour
savoir de vous la vérité. Dans le doute affreux où je
suis, je n'aurais pu dormir. Avez-vous rien appris de
certain ?

— Non, dit froidement miss Bordillion.

— Je l'ai rencontré tout à l'heure avec un fusil. De
quel besoin pouvait-il lui être, ce soir ? Il m'a assuré
qu'on le lui avait prêté. Est-ce vrai ?

— Je l'ignore. Je ne sais rien de cela. Mais ce doit
être vrai.

— Il m'a dit que vous lui aviez donné l'argent nécessaire à l'achat d'un permis de chasse.

— C'est vrai.

— Si Wilfrid se laissait entraîner à une action coupable, j'en mourrais, je crois ! murmura Maria, les
yeux pleins de larmes.

— Edith aussi en mourrait !

— Et vous ne voulez pas me tirer de ce doute affreux, Marguerite ?

— Maria, comprenez-moi bien. Je ne sais réellement rien de certain. J'ai, comme vous, entendu parler des bruits qui courent sur Wilfrid. Rien de plus.
Je ne les crois pas vrais, et j'espère qu'ils ne le sont
pas. Le meilleur parti à prendre pour vous et pour moi,
c'est de paraître les ignorer. Voyons, Maria, il est
temps de retourner au Hall. Écoutez le vent ! Si vous
tardiez davantage, vous ne pourriez plus mettre un
pied devant l'autre. Je vais vous faire accompagner. »

Et miss Bordillion fit prévenir par sa domestique le
jardinier de M. Lester, un vieux brave homme dont
la maison touchait au cottage. On a vu comment
Maria arriva à Danesheld-Hall avec ses deux compa-

gnons de route, son chapeau à la main, son voile
parti pour un voyage aérien, et les cheveux au
vent.

CHAPITRE XVII

LE NAUFRAGE

Les plus vieux habitants de Danesheld ne se souve-
naient pas d'avoir jamais vu pareille tempête.

Le vent était terrible, tantôt tourbillonnant dans
l'espace avec un bruit sinistre, tantôt s'engouffrant
dans les maisons, arrachant les volets de leurs gonds,
renversant les cheminées, enlevant les toitures. A
peine pouvait-on se tenir debout.

C'était pleine lune et, sans cette tempête effroyable,
on aurait pu se croire en plein jour, tant elle était
brillante; mais des nuages, chassés avec une rapidité
vertigineuse, en voilaient presque continuellement la
face, projetant sur la terre des ombres opaques, et
même quand elle réapparaissait, à de rares intervalles, les rafales qui se succédaient sans interruption en obscurcissaient la clarté.

Quelques hommes se trouvaient réunis dans la salle
du *Rendez-vous des Marins*. Ils étaient là en sûreté,
sans aucun doute; cependant, la maison, dont un des
côtés regardait la mer, semblait craquer et chanceler
sous la force du vent. Richard Ravensbird, calme,
ferme, flegmatique comme toujours, servait ses clients
sans rien dire.

Ravensbird n'avait pas vieilli d'un jour pendant ces

dix années. Son auberge prospérait. Sa conduite avait
été aussi irréprochable que la tenue de sa maison, et
il s'était efforcé — avec succès — de gagner le respect de Danesheld. S'il avait eu pour but de faire
oublier le scandale et les soupçons des anciens jours,
il devait être satisfait, car, même à la station des
gardes-côtes, — ce lieu de réunion de tous les incor-
rigibles bavards du pays, — on aurait plutôt soupçonné qui que ce fût du grand crime dont l'auteur
restait toujours inconnu, que le propriétaire du *Rendez-vous des Marins.*

Mme Ravensbird se tenait au comptoir, ce soir-là.
D'ordinaire, elle passait toutes ses soirées dans l'arrière-boutique, qui lui servait de petit salon ; mais la
pièce ayant vue sur la mer, Sophie, assourdie par le
bruit du vent, l'avait quittée en se bouchant les
oreilles.

Mme Ravensbird, en dépit de ses élégants bonnets,
paraissait avoir beaucoup vieilli. Si elle était changée
au physique, au moral, c'était toujours la même femme,
à la langue bien déliée, et aux vives reparties.

Dieu ne lui avait accordé qu'un enfant, un garçon,
auquel elle faisait donner une excellente éducation, et
que le collége retenait presque toute l'année loin de
Danesheld.

Mme Ravensbird ne paraissait pas regretter la par-
cimonie de la Providence à son égard. Un jour, l'enfant étant malade de la rougeole, quelques voisines
crurent devoir plaindre Sophie de n'avoir qu'un fils
unique. Elle ouvrit de grands yeux étonnés. « Ah çà,
leur répondit-elle, est-ce que vous croyez que ça m'a-
muserait d'être perpétuellement assujettie aux tra-
cas de deux enfants !... de souffrir une seconde fois
ce que j'ai souffert pour celui-là ?... et d'amasser de
l'argent pour deux ?... pas si bête ! »

« Comment va Cattley ? » demanda, en bourrant sa pipe, un des consommateurs.

Ravensbird, auquel la question était adressée, ne répondit pas. Il venait de servir une pinte d'ale, et comptait les six sous que le consommateur lui avait remis.

« Dites donc, patron, savez-vous comment va Cattley ? répéta l'homme, un nommé Marls, propriétaire d'un bateau de pêche.

— Cattley peut être mieux, comme il peut être plus mal, répondit sèchement et d'un air peu gracieux M. Ravensbird, comme si ce sujet de conversation ne lui était pas agréable; je ne me mêle jamais des affaires qui ne me regardent pas.

— C'est exactement comme moi, dit Marls avec bonne humeur; mais, vraiment, patron, ce n'est pas être trop indiscret que de s'enquérir des nouvelles d'un homme à moitié assassiné. Quand je suis parti en mer, il y a trois jours, on le disait mourant.

— Votre bateau a eu pas mal de peine à rentrer ! interrompit un douanier. J'étais de faction cette après-midi ; j'ai cru que vous n'y arriveriez pas.

— De la peine ! répéta Marls. C'est-à-dire que, de ma vie, je ne m'étais trouvé à pareille fête. Ah ! quel vent, mes enfants ! Il nous poussait droit à la côte. Je ne sais pas comment nous avons pu rentrer au port sans être jetés sur les falaises... Personne n'a-t-il entendu parler de Cattley ?

— Cattley va mieux, dit un des hommes, assis près de la cheminée. La police s'est mêlée de l'affaire. Ils ont accablé Cattley de leurs questions, et ont voulu lui faire jurer qu'il avait reconnu Beecher et Tom Long. Mais il a refusé, quoiqu'il soit moralement convaincu de leur présence, à tous deux, dans le tas. Le vieux Beecher est venu à la rescousse, et avec toute l'impudence du monde, a juré que son fils était à la maison, couché, au moment de la bagarre. Personne n'a cru au serment du vieux Beecher; cependant, comme il n'y avait pas de preuves, il a bien fallu en rester là. Mylord est toujours furieux. On dit qu'il va devenir aussi sévère qu'il a été doux jusqu'à ce jour. Il a flanqué au nez de Beecher que son serment ou rien c'était la même chose, et qu'il regrettait le manque de preuves suffisantes.

— A-t-on pincé le troisième? demanda un autre pêcheur. Il y en avait un troisième, n'est-ce pas?

— On le dit. Cattley a parlé d'une troisième personne qui surveillait tout, à distance... faisant le guet, sans doute.

— C'était Drake, alors, s'écria Marls... La contrebande ou le braconnage... il ne sort pas de là. Je parierais vingt francs que c'était Drake.

— Vous perdriez, Marls; le troisième individu était un homme de taille élevée, et très-maigre, Drake est gros et court. Patron, la patronne vous appelle. »

C'était en effet Mme Ravensbird qui criait d'une voix effrayée : Richard! Richard!

Ravensbird courut à l'arrière-boutique et y trouva Sophie debout, une bougie à la main.

« Richard, je viens du premier étage, et je n'ai pas pas osé y rester une minute. La maison craque comme si elle allait se briser.

— Il n'y a aucun danger; elle est solide, répondit Ravensbird. Elle a résisté à des tempêtes aussi violentes que celle-ci.

— Je ne crois pas que nous ayons jamais vu un temps pareil. Écoute le vent. »

Sophie tremblait de tous ses membres. Ravensbird qui, quoique souvent un peu bourru, était, après tout, un excellent mari, la fit asseoir et s'efforça de la rassurer. Quelques instants après, la servante entra.

« Ils demandent encore de l'ale au comptoir, monsieur ; dois-je leur en servir ? Il est onze heures moins deux minutes.

— Oh ! pour l'amour de Dieu, Richard, laisse-les rester cette nuit aussi longtemps qu'ils voudront, s'écria Sophie. Dans le danger, il vaut mieux être en société que seul, et je suis sûre que je n'oserai jamais me coucher.

— Tu n'oseras pas te coucher ? répéta Ravensbird étonné. Ah çà, Sophie, qu'as-tu, en définitive ? On dort mieux quand le vent souffle, tu le sais bien.

— Oui, mais pas quand il est aussi violent, et jamais, au grand jamais, il n'a été si terrible depuis que j'habite ici, répondit Sophie, qui avait toujours le dernier mot. Pour ma part, je désire les voir rester dans la salle jusqu'à demain matin. »

Ravensbird retourna au comptoir et avertit la société que onze heures avaient sonné. Personne cependant ne sembla disposé à quitter la place ; et soit par pitié pour ses pratiques qu'il eût été, en vérité, cruel de mettre à la porte au plus fort de la tempête, soit par déférence pour le désir de sa femme, Ravensbird se montra moins rigide qu'à l'ordinaire — l'auberge devait toujours être fermée à onze heures — et permit qu'on servît encore de la bière.

A ce moment entra une nouvelle pratique. C'était Michel, le douanier. Il se débarrassa de son manteau goudronné, et s'assit.

« Comment, c'est vous, Michel ? Est-ce le vent qui vous a poussé jusqu'ici ? lui dit Ravensbird. Je vous croyais de garde ce soir.

— Impossible de rester en faction cette nuit, monsieur Ravensbird, on ne peut pas se tenir debout ; le

vent est donc cause, comme vous dites, que je suis ici;
j'ai vu à travers les fentes des volets que vous n'étiez
pas encore couché. C'est une terrible nuit.

— Pas de danger qu'un bateau contrebandier aborde
ce soir, n'est-ce pas? fit en riant un des buveurs.

— Le vaisseau fantôme lui-même n'y réussirait pas,
dit Michel; alors, vous comprenez, tranquille de ce
côté-là et craignant de nous voir rouler du haut des
falaises dans la mer, et de ne plus jamais entendre
parler de nous, l'inspecteur nous a dispensés du service. La mer est effroyable.

— Personne n'a été de service aujourd'hui, même
sur la plage?

— On n'aurait pas pu s'y tenir. La mer nous aurait
emportés en un clin d'œil. Et puis c'est si bête, cette
manie de mettre des hommes de faction sur la plage
quand il y en a déjà sur les falaises; à quoi ça sert-
il?... Il y a une chose que je crains, ajouta-t-il en
baissant la voix.

— Quoi donc?

— Il y a, je crois, un vaisseau en détresse. J'ai des
yeux comme personne, vous savez, pour voir au loin.
Je suis sûr d'en avoir vu un; et même j'ai distingué les
lumières à bord. Je l'ai montré à Baker tout à l'heure.
Il m'a dit que je me trompais, mais je suis certain que
non.

— Et... il était en détresse?

— Est-ce qu'un vaisseau peut être autrement qu'en
détresse par une semblable tempête? Et le malheur,
c'est que le vent le pousse droit à la côte. Vous pouvez
m'en croire, si c'est en effet un vaisseau que j'ai vu,
il sera cette nuit sur les rochers. Je... »

Michel s'arrêta tout à coup; en même temps, toute
l'assemblée se leva comme un seul homme. On venait
d'entendre un bruit vibrant et prolongé.

Mme Ravensbird se précipita dans le cabaret.

« C'est le canon ! » s'écria-t-elle, au comble de l'effroi.

Si c'était en effet le canon, ses coups se succédaient avec une rapidité et une vivacité inusitées. Jamais canon n'avait tiré de cette façon. « C'est la première fois que nous entendons ce bruit-là, disaient quelques-uns des écouteurs étonnés. — Mais oui, disaient les autres, c'est bien le canon.

— C'est la grosse cloche du château, bégaya Michel ; oh ! je ne me trompe pas ; la dernière fois que je l'ai entendue, elle sonnait pour le feu dans les écuries, avant la mort du vieux lord. Qu'est-ce qui peut se passer ? »

Tous quittèrent leurs tables et sortirent sur la route, en regardant du côté du château. Sophie et la fille de comptoir les suivirent, tremblantes de peur. Tous parlaient à la fois, chacun criant plus haut que son voisin pour se faire entendre au milieu des sifflements du vent.

« Si vous vouliez être assez bons pour vous taire un moment, dit Ravensbird d'une voix de stentor. Écoutez ! et tâchez d'entendre quelque chose, si le vent et cette cloche vous le permettent. »

Tous se turent et prêtèrent attentivement l'oreille. Ils purent alors se rendre compte de la nature du bruit qu'au milieu de leur conversation dans la taverne ils n'avaient qu'imparfaitement distingué. Un canon d'alarme, en mer, tirait de minute en minute.

« C'est le vaisseau en détresse, s'écria vivement Michel. Je savais bien qu'il y en avait un. Il demande du secours et la cloche du château nous avertit, comme c'était l'usage dans les anciens temps. »

A ce moment un des domestiques de lord Dane fut aperçu, marchant très-vite sur la grande route. Ils le reconnurent à sa livrée rouge et blanche. Tous s'élancèrent à sa rencontre par un chemin de traverse, et l'entourèrent en lui demandant des nouvelles.

« Ne m'arrêtez pas, cria l'homme, je suis à la recherche de lord Dane. Il y a un grand vaisseau en détresse ; il a l'air d'un vaisseau de la *Compagnie des Indes* et doit être bondé de passagers revenant en Angleterre.

— C'est bien ce que j'ai dit, observa Michel. Comment l'avez-vous aperçu ?

— Quelques-uns d'entre nous ont cru entendre en mer des signaux de détresse. Nous sommes alors montés à la chambre de la tourelle, et nous avons parfaitement distingué le bateau, et la lueur des coups de canon, quoique le vent empêchât d'en entendre le bruit. M. Bruff a fait sonner la grosse cloche d'alarme, et m'a envoyé chez Squire Lester à la recherche de mylord. »

Quelques minutes plus tard, tout ce que Danesheld contenait d'habitants capables de se tenir sur leurs jambes se trouvait sur la plage, attiré par la cloche d'alarme. Le vaisseau, poussé de plus en plus par le vent, se rapprochait sensiblement de la côte, ne cessant pas ses coups de canon.

Il était en vue, maintenant, et quand les nuages ne cachaient pas la lune, il apparaissait tout à fait distinct. Un vieux marin, dont la vue était encore plus perçante que celle de Michel, prétendait même distinguer son genre de construction, et le reconnaître pour américain. Quel qu'il pût être (il n'y avait plus de doute possible), il courait à une perte certaine.

Il se trouvait, en ce moment, un peu à la gauche des spectateurs et devait, selon toutes les probabilités, être jeté à la côte, au delà du village de Danesheld, juste en face du château. La tempête était à son apogée, le vent sifflant et hurlant, les vagues s'élevant en

montagnes énormes avec des mugissements rauques.
Le malheureux bâtiment craquait de toutes parts.

Oh! quelle scène à bord! Ah! si ceux qu'aucun
danger ne menaçait à terre frémissaient d'horreur à
la vue du déchaînement de la tempête, que devaient
donc éprouver les infortunés qui étaient en son pouvoir?

Il semblait qu'on entendît de la plage leurs cris de
désespoir!

Quelle inexprimable confusion sur le vaisseau! quel
découragement, quelle détresse, quelle épouvante!

Pour tous, la dernière heure avait sonné, l'éternité
allait commencer!... et combien n'étaient pas préparés à y entrer!

Deux gentlemen, se donnant le bras, arrivèrent sur
la plage, et chacun se rangea pour leur faire place.
Lord Dane et M. Lester.

« Bonté divine! mais il est presque à la côte, s'écria
lord Dane terrifié.

— Dans une demi-heure, mylord, il sera sur les rochers, répondit un des spectateurs.

— Grand Dieu! comme il va à la dérive! c'est effrayant de vitesse!

— Mes braves, dit M. Lester, en s'adressant plus
particulièrement aux marins et aux pêcheurs qui formaient un groupe à quelques pas plus loin, n'y a-t-il
rien à faire? »

D'une voix unanime, tous répondirent tout bas :
« Rien!

— S'il se trouve parmi eux quelque vigoureux na-
geur, qui se dévoue à se jeter à l'eau et essaye de
gagner terre avec une corde autour de la ceinture,
c'est leur seule chance de salut, dit un vieux marin,
et encore, je ne crois pas qu'il réussirait. Les vagues
l'emporteraient longtemps avant qu'il pût arriver.

— Mais nous avons le bateau de sauvetage! » cria lord Dane.

Ils secouèrent tous la tête d'un air incrédule.

« Aucun bateau de sauvetage ne tiendrait par une mer comme celle-ci! »

Jamais, peut-être, ils n'avaient été témoins d'un tel spectacle d'agonie prolongée, et sans espoir.

A trois reprises, un feu de lueur bleuâtre fut allumé sur le vaisseau, l'éclairant tout entier plus distinctement que la lune, et l'on vit, en pleine lumière, tous ces malheureux se pressant sur le pont, les mains tendues vers le rivage... vers ceux qui, hélas! ne pouvaient leur porter secours.

Le vaisseau s'avançait toujours... lentement, mais fatalement. Le temps s'écoulait. Le dénoûment était proche. Chose singulière, maintenant que la mort était inévitable, les cris de désespoir avaient cessé à bord.

Tout à coup la quille frappa contre les rochers; la mer envahit le pont avec une violence inouïe, on entendit alors des cris perçants au-dessus des flots, puis un bruit de lutte désespérée, des gémissements étouffés.

« Il s'en va en morceaux!... il s'en va en morceaux! s'écria-t-on de la plage. Et rien au monde ne peut les sauver! mon Dieu! mon Dieu! »

Quelques femmes tombèrent à genoux près de lord Dane, et se mirent à prier.

A ce moment, un homme arriva en courant et, sans cérémonie, se fraya brusquement un passage à travers la foule. C'était Wilfrid Lester. Il portait encore ses habits de chasse comme au moment de sa rencontre avec Maria dans la soirée. S'appuyant du coude sur la balustrade de la petite jetée, il contempla pendant quelques instants le vaisseau naufragé.

« Bonté du ciel ! murmura-t-il, mais il s'est brisé contre les rochers !

— Il y a cinq minutes.

— Qu'est-ce que je vois-là, dans l'eau ? demanda-t-il après un moment.

— Des malheureux qui se noient. La première vague les a jetés par-dessus bord !

— Comment ! des malheureux qui se noient ! répéta-t-il d'une voix indignée, et vous ne tentez pas de leur porter secours ? êtes-vous fous ou n'êtes-vous que des lâches ? »

Quelqu'un à côté de lui étendit la main vers la mer en fureur.

« Voilà qui vous répond.

— Ce n'est pas là une réponse, dit Wilfrid Lester. Où est le bateau de sauvetage ? »

Il s'était, dans son indignation, retourné vers ceux qui l'entouraient. M. Lester n'avait pas vu son fils depuis longtemps ; il se recula vivement, comme pour ne pas se trouver en contact avec lui, et se perdit dans la foule. Lors Dane, au contraire, s'avança et, posant sa main sur le bras du jeune homme :

« Vous êtes excité, Lester, dit-il avec calme ; je reconnais que ce spectacle est plus que suffisant pour émouvoir le cœur de l'homme le plus indifférent. Mais il n'y a malheureusement rien à faire. Autant vaudrait parler d'un ballon que du canot de sauvetage. L'un n'approcherait pas plus du vaisseau que l'autre.

— On peut toujours essayer, répliqua Wilfrid d'un ton irrité. Oui, l'on peut essayer, je vous le répète.

— Et sacrifier la vie de ceux qui tenteront l'effort, n'est-ce pas ? » dit lord Dane.

Wilfrid Lester dédaigna de discuter davantage et se tourna vers un groupe de pêcheurs. Il les connaissait tous ; son enfance s'était passée parmi eux.

« Bill Gand, où est le canot de sauvetage? demanda-t-il à un vieux loup de mer, âgé au moins de soixante ans à en juger par les rides de son visage. Est-il prêt? »

Bill Gand montra du doigt une petite crique à moitié cachée par un pli de terrain, à quelque distance. Bill Gand ne parlait jamais beaucoup.

« Je l'ai préparé quand la cloche du château a sonné, maître Wilfrid, répondit-il.

— Et pourquoi ne vous en êtes-vous pas servi? dit Wilfrid d'un air de commandement.

— Je n'oserais pas, monsieur. Et la mer est plus mauvaise maintenant qu'alors, si c'est possible.

— Vous n'oseriez pas, répéta dédaigneusement Wilfrid Lester, dont la fureur, comme celle des flots, semblait augmenter ; je n'avais jamais cru, jusqu'à ce moment, qu'un marin anglais pût être un lâche. Je ne savais pas que « je n'oserais pas » fussent des mots anglais. Je vais monter dans le bateau de sauvetage. S'il en est un ou deux parmi vous qui soient capables de vaincre leur peur, qu'ils viennent avec moi. Sinon, j'irai seul. »

Il se retournait pour s'élancer vers la crique, quand cinquante voix lui crièrent : « C'est tout bonnement de la folie, monsieur Wilfrid! Voulez-vous donc vous tuer? Vous et le bateau vous serez engloutis en un instant !

— Eh bien, nous serons engloutis! répondit Wilfrid. Voyez-vous là-bas? ajouta-t-il en étendant la main dans la direction du vaisseau. Quand les existences de malheureuses créatures humaines sont en péril, quand vous voyez tous ces pauvres gens lutter contre les flots sans pitié, vous hésiteriez à essayer de les sauver!... vous! des marins? Allons, mes braves! suivez-moi, s'il y en a parmi vous qui méritent ce nom! »

Comme l'exemple est contagieux ! — comme la vraie
confiance donne du cœur ! — quel aiguillon que la
crainte du ridicule ! Quelques braves gens, électrisés
par ces paroles de Wilfrid, déclarèrent être prêts à le
suivre dans le bateau. Presque tout le monde se dirigea
bientôt vers la crique.

Wilfrid avait les jambes longües et les pieds agiles.
Il était déjà occupé à détacher le canot, quand on le
rejoignit. Une voix cria que, si décidément il fallait
prendre la mer, M. Wilfrid ne devait pas faire partie
de l'expédition, puisqu'il n'était pas marin.

« Qui dit cela? demanda Wilfrid en se retournant,
pâle comme un mort, mais résolu.

— Moi! fit le vieux Bill Gand.

— A quoi pensez-vous donc, [cette nuit, Bill Gand?
Vous n'êtes pas vous-même. Comment! je pousserais
les autres à courir un danger que je n'oserais pas affronter moi-même !

— Maître Wilfrid, vous n'arriverez pas vivant au
vaisseau, s'écria Bill Gand. Encore moins en revien-
drez-vous. Ni vous, ni le bateau, ni personne !

— C'est possible ; mais je pense qu'on peut espérer
un meilleur résultat. Notre cause est bonne, et Dieu
sera avec nous! »

Ces derniers mots produisirent leur effet; personne
plus que les marins n'a confiance dans la miséricorde de
Dieu : une confiance absolue, naïve, presque enfantine.

Tous se présentèrent en même temps pour monter
dans l'embarcation. C'était à qui passerait le premier.

« Cette expédition est mienne, dit Wilfrid Lester
de cette voix de commandement que donne quelquefois
l'imminence du danger, car sans moi, aucun de vous
ne l'aurait tentée; accordez-moi donc le privilége de
choisir mon équipage. Bill Gand, voulez-vous être des
nôtres, oui ou non?

— Oui, répondit le vieux matelot, quand ce ne serait que pour veiller sur vous. Ma femme est dans le cimetière de l'église, mes deux fils sont au fond de l'eau; au moins, moi, je ne manquerai à personne. »

Les autres furent bientôt choisis et sautèrent dans le canot. Wilfrid allait les suivre quand quelqu'un, s'avançant rapidement, se plaça devant lui.

« Et si je vous demandais de ne pas exposer votre vie, Wilfrid? »

C'était M. Lester. Wilfrid hésita un instant avant de répondre.

« Aucune considération ne me fera reculer. Néanmoins, je vous remercie; je vous remercie du fond de mon cœur de votre bon mouvement. Père, c'est peut-être la dernière fois que nous nous voyons : ne nous donnerons-nous pas la main? Si je meurs, ne me regrettez pas; car, je vous le dis sincèrement, la vie n'a plus aucun prix pour moi. »

M. Lester serra en silence la main qu'il lui tendait, plus profondément ému qu'on n'aurait pu le croire. Wilfrid sauta dans le bateau de sauvetage, et le périlleux voyage commença.

Quel spectacle! — Là-bas, le vaisseau perdu et sa malheureuse cargaison d'êtres vivants... qu'une mort certaine attendait! Ici, le canot lancé dans sa folle aventure, luttant contre le vent contraire qui le frappait en plein à l'avant, tantôt lancé jusqu'au sommet des vagues, tantôt disparaissant entièrement sous elles, sans cesser un instant ses efforts désespérés pour se rapprocher de son but! Là, les visages anxieux des spectateurs sur la plage, suivant, haletants et silencieux, les progrès de l'embarcation, et jetant des coups d'œil d'angoisse sur les malheureux qui se débattaient contre les flots, pour mesurer la distance qui les séparait encore de leurs sauveurs!

La lueur blafarde de la lune, à moitié cachée par les nuages que le vent chassait rapidement, éclairait toute la scène; on entendait toujours le faible tintement d'une cloche sur le vaisseau, pendant que, par intervalles, le bourdon du château sonnait à toutes volées.

Réussiraient-ils? — Bill Gand, le plus vieux de tous, déclarait que de sa vie, il n'avait eu à lutter contre une tempête plus effroyable, contre une mer plus furieuse.

Le mystère, pour Bill — et ce fut pour lui un mystère pendant le restant de sa vie — c'était qu'ils pussent même lutter; et à chaque minute, comme le canot, malgré leurs efforts surhumains, perdait en un instant tout le terrain si péniblement gagné, il s'attendait à être englouti. Tous, Wilfrid lui-même, croyaient leur dernier moment arrivé. Comment auraient-ils pu échapper? Il aurait fallu un miracle pour les sauver! et quand, plus tard, tous ces braves gens cherchaient à s'expliquer leur réussite, ils se répétaient les paroles de Wilfrid sur le rivage : « Notre cause est bonne et Dieu sera avec nous! »

Ils ne devaient pas cependant arriver jusqu'au vaisseau.

Des malheureux, jetés par-dessus le bord, à moitié noyés, luttant encore contre les vagues, firent, en apercevant le canot, des efforts désespérés pour s'y accrocher.

On recueillit ceux qu'on put saisir; en petit nombre, hélas! car les difficultés du sauvetage étaient pour ainsi dire insurmontables, et le canot n'aurait pas résisté à une trop lourde charge. C'était, après tout, un très-petit bateau, et ses rameurs suffisaient presque à le remplir. Danesheld depuis longtemps se plaignait hautement de son insuffisance; mais il était plus aisé de se plaindre que d'en obtenir un nouveau.

Force fut donc à Wilfrid de donner le signal du retour; il cria quelques paroles d'espérance aux naufragés, — paroles que le vent probablement les empêcha d'entendre, — et le canot se dirigea vers la plage.

Leur retour fut moins pénible, — ils avaient le vent pour eux, — mais non moins dangereux. Quelques-uns des rameurs, quoique forts, vigoureux et durs à la besogne, sentaient leurs forces les abandonner; ils ne croyaient pas pouvoir aller jusqu'au bout. Wilfrid Lester ne cessait de les exciter, relevant leur courage, leur redonnant presque des forces physiques. Sans lui, à plusieurs reprises, ils auraient renoncé à la lutte, même avant les premiers coups d'aviron, au départ.

« Allons! un peu de nerf, mes enfants! criait-il, ne vous laissez pas abattre! Bill Gand et moi, nous sommes encore assez solides pour un second voyage; nous vous laisserons à terre reprendre des forces; d'autres vous remplaceront; quand vous vous serez reposés, eh bien, vous viendrez avec nous la troisième fois. Je ne sais combien il nous faudra de voyages pour les sauver tous. »

Un des naufragés se souleva pour lui répondre. Apparemment le seul qui eût encore la force de parler. Les autres étaient étendus, ou épuisés, ou blessés, au fond du bateau. C'était un marin, blond, maigre, bien bâti, et ne paraissant nullement se ressentir de sa quasi-noyade :

« Ça demanderait plusieurs voyages, maître. Mais vous n'aurez jamais le temps d'en faire un troisième, si vous parvenez à faire le second. Le vaisseau va se fendre par le milieu.

— Se fendre par le milieu!

— A ce qu'a dit le capitaine, et il a raison, je crois.

Nous avons donné contre un rocher. Nous entendions le bâtiment s'y broyer, et craquer d'une horrible façon.

— D'où vient-il ?

— De New-York. Bateau de passagers. Depuis le départ, le voyage avait été splendide... et voilà comme il finit !... Un beau bateau, entièrement neuf... Onze cents tonneaux... Il s'appelle : *le Vent*. Je n'aimais pas ce nom-là, pour ma part.

— Un grand nombre de passagers ?

— Quarante ou cinquante. Une demi-douzaine de première classe. Le reste, de seconde. »

Tout cela avait été dit, à bâtons rompus, à de longs intervalles, et quand les hurlements de la tempête et les soubresauts du canot le permettaient. La conversation en resta là, car l'attention et l'énergie de chacun étaient nécessaires, si l'on voulait arriver sains et saufs au rivage.

Quand enfin ils abordèrent, un murmure de joie et de reconnaissance les accueillit, et les applaudissements auraient éclaté, si l'on ne s'était souvenu de tous ceux que ces braves gens avaient dû abandonner à une mort certaine.

Quand Wilfrid Lester sauta à terre, pâle de fatigue, ruisselant d'eau, il s'attendait peut-être à voir son père lui tendre la main, à l'entendre lui adresser quelques bonnes paroles. Si telle était son espérance, elle devait être déçue. M. Lester se trouvait encore là, mais il resta à l'écart, ne paraissant pas même se douter de la présence de Wilfrid.

A côté de lui, se tenait sa femme. Lady Adélaïde, poussée par sa curiosité féminime et bravant la tempête, avait voulu, elle aussi, assister à ce sinistre spectacle. Était-ce la crainte de lui déplaire qui empêchait M. Lester de s'approcher de son fils ? ou se

repentait-il déjà de son mouvement généreux de tout
à l'heure? Wilfrid aperçut sa belle-mère, mais il était
trop affairé pour se préoccuper d'elle.

Il s'agissait maintenant de transporter les naufragés
du canot à terre. Wilfrid semblait s'occuper d'eux
avec un soin jaloux. On aurait dit qu'il les considérait
comme sa chose. Tout à coup il se retourna vers la
foule et de ce ton de commandement qu'il avait pris
dès le début de l'expédition :

« Avez-vous pensé à préparer des lits bien chauds
et de bons feux? autrement, autant aurait valu laisser
ces malheureuses créatures au fond de l'eau. »

Richard Ravensbird fut le premier à répondre :

« Je puis en recevoir deux ou trois, dit-il en fendant
la foule, ma femme est à la maison, en train de tout
préparer ; je n'ai pu rien faire pour les sauver, mais
je puis, au moins, leur donner un abri. Il y a une voiture ici, et Jessop va amener l'omnibus. »

Lord Dane offrit à son tour le château, et le mit à
l'entière disposition des naufragés. Mais le château
était trop éloigné de la plage pour qu'il fût possible
d'y transporter sans danger des hommes à moitié
noyés.

L'un d'eux se souleva péniblement du fond du bateau. Il semblait âgé ; ses longs cheveux humides,
collés sur son visage, brillaient comme des fils d'argent à la lueur de la lune. Il n'était vêtu que d'une
chemise et d'un caleçon.

« Sur quelle partie de la côte avons-nous été jetés?
demanda-t-il. Où sommes-nous ici ?

— A Danesheld.

— Oh ! ma tête, fit-il d'une voix plaintive, je suis
glacé. Ah ! je vous en prie, un châle pour ma tête. »

Les châles étaient rares sur la plage ; mais un des
assistants ôta son manteau ; et on en couvrit le pauvre

homme, qui d'une main faible s'efforça de le remonter jusqu'à sa tête, et s'y cacha le visage pour le mettre à l'abri du vent. Un autre naufragé, un jeune homme, complétement vêtu, lui, comme s'il eût été précipité à la mer sans avoir le temps de s'alléger de ses habits, se hâta d'aider le vieillard, dont il semblait prendre un soin tout particulier, soit qu'il fût son domestique, soit qu'il fût son ami, ou peut-être même une simple connaissance de bord. Tous deux étaient des passagers, non des marins.

« Je serais heureux de le voir transporter à une auberge convenable, dit le jeune homme, s'il y en a une près d'ici.

— La mienne est à deux pas, dit Ravensbird. Nous ferons pour lui de notre mieux. »

La voiture s'approcha le plus près possible du canot, et le vieillard y fut déposé. Au moment où le jeune naufragé se disposait à le suivre, il saisit avec effusion la main de Wilfrid Lester.

« Après Dieu, c'est à vous que nous devons la vie. J'espère pouvoir vous remercier un jour mieux que je ne le fais en ce moment. »

Sa voix disait sa condition. Un gentleman, à coup sûr : le ton remarquablement agréable, l'accent d'une grande pureté. Un troisième naufragé monta aussi dans la voiture, un matelot, celui-là, dont la tête était à moitié fendue, et l'on partit pour le *Rendez-vous des Marins*, où Ravensbird avait déjà couru tout préparer.

Wilfrid Lester s'occupait de réunir ses hommes pour le second voyage. Le vieux Bill Gand en était.

« Pas vous, Dick ! s'écria Wilfrid, en repoussant de la main un des pêcheurs. Je ne veux pas de vous.

— Et pourquoi ? dit l'homme ; je suis [assez fort. Je n'ai jamais été plus vigoureux que depuis ma maladie de cet été. »

Vigoureux ! oui peut-être. Mais Wilfrid Lester pensait à une autre raison : l'homme avait une femme et sept jeunes enfants.

« Je ne veux pas de vous, vous dis-je. Allons, retirez-vous, Dick. Nous n'avons pas de temps à perdre. »

A peine Wilfrid avait-il prononcé ces derniers mots, qu'une immense clameur arriva jusqu'à la plage. C'était comme un seul cri qu'auraient poussé en même temps des poitrines humaines, Non pas un cri de désespoir ni même de frayeur, mais plutôt un cri de saisissement et de surprise.

« Qu'est-ce donc ? demanda la foule. »

Tous regardèrent dans la direction du vaisseau.

Il venait de se fendre en deux et coulait bas.

« Au bateau de sauvetage ! au bateau de sauvetage ! » cria-t-on sur la plage.

Un second voyage, et l'on pourrait peut-être sauver encore quelques-uns de ces malheureux que la mer venait de saisir ; mais hélas ! avant qu'on eût eu le temps d'en entreprendre un troisième, combien d'entre eux auraient succombé !

Le canot repartit, au milieu des applaudissements de la foule ; il ne put recueillir qu'un seul naufragé. Au moment d'atteindre au but, il fut enlevé par une énorme vague, rejeté violemment en arrière, et c'est par miracle qu'il ne fut pas englouti. Quand, après des efforts désespérés, il parvint enfin à avancer de nouveau, il n'y avait plus d'âmes à sauver. Les flots avaient englouti leur proie !

Quel était donc le secret de ce calme soudain qui semblait s'être fait sur le vaisseau dans les derniers moments? Pourquoi l'apaisement et le silence avaient-ils tout à coup succédé aux cris d'effroi, aux hurlements de désespoir ? N'était-ce pas étrange?

Bien des passagers, à bord, avaient conscience, cependant, de ne pas avoir bien vécu, quelques-uns même, d'être les pires des pécheurs, et bien peu, hélas! étaient préparés à paraître devant Dieu!

D'où venait donc cette résignation? Quel pouvait en être le secret?

Un ministre protestant se trouvait parmi les passagers.

Quand tout espoir fut perdu, qu'aucun effort ne fut plus possible; quand on eut la preuve que rien ne pouvait arracher le vaisseau à la fureur des éléments, alors, la tâche de cet homme de bien commença, et tous s'assemblèrent autour de lui dans la grande cabine.

Il leur parla de la miséricorde de Dieu, même à cette heure dernière. Il leur dit que tant qu'ils auraient une minute à vivre, Dieu la leur donnait pour se repentir. Il leur rappela le pardon au bon larron sur la croix. Il leur rappela avec quelle bonté Jésus-Christ, sur la terre, accueillait tous ceux qui venaient à lui, sans leur demander pourquoi ils ne s'étaient pas repentis auparavant, ouvrant d'autant plus son cœur qu'on était plus coupable, quels que fussent le passé et le fardeau de la conscience.

« Oh! tournez-vous vers lui avec toute votre âme, continua le pasteur, jetez-vous dans ses bras avec la foi simple et naïve de l'enfance, et avant que vous n'ayez appelé, il aura déjà entendu, avant que vous n'ayez parlé, il aura déjà répondu. C'est Jésus, votre rédempteur, votre sauveur! Allez tous à lui! Il vous donne une occasion de revenir à lui avant que vous vous trouviez face à face avec Dieu dans l'éternité! Il écoutera votre prière, il vous consolera, et vous vivrez avec lui dans la paix du ciel et à jamais! »

Pendant qu'ils écoutaient ces paroles du ministre de Dieu, dites avec une conviction calme et pénétrante, une sensation étrange de paix et de sécurité envahissait leurs cœurs. Il semblait à tous ces malheureux que c'était Dieu lui-même qu'ils entendaient, et qu'ils allaient entrer dans la félicité éternelle.

FIN DU PREMIER VOLUME

TABLE DU PREMIER VOLUME

781 — Paris. Imp. Laloux fils et Guillot. 7, rue des Canettes.

9 782014 491081